高兴镇

王祥夫◎著

中国文史出版社

目录

CONTENTS

高 兴 镇

1

这是个镇，人们都叫它“狗心镇”。而在地图上查一下，它实实在在应该是叫“高兴镇”。我们的主人公花枝，原来就在镇上的照相馆工作。

那家照相馆，现在想想，不像是个照相馆，倒像是什么人的住宅，是东西长南北窄的那么一个四合院，大门开在东边，进去，往里走，走到正面的西房，再往左拐，再走进去，里边右手还有一个院子，那个院子更小一点，却也是一个四合院。院子里有一棵很大的老槐树，这么一来呢，这个小院终年都是阴的，鸟在树上叫，一大早就叫开了。这个小院的南边又是一个小院，这个小院的东房和南北房都倒了，只剩下西边那排房，一共三间，都做了库房，存放着工商局的账本，因为是库房，所以总是静悄悄的。忽然有一年上边发话要把那些账都给销毁了，因为都是旧账本，留着也没有用，人们才知道原来有那么多的账。有人坐在那里专门撕邮票，还有账本上的印花。一连撕了好几天，邮票都是很老的那种小龙票，间或有大龙票。销毁了旧账本，出清了库，房子空了，但也没了用，因为那房子已经是东倒西歪不能住人了，花格子窗上原来也没玻璃，糊的窗户纸早破了，往里边看看，里边都是些破烂家具，东倒西歪黑洞洞的。人们现在到那边去是去厕所，一个大厕所，房顶早就没了，是露天的，四堵墙也倒得差不多了，所以也不分什么男女，不管是谁进去都要先咳嗽一声，里边有人自然也会咳嗽一声，要进去的人就知道里边是男是女该进不该进了。就这样一个破旧的老院子，前边是照相馆后边是住着五户人家。花枝就在这里工作。花枝因为从小从炕上摔到了地上，留下了毛病，就是脖子歪，往一边歪，是歪脖，但猛看还看不出来。她的脖子朝左边歪，所以她和你说话就总是站到你的右边，这么一来呢，你不留意就很难看出她是个歪脖，还以为她在特别用心地听你说话，而且很有礼貌，朝你把脸侧过来。要是人多呢，站在她左边的人就会发现她其实是个歪脖。刚来照相馆上班的时候，师傅要她学上彩，就是给照片上彩，工作室在院子西边那一排房子里，那排房子很长，窗台下的光线极好，师傅们都坐在窗下静静做事，照相馆的主任给她分配了座位，在一进门的地方。花枝刚上班的时候是冬天，十一月底，天还冷，每间屋里都生着个火炉子，主任让她坐在门口也没什么特殊的意思，那个地方比里边多少冷那么一点，有人进来有人出去开门关门总会带进冷风。但花枝不干了，说什么也不干，非要坐在里边去。花枝的心事那时候其实还没人知道。花枝的心事是，宁愿谁都看不到她，但坐在门口就不一样了，人们出来进去第一个就会看到她。花枝发了一阵愣，在原地焦急地转了几个圈子，花枝一急就爱原地转圈子。而且还会用一只手托着下巴，好像要把那张脸给托正了，托着脸，在原地转，就像上足了发条的那种玩具鸭子，转得人头晕。工作台紧挨着她的姬师傅说："花枝别转了，把我头都转晕了。"花枝就不转了，气呼呼地去找主任去了。女主任姓高，长着一个红彤彤的大鼻子。照相馆里的人们就给她起了个外号叫她"高油匠"，因为她也是给照片上色的，那时候还没有彩色照相，给照片上色分两种，一种是水色，一种是油彩，油彩的技术要求高一些。高主任的照片着色技术是照相馆里最好的，所以那一年北京那边还专门把她借去半年。在北京也不做别的，就只负责给照片上色。那时候会把全国技术最好的人弄到北京去做事，这在小镇，当年是件极为轰动的大事，所以高主任一下子就成了小镇的名人。去北京之前，高主任还是一般人，从北京回来就不一样了，商业局领导说，既然连北京也去过了，就当主任吧。高主任那一阵子和她男人总是吵架，家里住不下去，她就搬到照相馆里来住，就住在一进门那一大排房子右边把头的那一间小屋子里。高主任喜欢种花，她在工作室前自己动手开了两个小花畦，在花畦里种了不少花，主要是那种很能开花的蜀葵，还有就是种了不少开花很红的扁豆，在花畦里栽几根竹竿，然后拉上绳子，一直把绳子拉到房檐下，那扁豆的花可真是红，就一路红上了房檐。

“咱们的花可真红。”高主任笑眯眯地说。

不知谁在旁边说：“比你鼻子还差点。”

然后人们就都笑了。照相馆人不多，大家就像是一家人。照相馆的工作注定了人们就像是一家人，一上班先打扫，按着值日表来，前边柜台，也就是照相室，先扫地，然后把柜台用掸子掸了。“咔嚓，咔嚓”，掸子一路磕磕碰碰，灰尘飞起来，在有阳光的地方灰尘就显得特别多。照相房在照相馆被叫作“玻璃房”，玻璃房在柜台后边，在柜台开了票，往里边走，是化妆的地方，有大镜子，是那种“翻跟头大镜子”。镜子从上到下一路雕刻着三十多个小狮子，在没日没夜地滚那个绣球。顾客就对着这个镜子收拾自己，梳梳头，换换衣服。旁边有被漆成苹果绿的长凳子，可以坐在那里等着拍照。再往里走就是照相室，照相室里是有道具的，有高高低低的长凳子，小孩坐的那种有围栏的小高凳子。有花，让人们捧在手里的，有没有镜片的眼镜，让人们戴着假装有文化。还有领带，可以挂在脖子上。当然还会有梳子。奇怪的是，照相馆里边几乎所有的椅子凳子都漆成了那种苹果绿的颜色。连前边的柜台和暗室外的门也都是苹果绿。还有那一块一块可以把人垫高的木头疙瘩也都被漆成了苹果绿。一个人两个人坐在那里照相还好说，人多了在一起拍合影最怕七高八低，所以就要垫一垫，个子低的可以在脚下垫一块木头疙瘩，或者就垫在屁股下边。摄影师总是先把这个工作做好了，看来看去，给这个人一块木头疙瘩，再给那个人一块。而拍合影照的第一排最中间的那位一定要垫一块木头疙瘩，不管他高与低，这样一来呢，这个人必定是要比别人高那么一点。如果是拍一男一女，摄影师要先问好他们是取哪种姿势拍照，两个人都坐着还是一个坐一个站。这么一来呢，拍照的人也许就要拍两张了，一张是都坐着，男的把身子稍微侧那么一点，但两个人是一般高，一张是女的坐着，男的站在女的后边，把身子朝女的那边侧一点。摄影师还会问接不接辫子？那时候留短发的时兴接辫子，就好像她原本就有两条大辫子似的，如果顾客要接，摄影师便会把那两条乌油油的大辫子拿出来递给顾客让她自己去接，而如果那女顾客是原来就有两条大辫子的，这时候她倒又想要让自己照个剪发的相片了，这也好说，可以把她的头发这么一弄那么一弄弄成个剪发的样子，这就得照相馆里的人帮忙了。弄好这一切，摄影师还会问一下那男的，要不要戴眼镜。便把各种样式的镜框子取了出来让顾客挑，还有钢笔，也准备了两三支在那里，让顾客别在胸前的口袋里，最多别三根，整个人的左胸或右胸就高起那么老大一块。那钢笔都是没笔尖的，只不过是装个样子，让人们觉得相片上边的人很有文化。在狗心镇，有文化的人是很受人们尊敬的。

照相馆这一年一共分配来五个年轻人，花枝是其中的一个，还有两个女的，一个姓周一个姓白，另外两个男的一个姓朱一个姓苗。两个男的去前边学照相，三个女的去了后边，学上彩，学修版。高主任在欢迎会上拍拍手表示欢迎，笑着说这下可好了，有了接班人了。又说："修版可是要眼睛好的。"她这么一说呢，就好像原来那几个修版师傅的眼睛不好了。修版的窦师傅就不怎么高兴，咕嘟着嘴，不停地抽鼻子，吸吸吸，但总是吸不通，好像鼻子里安了个活塞。这个师傅就是窦师傅，大眼睛，人长得很是精神，才三十几岁，不知怎么就给自己起了个艺名叫窦秋苹。照相馆里的师傅们跟他开玩笑，说这不是个女人名字吗？"我喜欢！怎么啦？"窦师傅说。"又不是唱戏的，取个艺名做什么？"又有人说了。"我喜欢！怎么啦？"窦师傅看样子是生气了。窦师傅喜欢在脸上搽厚厚的雪花膏，那才叫香，离七八米就香过来了，他要是走过去，定会起一阵香风。他的衣服口袋里总插着一支钢笔，却从来没有人看见过他把钢笔拿出来写几个字。他还相信裤子的裤线不是光能用烙铁烙一烙就能笔直的，他说他研究出来了，那裤线是用松香粉固定的，然后他就按着自己的想法去做了，把找来的松香捣成极细的粉，然后小小心心一条线撒在裤子要烙出裤线的地方，然后把裤子放在烙铁下烙，好家伙，窦师傅的裤线可真是笔直好看，但过不久问题就出来了，裤线那地方亮晶晶的了，别的地方不亮就那个地方亮。那可真不好看，但窦师傅自己就当没看见，就那么一阵风地走来走去。这是白天，到了晚上，窦师傅去舞场，那可真算是出尽了风头，就凭那条裤线笔直的裤子。照相馆的人们都管窦师傅那条裤子叫"松香裤子"，到了后来，"松香裤子"成了窦师傅的绰号。"松香裤子来了没？"有人说。"松香裤子在扫院呢。"有人说。"松香裤子肯定刚从这里过去，你闻这个香。""松香裤子又交上朋友啦？"不用问，是男朋友，松香裤子不喜欢和女人交朋友，他的朋友都是男的，这有点怪，但谁也说不出人家怎么怪。窦师傅当过三年兵，当兵之前他就在照相馆学徒，三年兵当下来，到头来他又回到了照相馆，他喜欢照相馆，因为他当过三年兵，高主任有什么事都要和他先商量一下，听听他怎么说。那个高主任，是极喜欢当兵的。她规定，当兵的来照相不用排队，再忙也不用排。这就显出了这家照相馆的与众不同。日子，就这么过下去。

窦师傅在照相馆最合得来的人是在前边照相的夏师傅，夏师傅还不到四十，人长得很漂亮，衣着很讲究。夏师傅的爱人比夏师傅大二十多岁，是剧团唱戏的，在这一带十分的有名，艺名叫“小彩虹”，意思说，她只要一出台，就像彩虹一样美丽。“小窦开心晚。”夏师傅对人们说。“先玩两年再说，结婚早也没什么意思，再玩就玩老了。”夏师傅这样说。旁边马上就有人接了话，是姬师傅，姬师傅说：“再开心晚就到了当姥爷的岁数了。”说得大家都笑了起来。女人一般都很少抽烟，但姬师傅是要吸烟的，工作一会儿她就会点一支烟吸吸，吸烟的时候她会站起来到这里看看再到那里看看。姬师傅总是有气无力的样子，走路很慢，做什么都很慢。照相馆的师傅们都知道就这个姬师傅身上长年跟着东西。年轻人不知道这句话是什么意思，问：“跟什么东西？”被问的师傅说还能跟什么东西，以后你们就会知道了。年轻人好奇心重，再问再问。被问的师傅不得不说了，再说姬师傅也不在跟前。被问到的师傅小了声，说：“还能跟什么，跟着狐仙，你们姬师傅跟着个狐仙。”这么说还不行，被问的师傅就再说一个细节，那就是，那个谁也看不见的狐仙一年到头就总是跟着姬师傅，尤其是晚上，会从烟囱里钻进来钻到姬师傅的被子里折腾她。姬师傅就只好钻到她丈夫的被子里睡觉。“她长年和她男人一个被窝。”说这话的时候，人们就总想笑，想到那上边去了，其实这有什么好笑，但人们都还是觉得有些奇怪。这个姬师傅人其实是很好的，说话慢慢的，办事慢慢的，无论说什么都是商量的口气。奇怪的是，人们谁都不知道她的烟放在哪里，想抽的时候就取出来了。而且，她有个专门放烟盒的绣花烟盒套，很特别，姬师傅的烟就放在这个很好看的绣花烟盒套里，烟盒套上一边绣着《西厢记》张生戏莺莺，一边绣着《白蛇传》许仙断桥见白娘子。四边绣的是宝蓝色的西番莲，那花枝绣得可真是婉转好看。这种烟盒套现在在小镇上几乎见不到了，只有姬师傅这种有钱的旧人家才有。那时候人们对吸烟没什么意见，谁想吸吸就好了。有了什么新牌子香烟，大家都你一支我一支地分开来吸，屋子里一时烟雾腾腾。而不吸烟的人倒是少数。有一天，姬师傅对坐在旁边的花枝说：“你抽不抽？”原是随便问一问的。想不到花枝就从姬师傅手里接了一支左看看、右看看就那么抽了起来。花枝坐在那里，把身子朝右侧那么一点，两手抱着自己的小胸，一只手里掐着烟，样子算是妩媚极了。花枝一边抽一边笑，像是做了一件什么让她很高兴的事。到了后来，姬师傅抽烟的时候也会主动去讨一支。花枝因为是歪脖，她便自己怎么坐好看就怎么坐，如果坐在角落里，她会让自己的左边身子藏起来，其实是藏不起来的，只不过是把左边身子隐在人们的视线看不到的地方，而右边身子就往外侧，也是往外突出那么一点，这样一来呢，身子有那么点悬空的味道，显得特别妖娆。

“有人说我抽烟好看。”这一天呢，花枝突然对姬师傅说。

“抽烟有啥好看。”姬师傅说。

“他们都这么说。”花枝说，“姬师傅你看看我好看不好看。”

姬师傅只好装作很认真地看，直把自己也看得“呵呵呵呵”笑起来，姬师傅的笑声很怪，像是很冷，是很冷的笑声。

花枝其实不难看，小小的嘴，小小的鼻子，细细的眉毛，皮肤白白的，真是不难看，而且还可以说得上好看。

姬师傅靠近了花枝，要把什么事告诉花枝，花枝忍不住叫了一声。她看到了姬师傅脸上长的那些小肉瘤，鼻子两侧长了不少，小米粒那么大。有时候姬师傅会一边抽烟一边用手指捏脸上最大的那几个肉瘤，像是要把它们捏下来。

“是不是痦子？”花枝问姬师傅。

“等张继唐下次来了我问问。”姬师傅说。

“谁是张继唐？”花枝不知道谁是张继唐。

“张继唐你也不知道，中医院的好医生，最好的医生。”姬师傅把身子往后坐坐，声音放小了，说，“以前我们家不管是谁生了病都找他，让人去叫，他就来了，来一次，家人全都会看一看，看看看看，我说错了，不是他，是他父亲，他是跟他父亲学的。”

“张继唐，咱们狗心镇最好的中医大夫。”姬师傅又说。

“我又不得病。”花枝说。

“吃五谷哪有不得病的。”姬师傅笑了起来，一边又用手摸她脸上的那几个小肉瘤。花枝用手轻轻打一下姬师傅的手，说，“不许摸不许摸，越摸越大了。”

坐在旁边正在修版的窦师傅突然笑了起来，笑得肩膀乱动。笑是会传染的，师傅们都笑了起来，他们都听到了花枝的那句话。

“什么东西才会越摸越大。”窦师傅像是自言自语，人们就笑得更厉害了。这时候夏师傅过来了，坐在当地放的那张大案子旁边的椅子上，那张大案子平时是裁相片装相片的地方，过节联欢人们都会围着这张大案子坐好，上边是茶水糖果瓜子香烟。

夏师傅坐下来，笑着看花枝。

花枝不懂窦师傅的话，痴在那里，看看这个看看那个。

“花枝该找对象了。”夏师傅说。

“我不找。”花枝说，像是不高兴了。

人们就说起找对象的事，和花枝一起来照相馆的小周和小白都好像正在谈恋爱。人们一正经地说起小周和小白找对象的事，花枝忽然就不说话了，人木在那里。关于找对象，那个时候，人们好像都想找个当兵的，是，当兵的怎么看都好看，因为穿了那一身军装，个矮的也不显得矮了，人长得不俊的也像是俊了，军装就是扶人。所以那时候年轻人的一个愿望就是当兵，当不了兵的也要弄顶军帽戴戴。有因为在街上抢军帽被判刑的，三年或五年。那时候军帽和军装是时髦货。照相馆的师傅们都已经听说了，那个小周找了个当兵的，但听说归听说，谁也没见过人。师傅们对小周说了：“把对象带来让师傅们看看”。人们在这边说话，谁都没注意花枝在一边早已经激动得坐也不是站也不是。她“砰”的一声把椅子推开，站起身，因为是歪脖，做什么动作一旦过了头，就像是那种上了发条的玩具鸭子，在地上就转开了圈儿。她在师傅们的工作台旁边转了几转，然后站住了。两眼出奇地亮，细看是有了泪水。但没人注意她，人们都在说小周的事。只有夏师傅在看着她。

“开心了。”夏师傅小声说，也不是对谁说，像是自言自语。

“少操人家黄花闺女的心。”姬师傅也像是自言自语，眼睛也没朝夏师傅那边看，不知怎么就来了这么一句，把一口烟慢慢吐出去，她正在给一张八寸大的照片上色，用水彩，把照片上的人的嘴唇先勾了，把腮部也勾了，然后再用油彩慢慢慢慢往照片上抹。姬师傅总是一边工作一边抽烟。

夏师傅站起来出去了，下午天热，小镇上来照相的人不多。卖蝈蝈的河北人从街上走过了，“唧唧唧唧”。

而过不了几天呢，那个名叫张继唐的大夫果然来了，因为中医院离照相馆不远，他没事就会过来和人们坐坐说说话。那时候呢，这些个没有入过党，也没怎么受过苦的，而且在店里边做事的人都被叫了私房人员，什么叫私房人员呢？也就是不红不黑，说他们红吧，他们不是党员也不是什么贫下中农；说他们黑吧，他们也不是特务反革命之类，但小镇上的人们都知道他们要比一般人有钱，他们还要比一般人有那么点文化，所以人们又是用另一种眼光看着他们。而他们却是鱼找鱼虾找虾，一有时间就会碰碰面在一起说说话。那时候照相馆里总有好茶，茶是从旁边的积德珏茶庄里买的，高碎，味道很香，但价格却是同样的茶的一半儿，茶庄的人没事的时候就坐在那里挑茶，围着一张朱漆大八仙桌，用个箩，把茶先筛一筛，叶子完整的便是一等或二等的好茶，筛下来的碎叶子，味道其实一样，但就是不讲究了，不好看了，就卖了高碎。那时候公家可以买茶来给人们喝，好像这又是一种福利。来了客人就沏壶很香的花茶。大家一边说话一边喝茶。狗心镇的日子是悠闲的，时光在这里总像是过得很慢。

张继唐人很斯文，那种骨子里的斯文，走路很慢，一步一步，脚上总是穿着千层底的黑布鞋。以前人们都叫他张先生，现在不许叫先生了，就都叫他张大夫，张大夫的毛笔字写得很好，也只是写小楷，他开药方都用毛笔，人们去他那里看病都会注意到他的桌上有一个木头脉枕，元宝形的，中间凹，两头翘，据说是沉香木的，但谁也没闻到它是怎么个香。还有就是有笔筒，矾红彩金鱼笔筒，还有个很大的白铜墨盒，铜墨盒的盖子上是颐和园的风景。张大夫开药方总是用很工整的小楷。有人喜欢他的字，总在想方设法收集他的药方子。张大夫无论去什么地方都还带着一个小茶壶，扁扁的那种小抿壶，上边是矾红彩的太师少保，也就是一大一小的两个狮子，眼睛突出着，画得可真是好看。无论到了什么地方，张大夫总是用自己的这个小茶壶喝水。有人喜欢他那个矾红彩的壶，说：“张大夫，您这可是古董啊。”

张大夫说：“什么古董，一把破壶。”

夏师傅也对张大夫的小壶感兴趣，但他对张大夫说：“您这是瓷的，小彩虹是一把紫砂的，玉把子玉嘴，出台进台都要喝那么几口，有专门给她拿茶壶的。”小彩虹是谁，就是夏师傅的老婆，比夏师傅大二十多岁，是十分有名的北路梆子演员，她老了，所以她很宠夏师傅，夏师傅要什么她就会给他买什么，但夏师傅最爱的是女人，只要他看准的女人他都想搞到手。他人又长得风流漂亮，原先在剧团跑龙套，后来小彩虹不让他在剧团待，让他到照相馆去上班，

有人跟着夏师傅说："给你老婆拿壶的人可不能是一般人，要是有人在壶里放点哑药，嗓子就完了。"

"她干妈给她拿，她那把壶她干妈从来都没松过手。"

人们对小彩虹很感兴趣，谁让她是镇上最有名的演员，就问："她喝什么水？不是白开水吧，肯定是咖啡吧？"小镇上的人们认为咖啡才是最高级的饮料。

"龙井茶。"夏师傅说，"最贵的龙井茶。"

"她干妈就给她管那么一把壶吗？"有人说。

夏师傅说："她干妈比她还小两岁！"

"比她小还叫她干妈？"旁边的人说。

"剧团都这么叫嘛。"夏师傅说，又小声说，"角儿们都喜欢人们这么叫。这么一叫不就显得她们岁数小了嘛！"

张大夫踱着方步来了，一手端着他那把小茶壶，下午看中医的人不多，几乎是没人，这地方的规矩是上午才看郎中。张大夫没了事，也不愿远走，就到照相馆来了，来说说话，照相馆的师傅们该做什么还在做什么，下午的活其实也不多，新兵来照相的季节已经过了，抽调去北京的事现在也没有了。既然张大夫来了，人们都忽然觉得自己是不是什么地方有病了，不舒服了，有的没的都想让张大夫把把脉。张大夫也习惯了，给人把脉又不影响说话，该说什么还说什么，这就是张大夫与常人不同之处。张大夫从不嫌烦，给这个把了给那个把，好像是，既然张大夫给人在那里把脉，要是谁不把就像是吃了亏似的，人人都伸出胳膊等着。姬师傅呢，肯定也是要让张大夫把一把脉的，但她不急，坐在旁边一边抽烟一边和张大夫说话，在镇上，人们都知道姬家和张家关系很好，姬师傅问张大夫爱人的事，张大夫的爱人不工作，嫁张大夫这样的好郎中还用工作吗？郎中家虽不是药房，但据说那几年从张大夫家里抄出来的犀牛角就有二十多顶，羚羊角藏红花人参就更不用说。后

来倒是都归还了。说起爱人的事，张大夫好像是很生气，但他实际上也不生气。姬师傅问张大夫家里的那么多字画呢。

“听说别人家的字画可是都退回来了。”姬师傅小声说。

姬师傅这么一说张大夫就像是来了气，说他爱人：“她那个人，再值钱的东西也不看，坏个尿盆子倒会让锔盘锔碗的把它给锔起来。”张大夫说，“清波主的八尺大画让她给卖了二十块钱！”

人们谁也不知道谁是清波主，你看看我，我看看你。

张大夫从口袋里掏出一根银子做的那种细牙签，张开嘴，在上边那排牙上横扫一下，“唰啦啦”，又在下边那排牙上横扫一下，“唰啦啦”。上边下边左左右右扫了那么十多下，然后把银牙签又收了起来。他习惯了，总是用银牙签在牙上每天扫那么几回，所以张大夫的牙特别结实。

姬师傅不说字画的事了，别人也都把完脉了，姬师傅坐过来，把胳膊伸过去，也要让张大夫把一下，看看身上有没有什么毛病，春天的时候人们容易犯病。

“这两天有一声没一声地咳嗽。”姬师傅对张大夫说。

“是不是应该吃点同仁堂的‘养阴清肺丸’？”姬师傅又说。

“这几天少出去，多穿点。”张大夫说。

姬师傅让张大夫把脉，先给张大夫点了根烟，是用自己嘴里的烟给张大夫点一根新烟，然后再递给张大夫，这是礼貌。姬师傅抽的是恒大，这烟在小镇算是好烟。姬师傅坐在那里把脉，花枝也过来了，她托着下巴站在一旁看，花枝和姬师傅说得来，所以姬师傅现在走到哪里花枝就总爱跟到哪，上厕所，花枝也总是要拉姬师傅一块儿去。因为里边那个荒败的院子平时根本就没有人去，所以，人们去厕所就总是要拉个伴儿。那个院子啊，据说晚上会闹鬼，黑咕隆咚地有人蹲在那里拉屎，就听见有人说：“有没有纸，给半张？”这人就扯半张纸递过去，却大大吓了一跳，周围没人。有时候白天也不安宁，也就是总有个人会在那里问：“有纸没，给半张。”“有纸没，给半张。”但光听见声音却看不见人，真是吓死人。有时候大中午的也会听见这个鬼在说这句话，所以，大中午太阳当顶也没人敢去厕所，因为没人去，厕所周围的草长得那么高，里边都可以藏个人。都说中午也是最凶的时辰。晚上就更没人去。连旁边院子里的人都不去，都使家里的马桶。那种很高的木马桶，有多高？正好和凳子一样高，人坐上去拉屎不费劲，早上倒马桶得两个人抬，但一般人家不用亲自去倒马桶的，每天早上都有倒马桶的来，把一家一家的马桶都给倒光，然后拉走，近郊种菜离不开这些东西。一大桶尿卖十块钱，那种拉屎尿的车上是更大的木桶，真不知道他们是怎么往下搬那装满了屎尿的大木桶的。“你们拉的，到后来还得你们吃。”有一次，来倒马桶的年轻人不知为了什么不高兴了，眼泪汪汪地说。恰好被旁边的人听到了，旁边的人就说：“小伙子，你这话怎么说，你嘴干净点。”

“庄稼和菜都是大粪变的。”拉粪的说。

“那你怎么不吃大粪？”说这话的就是姬师傅，有时候姬师傅是很厉害的。

姬师傅坐下来，让张大夫给她把脉。

花枝托着个下巴在那里看。

一只苍蝇在屋子里绕上圈子飞，高主任举着个蝇拍子追着它打，却总是打不着。

姬师傅和张大夫手里的烟都在冒着烟。别的师傅们在说话，有喝茶的声音，还有从外边传进来的市声，汽车喇叭声，是电车过来了，照相馆门前有个电车道。各种声音交织在一起，让人听上去感到是那样安逸。而突然，姬师傅一下子就尖叫了起来，人也跟着跳起来老高。这可把花枝吓了一跳，她可不知道发生了什么事情。怎么回事？姬师傅怎么了？怎么一下子跳那么高？

“按住、按住、快搂住。”张大夫说。

被吓得不轻的还有高主任，脸色都变了。花枝也不再用手托下巴了。她刚才只听见张大夫对姬师傅说了一声：“你今天是双脉。”张大夫只说了这么一声。平时看起来文文静静、慢条斯理的姬师傅就一下子发作了起来，跳了起来。跳得那么高。

“按住、按住。”张大夫又说，“这会儿就在身上。”

旁边的师傅们都停了手里的活儿，他们都知道是怎么回事了，姬师傅这时已经不是平时那个姬师傅了，说话的声音也变了，不知道在说什么，力气也大了，几个人都按不住她一个人。

“怎么啦？”花枝说。

“上身了，上身了。”有人说。

“什么是上身？”花枝问。

"上身就是上身。"说话的人哪有时间解释。

这时小朱和小苗已经从前边"扑通扑通"跑过来了，高主任要他们赶快过来，让他们一边一个把姬师傅抓小鸡样紧紧抓住，他们也不知道自己在做什么，要把姬师傅怎么样。高主任让他们怎么做他们就怎么做，但他们两个真不知道下一步怎么办。高主任把门"哐当"一声打开，说："快送出去，快送出去，送出去就好了。"姬师傅个子太小，几乎是被小朱和小苗架了起来，姬师傅被送出去的时候两只脚是一跳一跳，特别有劲，小朱和小苗几乎都按不住，但一送出门，在台阶前的花池边上，姬师傅忽然摔了一跤，是猛地一下子朝前扑出去，然后一屁股坐下来，两眼忽然睁开了，忽然又变回了原来的姬师傅。坐在地上的姬师傅好像是不知道刚才发生了什么，看看这个，再看看那个，她问紧紧跟在后边的花枝，："怎么啦？"

"出什么事了？"姬师傅又问，声音弱弱的。

花枝什么也不知道，她愣在那里，用一只手托着下巴，她不知道什么是上身，是什么上了姬师傅的身，姬师傅怎么会一下子就变成了那样，怎么忽然会那么有力量，小朱和小苗都按不住她。

花枝手托着下巴转了一个圈，又转了一个圈。

"要是在家里摔那么一跤就坏事了。"有人小声对花枝说，"那东西就会留在屋里永远也出不去了，必须得在外边摔跤，这时候那东西也许上房了。"说话的人看了看房上，别人也跟着往那边看，但房顶上什么也没有，只有一排排的瓦松，说红不红说绿不绿。

那一下午，姬师傅简直是一点点劲都没有，身上是软的，高主任让她躺在工作间旁边的那间小屋里，这间小屋是人们值夜班睡觉的地方。姬师傅在不停地喝水，话也不说。花枝不停地给她倒水。因为高主任安顿花枝了，说你照顾着点姬师傅，小心别让她掉地上，让她多喝点水。高主任不知道在什么地方找了一张红纸，把红纸放在了炉子上。直到后来，花枝才知道姬师傅那天是狐仙上了身，但那狐仙有可能还会回来，它要回来就只能从烟囱里进来，那是它的通道，高主任把一纸红纸压在炉子上，这样一来呢，那谁也看不见的狐仙就进不来了。

"为什么放红纸？"花枝问高主任。

"年轻人，不许乱问。"高主任说。

“啊呀，您刚才可吓死我了。”花枝对姬师傅说。

“唉，大白天跟到这儿来了。”姬师傅有气无力。

花枝坐在姬师傅身边，对姬师傅说：“有什么办法不让它上身，它再要是上身你就打它两下。”花枝这么说着，忽然想起了什么，抬起手，猛地打了自己脸两下，打得很重，“啪”一声，“啪”又一声。这是她自己从小想出来的，她总认为自己能够用力把自己的歪脖子打正，她从很小就打了，“啪啪啪啪”，动不动就是几下子，也不嫌疼，有时她生自己的气，还有意让它疼。打完自己，有时候花枝还会去照照镜子，总觉得脖子被打得正了点。

“你可别打自己。”姬师傅说，“你为什么打自己？”

“我不告诉你。”花枝说。

“还有自己打自己的？”姬师傅有气无力地又说。

“我每天想起来就打，我要把它打正。”花枝说。

晚上姬师傅的男人来把姬师傅用自行车接走了，平时姬师傅都是自己走着上下班。人们都说她男人要是个军人就好了，晚上把手枪压在枕头下边，狐子大仙什么都不敢来了。可姬师傅的男人不是军人，是机关里的一个会计，很文弱的样子，白白的，嘴里镶了一颗金牙，一笑亮闪闪的，可能因为那颗金牙，姬师傅的男人见人总是笑。

人们都看见姬师傅的男人用自行车把姬师傅接走了，但没人看到夏师傅用车子带着花枝，花枝的家和夏师傅住得不远。那个地方有个好听的名字，叫“兰池”。兰池是狗心镇最热闹的地方，只是那里的地势比别处都低，一下雨就会聚满了水，到了夏天会生出不少蛤蟆，到了晚上“呱呱呱呱”好不热闹。夏师傅用自行车带着花枝，到了兰池，花枝就会从车座上跳下来，飞快地跑进那个红砖砌的圆门洞，回家了。

2

花枝病了，病得还不轻。

照相馆的师傅们背地里说花枝这也是邪病，跟姬师傅那个病也差不多，见了男的就走不动就往人家跟前靠，还想对着人家某个部位伸手，是花痴，花枝肯定是犯了花痴。师傅们说花痴分两种，文花痴与武花痴，文花痴只是笑只是盯着男的看，从脸一直盯到裆，是等着男的动手。而武花痴却是见了男的就要动手，摸人家，掐人家，爱人家，想跟人家睡觉。有时候还会不小心损坏人家男人们的器械。师傅们说花枝现在的阶段还处在文花痴阶段，还没有发展到武花痴，所以得赶紧治，这种病又不能吃药打针，治的办法也就是让她赶紧结婚，男人一上了身，使出力气夜夜不落空，一来二去，比吃什么药都好得快。可花枝得了这么个病，再加上脖子歪，事情可就不好办了，没人愿意找她。花枝这个毛病比姬师傅的还要麻烦。姬师傅因为身上总是跟着那么一个谁也看不见的狐仙，动不动就犯，已经有好长时间没来上班了。听说她男人会带她去趟终南山，让那里的道长给她好好看一看。给她身上挂一道符，那符不是用朱砂画，而是要用一百条黑狗的血来画，这就让人想不通了，一百条狗的血那该有多少啊？只用来画一张符？据说也只有用一百条黑狗的狗血画的符才会让那个狐仙不敢再来缠她，要是总跟着她，她还怎么上班？高主任因为上次在炉盖上压了一张红纸受到了批评，照相总店的一把手牛主任说："封建迷信那一套是不是又要复辟，谁看见那个狐仙了，把它逮过来给我看看。"

牛主任在部队当了大半辈子兵，根本就不相信这一套。他说让高主任把那个狐仙逮来给他看看，他自己也觉着这么说好玩儿，因为觉着好玩儿开大会就一连说了好多次。不过他又说："旗子就是避邪的。"这个牛主任爱喝酒，二两下肚就管不住自己的嘴，他就继续往下说。说那个红旗，"打仗为什么要打旗子呢，就是为了避邪，多打几面，敌人就完蛋了。你要是不打旗子，到时候球也不顶，子弹会到处乱飞。"说到兴奋处，牛主任粗话也就跟上来了，下边的人想笑不敢笑，不想笑偏又忍不住。高主任不笑的时候还是一本正经的样子，一笑就很色，大鼻子通红，两只小眼睛，短剪发，说不出来的那种色，很色，所以又有人说了，给她起个"高油匠"的外号你以为啥意思，就是因为她色。牛主任在那里一说，高主任就想忍也忍不住了，先是忍了忍，但这个忍只会让马上到来的笑来得更厉害。她果然想忍忍不住然后就笑了起来，紧接着是大家伙都跟着笑，笑是会传染的，牛主任也跟着笑，牛主任其实是个爽快人，直性子，他跟上"哈唬、哈唬"地笑，一边笑一边还又总结了这么一句："透他妈的，看我这虽不是笑话也让大家笑了个够。"就这个牛主任，除了爱开会讲话，还爱给自己办实事，他办的第一件事就是把老婆的工作给解决了一下，让她从乡下来的老婆到了总店下边的一个饭店当了管理。他办的第二件事是把他儿子的女朋友给调到了照相馆。牛主任的未来儿媳妇可真不好看，不但黑，而且个子低，还总努着个嘴，一说话一笑就露出前边那颗龅牙，那龅牙长得又真是奇巧，不是长在左边或右边，而是长在正中，就像是犀牛那个意思。就这么一个人调到照相馆，牛主任还指定要她学照相，说照相技术可以吃一辈子。高主任真是有点犯愁，照相馆的摄影师向来都是要模样好风度好的。高主任发愁，还没说什么，松香裤子窦师傅在一边开口说了话："这是要出人命的，就那颗犀牛牙，一露出来吓不死大人，小孩可保不定会怎么样。"窦师傅说完忍不住"哈哈哈哈"笑了起来，屋子里的师傅们也都跟着笑。这天窦师傅的雪花膏搽得似乎多了点，那个香啊，有点呛人。首先像是他自己都给呛得受不了，"吭哧，吭哧"不停。

高主任便去找牛主任，说学照相就学吧，学照相好。

"但是得让她先把那颗牙拔了，天天要见顾客，还是拔了好。"

牛主任想想，说："她到你们照相馆上班就是你们的职工，你带她去拔。"高主任没做过这种事，拔牙和上班有什么关系？但还是决定带着牛主任的未来儿媳妇去一趟镶牙馆。但也只是这么想了想，第二天就变了主意，"管她犀牛不犀牛，管她吓人不吓人，要真吓死人到时候再说。"高主任几乎是对照相馆的所有人都这么说。她在心里对牛主任很有意见，又是把老婆调进来，又是把个还没结婚的儿媳妇调进来，还想让自己领着她去给她拔牙，算了吧。所以呢，牛主任的儿媳妇直到后来还那么犀牛着。长龅牙的人很多，不是在左就是在右，正好长在中间的还真少见，所以人们一见她就总是会先"咦"的一声。所以她直到后来也总是努着个嘴，轻易不开口，也不笑，性格变得很不合群，总像是跟谁在生气。也许她总是为了那颗牙而生气，所以呢，那颗牙也横了心，像是比别的牙长得都快都长。牛主任的儿媳妇叫邹桂花，人们叫她小邹。小邹也曾自己悄悄找过牙医，也想把那颗牙给拔了，但小邹是过敏体质，麻药才打下去，人就一下子栽倒在地死过去了，吓得牙医满头冒汗，说什么也不敢再给她拔。到了后来，小邹自己也不敢去拔。而人们呢，在背后也不叫她小邹，也不叫她邹桂花，只叫她"犀牛"。

"母犀牛！"窦师傅在那里修版，有时候会忽然把笔一摔，说，"这就是母犀牛照的相，看这灯光打的，比鬼都难看！”

有好几次了，顾客开了票，但又不照了，非要等下一个班的师傅来了再照，他们不愿意让小邹给他们照，或者就把票退了干脆不照了。

这一年到了年底，照相馆也评先进，有二百块钱奖金。牛主任把高主任叫了去，说：“小邹工作踏实又不乱说话，今年就她吧。你看人们都叫她母犀牛，你看人家说啥啦，什么都不说，今年就她吧。”

花枝病了，她的病一犯起来就真是热烈，谁都拦不住，又是说又是笑，只拣男女的事说，一个姑娘家，“×”“××”这样的字眼也时时在她的话里崭露锋芒，而大家又像是喜欢她说这些带脏字的话，都哈哈大笑，她一旦哪天忘了说，人们还会百般引导着她说，而花枝不犯病的时候就简直是一句话也没有，两眼直直的，只望着前方，一只手托着半个脸。以前她还有个说话的，是姬师傅，姬师傅终于去了终南山，一去就是一年，花枝就没个说话的人了。但花枝学会了抽烟，公开了，点一支，慢慢抽，歪脖子倒让她显出别一种的妩媚，身子朝前倾那么一点，当然这要从这边的角度来看，就好看，而要从另一个角度看就难看死了。花枝抽烟不久就教会了一个徒弟，就是在前边照相的小朱。小朱是东北人，生在东北，不到一岁就跟上父母来到了现在这个地方。

“小朱，来。”花枝在那里叫小朱了。

小朱就过来，小朱长得一般，细看还顺眼，个头也中不溜秋，不是帅，而是年轻让他显得帅。

“抽吧。”花枝说，“你个大男人还不敢抽根烟。”

“谁说我大，谁见过。”小朱坏笑着小声说，怕师傅们听到。

小朱就点上了，两眼笑眯眯地看着花枝，吸烟是不用学的。

“给根烟。”后来，小朱主动跟花枝要烟了。

“我给你点我给你点。”花枝放出大妖娆，乔张做致起来，眼啊说话啊就不一样了。小朱哪会不明白，小朱那天对小苗说：“要不是她那歪脖，我就把她透了。”小苗像是个高人，一句话就把小朱给点透了，小苗说：“你又不是透她的脖子。”那几天，小朱的女朋友刚吹掉，有劲没处使了，情绪也很低落。正好花枝总是跟着他。小朱去暗室冲版，冲版是摄影师的事。小朱进了暗房，这天呢，花枝也就跟着进去了，冲版的那间暗室是独立的，在一进大门右手的仓库后边。花枝跟着小朱进了暗室，暗室里只有一盏暗到几乎看不清的绿灯，小朱把底版都冲完了，定了影，用水漂洗，水“哗哗”流着，小朱有点抖，摸摸自己，也被吓一跳。

“来！”小朱突然说，把已经紧贴着自己的花枝一把抱住。

花枝叫起来，小朱可不小。

花枝颤抖着连声说：“这才是爱情。”

小朱把两个指头，一下子伸在了花枝的嘴里。

花枝“呜呜呜呜”，两手却把小朱抱得更紧。

他们是躺在暗室的药袋子上行的事，照相馆里冲洗放晒用的各种药，一袋一袋地摞在地上，正好让小朱和花枝用来当床。

隔一天，花枝又跟着小朱去暗房。

“来，我等不及了。”小朱说。

小朱把这事对小苗说了，说：“可真好，去，你也去。”

“是的，不去白不去。”小苗说。

这天轮到小苗去冲版，他兴冲冲抱着个暗盒子，那暗盒子用一大块遮光布包着，遮光布是一面黑一面红，小苗有意在花枝跟前来回走了几次，看见旁边没人才赶紧小声对花枝说：“走，跟我去冲版。”

花枝笑嘻嘻跟了小苗去冲版，因为是在一进大门的仓库那边，有个小房挡着，小房是临时加盖的，为的是挡住冬天的冷风，在北方这个小镇都是这么个做法，饭店本来有大门，但还要在大门外再加一个小房，很不好看，但到了冬天很实用，不会一开门就一股冷风吹进去。其他的地方也这样，开会的大礼堂，大门外也要加这么一个小房，人们进了小房，然后再进大门，北方的冬天，西北风特别厉害，也只有这个方法可以挡得住，所以人们看不到这边有什么情况，也看不清他们是进了哪边的门。小苗摸黑冲完版，让清水漂洗底片。那个冲洗底片的池子一共有三个，一个比一个高，水从最高的那个池子流起，一个池子接着一个池子地流下来。哗哗哗哗，无休无止。

小苗突然拉过花枝的手，手还湿着，小苗对花枝说：“你摸摸。”

花枝就摸：“哎呀、哎呀、哎呀。”

“再摸。”小苗说。

“哎呀、哎呀。”花枝说。

“让哥好好儿那个、那个你。”小苗已经把花枝按在了门上，一只手把花枝的腿抬起来，放在一边的凳子上。另一只手捂住花枝的嘴。

做完事，花枝的脸色好看极了，滋润得像一朵桃花。小朱和小苗都对她说了又说：“这种事千万不要告诉人，对他们谁也不要说。”

花枝在工作室外的地上转啊转啊，一只手托着脸，笑着。

师傅们说：“别转了、别转了，再转中午吃的东西都要吐出来了。”

花枝点了一支烟，一边抽烟还是一边接着转。

做过几次，小朱和小苗才发现自己错了，自己不该做了，花枝是个真正的病人，她到处问人：“是小朱好还是小苗好？”别人还没回答，她自己就先来了个总结：“他们两个人都好，要是相比，还是小朱好。”花枝坐在那里，抽着烟，说一阵小朱再说一阵小苗，像是评委在评比什么。花枝在那里不停地说，坐在旁边的夏师傅两眼瞪得有多大，他明白了，心里一时好难过。

这天下班，花枝还想让夏师傅用自行车带她一段路。

“你对我已经没有一点意义了。”夏师傅骑了一辆日本的牛头把生茂牌车子，是倒蹬闸的那种。夏师傅蹬着车子猛地朝前一冲，又把脚往后猛地一倒，车子几乎要立起来，夏师傅转了个圈子，又把车子骑到花枝跟前，用很小的声音对花枝说，“你现在让我那个我也不会那个了。”花枝像是没听懂，嘻嘻嘻嘻笑。手托着下巴在原地转了起来。

“你是不是让小朱小苗都那个了？”夏师傅问花枝。

“他们都说喜欢我。”花枝说。

“他们说喜欢你？”夏师傅说。

“他们喜欢我。”花枝说。

“他们怎么会喜欢你？”夏师傅大声说。

“他们喜欢我。”花枝又说。

“猪才喜欢你。”夏师傅说。

“你喜欢不喜欢我？”花枝问夏师傅。

夏师傅看看花枝，看了好一会儿，说：“上来！”

这一次，夏师傅没有把车子骑到兰池，夏师傅直接带着花枝去了狗心镇的人民公园。公园的湖南边有个小树林，林子里有长条木椅，平时这里没人，但一般人都不知道小树林东边的那一道红墙上有两个小洞。这边做什么那边看得一清二楚，就像是看电影。也是夏师傅该着有事，他让花枝手扶着墙，他把花枝的衣服撩起来，他从后边来，这样两个人都不用脱衣服。夏师傅呼哧呼哧在后边做，花枝在前边忽然说一句："还是小朱好。"夏师傅呼哧呼哧："小朱怎么个好？"花枝说："我不说。"夏师傅不高兴了，拍一下花枝，说："和我那个就别想他那个！"也是应该出事，是天快黑还没黑的时候，人们该吃晚饭了，公园里边人不多，但湖里边还有人在游泳，天还不太热，那些游泳的人都是些火气十分壮的年轻人。夏师傅用两只手搂住花枝的腰，人像开火车一样越来越快，这时候忽然有一块砖头从墙那边抛了过来，是墙那边的人通过那个小圆洞看这边看得被刺激得过了头，把一块砖抛了过来，那块砖真是准，抛过来，一个弧线落下去，正好砸在了夏师傅的头上，花枝听见夏师傅"呀"了一声，觉得夏师傅的身子忽然一下子就全部压在了自己身上。她还不知道出了什么事，当夏师傅从她身上一头栽出去，花枝才看到了夏师傅头上的血。血很快盖住了夏师傅的那张脸。花枝又不懂得喊人。

天黑以后，夏师傅才被送到了医院。

是两个谈恋爱的人钻进小树林准备做事才发现了花枝和夏师傅。

但人们都忘了夏师傅骑的那辆著名的日本生茂牌自行车当时被什么人推走了，半年后夏师傅的老婆小彩虹忽然才想起了这事，那辆日本车值不少钱，却早就不知去了哪里。在狗心镇这个小镇里，骑那种车子的人没几个，也许就夏师傅一个。

因为受了刺激，花枝病得更厉害了，她和小朱小苗的事照相馆的人都知道了。小朱和小苗再也不敢拉花枝进暗房去冲版。花枝病了，说话更不知深浅。嫩玉米下来了，高主任按着人头买了热腾腾刚煮熟的嫩玉米分给大家吃，也分给花枝一根，刚煮熟的嫩玉米很烫手，花枝好不容易把玉米皮剥了，忽然嘻嘻嘻嘻看着玉米棒子笑了起来："小朱、小朱！"在一旁吃玉米的小朱赶紧掉转头去了另一间屋。花枝和小朱、小苗还有夏师傅的事，很快就被总店的牛主任知道了，是母犀牛在家里吃饭的时候把这件事说了出来，牛主任对这种事特别感兴趣，他忽然把筷子往桌上一摔，居然像是生了气。牛主任停了吃饭，点了一支烟，就那么一边抽一边想了好半天，一边想一边忽然用手拍打着桌子唱起歌，"一呀么一呀一，二呀么二呀二"，这首歌的节奏很是铿锵有力，很快，他在心里做出了决定。

第二天，牛主任把办公室主任杨新球叫了过来，让他马上去办一件事，去通知高主任，让高主任通知小朱和小苗来总店，总店为此事快速地成立了一个专案调查组。用牛主任的话说是，“这还了得？”人们也都马上觉察到了这件事性质的严重，让人害怕了。照相总店在狗心镇东门外紫光饭店的楼上，那座楼都是照相总店的，其实是个旅店，照相总店占了二层西边的大部分房子，一楼是饭店和另一家照相馆，三楼四楼是旅馆。小朱和小苗很快就被带到了这里，两个人分开，每人一间房，有人看守，看守他俩的人也是临时从照相馆抽调的两个年轻人。牛主任给他们谈了话，让他们把小朱和小苗看好了，一是不能让他们跑了，二是不能让他们出事，比如自杀什么的。被抽来看管小朱和小苗的年轻人和小朱小苗都几乎天天见，嘻嘻哈哈惯了，他们才不管他们有没有问题，他们是睡在一个屋里，是同吃同住，该说什么还是说什么，该做什么还是做什么。他们倒是喜欢听小朱和小苗讲他们和花枝的细节。他们都还年轻，都还没意识到事情的严重性。总店的牛主任做这种事向来是敢砍敢杀。他先把第一个任务布置了下去，就是要开一个批判会。批判会在东门外紫光饭店这边开，早上，把照相馆的门关了，暂时不营业，候照室和照相室本来是连着的，够大，把椅子凳子一排一排摆好，在应该是主席台的那地方摆了一张条凳。让小朱和小苗站了上去，这样一来，气氛便大不一样了，是个批判会的样子了。小朱和小苗此时此刻是笑也不会笑了说也不会说了，只剩下哭，但他们两个大小伙子又不可能哭。也没人让他俩低头，一站到那上边他俩的头就抬不起来了，要是可以的话，小朱和小苗都几乎愿意把自己的头塞到自己的裤裆里去，只可惜他们没那么好的功夫。既是批判会就要有人发言。发言也是事先安排好的，高主任必须发言，而且要带头第一个发。

“咋说呢？”高主任问牛主任，是让他定性。

“还能咋说，是流氓罪，肯定是流氓罪。”牛主任事先自己也斟酌了一下，如果说小朱和小苗是轮奸罪，那事情就闹大了，赶上严打会被枪毙，如果这样他也不愿意，也只能说是流氓罪。

“流氓罪？”高主任已经被吓了一跳。

牛主任给小朱和小苗定了性，批判会一开，事先安排的人都上去念手里的那张纸，口径都统一了，大家发言都是左一个流氓罪右一个流氓罪。小朱和小苗想不到会是这样，一是他们想不到现在还会开这种会，二是他们想不到自己被定了流氓罪。小朱在那个条凳上站不稳了，晃了一下，一下子从条凳上摔了下来，小苗没事，但小朱一摔下去小苗就马上跟着蹲了下去，蹲着好像是要比站着好看一点。只听见牛主任大喝一声，底气真是足："你给我站起来！"

小苗是蒙了，刹那间还没反应过来牛主任是在喊自己，以为在喊别的什么人，还左看右看。

"站起来！"牛主任是部队喊操喊出来的，底气足到虽不能气壮山河也是一声喊足以让屋瓦皆动，只可惜屋顶上没瓦。小苗只好站起来。而小朱也再次让人架到了条凳上。小朱和小苗站在那里，人们都觉得小朱十分可怜，因为小朱的父亲没了，家里有个老母亲还有一个生病的弟弟，三口人，只靠小朱一个人的工资。小朱长得不算漂亮，但是越看越让人喜欢，每年照相馆发困难补助，师傅们都愿意给小朱。

牛主任还大喝了一声，这一声是喝给小朱的。

"站上去，拿出你透女人的力气！"

有些字眼是会议上不能说的，比如这个"透"字，在会议上也只能说"搞"，或者说"作风太烂"，而牛主任居然直接就把个"透"字说了出来，会议的严肃性一下子就受到了破坏，有人在下边突然笑了起来。让所有的人想不到的是，笑的人居然是母犀牛，牛主任的儿媳妇，按说她最不应该笑，但人人都想不到偏偏是她率先笑了起来。她自己也忍不住，再忍也许就会憋坏了，她一笑，紧挨着她坐的高主任也忍不住捂着嘴笑了起来。高主任的脸总是油光光的，大鼻子红通通的，"啊哈哈哈，啊哈哈哈，啊哈哈哈"。这就让场面更加可笑了，更让人们想不到的是，牛主任此刻也突然发出了笑声，不知道他想到了什么，他看了一眼自己的儿媳妇母犀牛便大笑起来。这便是一种默许，一种给大家都可以大笑的暗示，除了小朱和小苗实在是笑不起来，其他人都笑了起来。

"散会吧，散会吧。"事到如此，也不能让人总是笑，再说要说的也说完了。牛主任挥挥手说，"别影响咱们的工作，开门上班吧。"

因为开这个会，市里三个照相馆的人都集中在一起了，这会儿又都忙忙地下楼，各自抓紧时间回自己的照相馆去。

高主任擤过鼻涕，她一笑就出鼻涕，而且会出很多，擤完再擤，擤完鼻涕，她过去，问牛主任，不，应该是请示："小朱和小苗是回照相馆上班还是继续在这边待着？"

"他们还想回去吗？"牛主任十分严厉了，看着高主任。

"那……"高主任不知道牛主任的意思，"怎么安排？"

"等公安局来人吧。"牛主任说。

高主任直起身来，好像有点站不稳，朝后仰了一下，不知该说什么了。照相馆那边一下子少了两个摄影师，已经很吃紧了，这两天是让窦师傅和白师傅在那里顶着。时间长了怎么办？

牛主任说："出了这么大的问题，是要好好整顿整顿。"

牛主任用手摸摸桌子，又说："还有那个夏立文呢，也要一块处理。"

夏立文就是夏师傅，虽然没有被那块从天而降的砖头砸死，但已经成植物人了。医院也不让他继续住院，说人已经成这个样子了，再住下去也是白白地浪费公家的医疗费。那个名角小彩虹，夏师傅的老婆，对夏师傅和花枝的事居然也不生气，居然什么也不说，"人已如此还有什么好说的？"小彩虹说，唱戏的人身上都有江湖气，江湖气就是让一个人讲义气，小彩虹便把人接了回来，夏师傅是只剩一口气，一点点意识都没有，但小彩虹认了，雇了个人在家里侍候夏师傅，每个月一百六十块钱的工资，这在当时已经不是个小数字了。

"还有那个夏立文，也要一起处理。"牛主任又对高主任说。

这时候，店里开始来顾客了，说话不方便了，牛主任让高主任到自己的办公室里来一下。到了牛主任后边的办公室，关上门，牛主任让高主任坐下，又重点说了两件事，一件是又到了评比年终先进的时候，"你们出了这么多事，一下子就产生了五个坏典型。"这五个人里边，牛主任已经把姬师傅算上了。"我看这回还是把先进给了小邹吧，你看她学得多好，现在能一个人独当一面了，又从不说三道四。"牛主任这么一说高主任马上同意。这也真没什么好说的，这个人情你不送也得送，还不如痛痛快快地送。再一件事就是牛主任要高主任马上带自己去看一下夏师傅，"看看他是不是在装，如果他醒了过来，也抓紧时间马上处理，一定要让他接受审判。"

“接受审判。”牛主任拍了一下桌子。

高主任被“审判”二字给吓了一跳，她想不到事情会闹到这种地步，她小声问牛主任：“小朱和小苗会给什么处分？”

“会给什么？会给判刑！”牛主任严肃起来，脸颊上的肉突然抖了一下，又抖了一下，像是带上了电，好像还要抖，他赶忙自己用手在那地方捂了一下，暗暗使了劲，才不抖了。

牛主任又说：“公安下午就来人。”

“花枝呢？”高主任忽然又担心花枝，担心别把花枝也拉上。

“花枝马上去精神病院。”牛主任说这可就便宜了花枝，谁让她是病人。牛主任说，“花枝的家里人也通知到了，她们家人屁话没有，同意把人先送精神病院，要是再出点什么事就不好说了。”

“还是领导考虑得周到。”高主任马上说。

“她出这种事也不出人们所料。”牛主任说，关于花枝的出身，高主任也知道，花枝的家里原来是开地毯厂的，以前叫“毛铺”，后来才叫了“毛毯厂”。后来，又改成“地毯厂”。

“开地毯厂那得有多少羊毛，那得有多少钱。”牛主任好像忽然很来气，一说到别人有钱的事他总是很生气。牛主任看着高主任，说：“我就是做这个工作的，我把他们的档案都看了，几乎没有一个好的。”牛主任忽然又摆摆手，说，“不说了、不说了，为了对组织负责，咱们去看一下夏立文。”

高主任带着牛主任还有总店的办公室主任杨新球去了夏师傅的家。

杨新球也是从部队上转业下来的，会写材料，会办板报，会说一口标准的普通话。领导安排的事他会做得一丝不苟，一般人他从不会放在眼里，连话也没有。

他们要去的夏师傅家在五龙电影院那一带。说是夏师傅的家还不如说是小彩虹的家，就在电影院对面的教堂院子里。但由于住了居民，教堂的这部分房子就被分了出来，而且砌了一道高墙和教堂隔开了，另外还在院子的西边开了个门，这个门正对着电影院。高主任带着牛主任从西边这个门进来。办公室主任杨新球指了一下，说小彩虹就住在最中间的那套房子，人们都还不知道小彩虹原来是天主教徒。因为教堂的房子不给一般人住，住教堂房子的人都是教民。夏师傅家的房子是又高又大，比旁边的都高都大，这很奇怪。办公室主任杨新球原来是在这一带长大的，他小声对牛主任说：“小彩虹现在住的房子可不一般，说是以前有大人物住过。”

杨新球这么一说，牛主任马上就严肃起来了。

“那咱们还进不进？”牛主任说。

“来了还有不进的？”杨新球说。

“是不是有背景，他们怎么能住这种房子？”牛主任说。

“不会有背景，是教堂的房子，后来给他们住了。”杨新球说住教堂房子的人又不是他们一家。

牛主任、高主任、办公室杨主任，三个主任，一个跟着一个进到夏师傅的屋子里去了。他们进去看了一下夏师傅，半透明的大蚊帐里，几只苍蝇在飞，夏师傅人瘦成个人干儿，蜷缩在那里一点知觉都没有。小彩虹在另一间屋里，还在睡觉，多少年来她一直都是晚上演出白天睡大觉，因为吃了睡觉药，也叫不醒。三个人只看了一下，然后就出来。屋子里不太好闻，是猫尿味但又看不到猫。

“这一回算是便宜他了。”牛主任说。

高主任一时倒不知说什么好了，只觉得夏师傅还不如死了好。

“这样也好，你们照相馆一下出四个流氓传出去也不好听。”牛主任说，“这下就只会判两个了，花枝和夏立文不算了，还有你们那个狐仙也不算了。”

高主任的一颗心“怦怦”乱跳，紧跟着眼皮也在跳。

牛主任站住，看看高主任，再看看杨主任，他突然做出了决定，总店是有这个权力的，比如决定谁去当哪个照相馆的主任或副主任，谁去当旅店的主任或副主任，还有总店下边的那个饭店谁来当头儿，这都是总店牛主任说了算，不用报到公司里去。牛主任想好了，觉得是把话说出来的时候了，他想好了，才又迈开了步子，一边走一边掉过脸，对高主任说：“出了这么大的事，三个男流氓加一个女流氓，正好是四个人，虽然现在不像以前，但传出去也不好，这件事，怎么说也与你这个老主任分不开。”这几句话是牛主任做出决定的前提，说过这句话，下边的话就好说了，顺畅了，自然了，不生硬了。

“杨主任也在这里，就这么定了，我看你换个照相馆待吧，你去接周太山，出了这样的事你也得回避回避。”

事情就这么突然定了，这就是牛主任的工作作风，原来是极其雷厉风行的。高主任想问一下周太山去什么地方，但她没问。她还想问问谁来这里接她的主任，但她想了想也没问，她被唬住了，就像是耗子看到了耗子药，不敢动了。仔细想一想，果然是一下子就出了四个流氓，花枝、小朱、小苗还再加上个不要脸的夏立文。四个人，传出去可太难听了。

“我服从领导安排。”高主任马上表态。

牛主任说这事先别向外人说，你回去先把今年的先进评完了再走。

牛主任看上去是个老粗，但其实心比谁都细。他还有些不放心，又说了一句：“我看今年你们那里出了这么多事，也别上会评了，就小邹吧，你报上来就行。”

高主任此刻什么话都说不出来了，只觉得牛主任这个人，怎么说呢，真是有水平，也真是为了自己考虑，事到此时，高主任才认识到事情的严重性。让谁都想不到，没过多久，小朱和小苗真给判了，这两个年轻人都给判了八年。

“便宜夏立文了。”牛主任再三地说，又掉过脸来对高主任说，“这话你还要告诉那个小彩虹，别看她是出了名的戏子，别看她大白天睡觉，这是照顾了她，是从宽处理。但夏立文的工资要降几级，这个你们定，其他人就算了。”其他人指谁，就是花枝和姬师傅。姬师傅一走都快两年了。

“那个狐仙。”牛主任是这么说姬师傅的，直接叫狐仙。

牛主任想说说狐仙的事，但不知从何说起，以前每次见到姬师傅他都在心里有那么点惧怕，小时候，牛主任在村子里见到或听到过许多这种事情。说实话，他在内心里不敢惹姬师傅这样的人，他在心里还是有点信，当然表面上他肯定是不信，所以说，姬师傅一走就是两年，牛主任什么话都没有。

牛主任来照相总店后，把三个照相馆的年轻人的档案都一一看过，三个照相馆一批分下来的十二个年轻人竟然没有一个有背景的，有背景的就不会被分配到服务公司的照相馆里来了。这让他处理起这件事来特别放心，“他妈的，龙生龙，凤生凤，老鼠生儿会打洞。”牛主任吐口痰，狠狠地说。他把一切都想好了，照相总店的工作就像是一盘棋，但他的下一步棋怎么走别人是不会知道的。

高主任真是忧心忡忡，评完了本年度的先进，其实不是评，是报了一下，然后就去另一个照相馆上班了，虽然小一些，人要少十多个，但毕竟是换了一个环境了，旧事也不再有人提起了。小朱和小苗已经被关了起来。花枝去了精神病院，也就是人们常说的疯人院。人们原来想着她会闹，没想到她高高兴兴去了，那家小疯人院的院长刘建钢是花枝家的亲戚，按着辈分花枝应该叫人家堂哥，花枝的堂哥和花枝的堂嫂都在疯人院里上班，吃住都在那里。是花枝的父母找到了人家，花枝的父母亲现在担心花枝会从文花痴转变成武花痴，文花痴怎么说还不会动手，一旦转变成武花痴那就让人不敢想了，见人就打谁也受不了。花枝的父母又怕花枝去了别的地方吃苦受罪，恰好花枝的堂哥就在疯人院。花枝的堂哥刘建钢亲自来接花枝，花枝的父母教给刘建钢怎么说才不至于刺激花枝。

“就说是去相对象，一说找对象她就什么都愿意了。”

刘建钢就对花枝说那年轻人长得可真够好看的，在那边等着呢，又说：“人家是部队里的，平时也没时间。”

刘建钢说得还算靠谱，疯人院南边就是部队的营房，战士在那边操练疯人院这边都听得到，部队的战士也会经常到这边来，和疯人院搞军民共建，也就是拥军爱民，战士们过来帮助疯人院打扫打扫卫生，因为关系搞得好，部队营房那边有个很大的澡堂子，疯人院这边会定期带着男疯子过去洗澡。刘建钢带着他们，排着队，“一二、一二”从疯人院走到部队营房。回来的时候还喊着“一二、一二”，洗过澡的男疯子们个个的脸都是红扑扑的。

“人家等着呢，部队小伙儿。”刘建钢对堂妹花枝说。

花枝临上车，还换了一身衣服，口袋里，还放着一盒烟。

花枝对她母亲说过许多次了，也想要那么一把小壶，端手里，没事喝那么一口，张大夫的那种做派给花枝的印象可是太深了，所以，上车的时候花枝手里还有一把小紫砂壶，几块钱一把的那种。

再说照相馆这边，过了不长时间，让所有的人都想不到的是，接高主任班的那个人竟然不是当过三年兵的窦师傅，而是母犀牛。连高主任都以为会是窦师傅接自己，想不到决定宣布下来是母犀牛先来当代主任。这一回，母犀牛去拔了牙，在镶牙期间她一直戴着那么一个口罩，天很热，捂一头一脸的汗，口罩就那么戴着。

宣布母犀牛正式当主任是她当代主任两个月后的事。

这期间，窦师傅给商业局写过信反映牛主任的问题，但均无下文。窦师傅又给财贸部写信反映，上边过不久有批文下来却直接交到了牛主任手里。牛主任这天把窦师傅叫到办公室，说："你反映问题的信在我这里，上级要我处理，我不知道怎么处理，你说怎么处理？"

"我倒是想听听你有什么好办法。"牛主任说。

窦师傅说不出话来了，脸一会儿红一会儿紫。后来他才知道，财贸部的周部长是牛主任的老上级，牛主任转业回来的工作就是周部长替他安排的，要他来商业部门工作。

"小邹。"牛主任在会上这么叫他的儿媳妇，"小邹的父亲是九里半河村的村支部书记，从小就有不少工作经验，小邹的妈是村里的妇联主任，小邹家也清白！大家鼓掌！"

人们在下边你看看我，我看看你，"噼里啪啦"鼓几下，窦师傅突然站起身，"吃吃"擤两下鼻子，一拧脖子，转身走人。从这天开始，母犀牛的磨难也就开始了。她毕竟来照相馆没几天，她毕竟年轻，她毕竟什么都还不太懂。她甚至都没有见过姬师傅。

"没见过吧，狐仙，她回来你就会见到了，她能一下就跳这么高。"窦师傅黑着脸，比画了一下，指了一下母犀牛的头顶，"迟早会蹲在你这地方，你就等着吧。"

3

花枝去了光明疯人院。

人们都叫那个疯人院"光明疯人院"，而其正式的名字应该是"光明神经疗养院"。刚上任的镇长还给这里题了一块牌子，只不过把光明的"光"字几乎写成了"小儿"，远看就是"小儿明神经疗养院"。这个镇长是研究生毕业，但讲起话来总是念白字，他的研究生文凭是他当科长的时候一边工作一边学习拿到手的，所以人家当镇长谁也没脾气。只是这个牌子写得太差了，不少人看了都说："字挺好，就是应该横了写，竖着这么写难免出错，七个字写成了八个字，没写成十个字算是牛的！"人们又研究，说镇长要是再深入地好好练几年，有可能把那个"养"字写成三个字或四个字，这也是对汉字的贡献。但其他字是左右结构就没有这个可能了。

光明疯人院不大，但离高兴镇可太远了，花枝像是从来都没出过这么远的门，车顺着公路开了又开。开出了城，开到了郊外，一开始，路边的建筑还不少，还有正方或长方形的厂房和一根又一根粗大的烟囱，到后来出现了桥梁，再后来建筑就少了，田野和树林多了起来。上车的时候，花枝就先抢了一个左边的位置，只有坐在左边花枝才会让人看上去舒服点。其实她不必抢，也没人跟她争，车上就她和她堂哥两个人。自从她被小朱和小苗三番五次精心耕作过，花枝有点发胖了，皮肤的光泽也很滋润，像是要放出光来。但花枝实在是不能发胖，她的脸本来就小，因为脖子歪，下巴往里缩，脸就显得更小。花枝现在最怕的事情就是有人提起夏师傅，只要一提起夏师傅她就会尖叫或者是不再说话。她被吓坏了，但她还是会用极小的声音一遍一遍地述说那天的情形，血是怎样从夏师傅的头上流下来淹没了夏师傅的那张脸。如果有人问，夏师傅为什么会出那样的事，你们当时在做什么？花枝便马上会把一个手指放在嘴边，而且还会“嘘”一声，说以后会悄悄告诉你，那事情可有意思了。你要是再问她怎么个有意思，花枝会说：“太有意思了，没有比那更有意思的事了。”

“妈的，有意思的事还在后边呢。”刘建钢看一眼花枝，在心里说。关于花枝，关于她得的这个病，关于她出的种种烂事，他早就知道了，也已经有主意了，这个病要想好，要想不让她闹腾，药方只有一个，那就是要有男人，一个男人也许还不行，还要动用更多的资源，花痴这种病也没个好，她整天想的事就是和男人在一起，要想让她安生也必须天天都有个男人在她身上精耕细作。照相馆的事，刘建钢在心里倒有些同情小朱和小苗，母狗不撩尾巴公狗是上不去的，要是在民间，花枝家里还得感谢人家小朱和小苗呢，起码得给人家买几斤鸡蛋补补，怎么就给判了呢？刘建钢从小就不怎么喜欢花枝这个堂妹，现在她又得了个花痴病，他就更看不上她了。他一开始并不想让她来自己的疯人院，但有个主意在他心里诱惑着他，他已经吃过那个甜头了，他也认真想过了，这是一件双赢互利的事，花枝这边也解决了，自己手头也宽裕了。虽说是花枝叫刘建钢堂哥，但他们离得可远了，早出五服了，不是因为这事，也许花枝的父亲这辈子都不会想起他这个侄子。

“操，想得美。”刘建钢在心里说。

刘建钢看着花枝手里端着个小壶的样子就更不舒服。

“你那是端的什么，里边是中药汤子吗？”刘建钢是故意气花枝。

“你喝你喝。”花枝把壶递过来。

刘建钢把花枝的手一下推开，说我从来都不喝茶。

“我教你。”花枝说。

“你教我什么我都不会学。”刘建钢说。

花枝很顺当地就到了疯人院，这出乎人们的想象，人们怕她闹，但花枝没闹，这都得归功于花枝的堂哥会编，说小伙在那边等着呢，那小伙长得要人有人要个头有个头。

到了疯人院，花枝从车上下来，问刘建钢：“人呢？”

刘建钢说：“人家等了好半天没等上又回去了，部队跟地方不一样，不能随便出来。”

因为疯人院里的那些女人不是老的就是丑的，所以花枝一出现便是美女，这应了那句话，那就是“货怕比货人怕比人”，和那些人一比，花枝可不就是显得有那么点漂亮。

“你在这里就是美人，你出去就不是美人。”刘建钢又说。

“那我就不出去。”花枝说，一只手托着脸。

花枝忽然开心起来，手托着半边脸在原地转开了，转了一圈又一圈子。刘建钢说别转了，再转我晕。

“部队营房在哪呢？”花枝问她表哥。

“上房顶才能看到，在南边。”刘建钢说，“听也能听到，你听。”

花枝果然听到了，有喊操的声音从南边传来，很响亮的，到了吃饭的时候还有歌声，很有力的。这天，人们忽然看到花枝爬上了房，花枝爬到房顶上朝南边看，可不就看到了营房，平阔的操场上有人在活动，是战士们在训练。花枝在心里想，哪一个是自己要见到的小伙儿呢？自此，没事了花枝就总是要爬到房顶上去。疯人院的病人有“散养”和“圈养”一说，你听听这话，就像是养猪养羊，但疯人院的人都这么说，还说这不过是个术语。花枝这种病人，病情还算稳定，又是刘建钢的亲戚，所以暂时“散养”着，但就是不能走出那个大门，花枝也走不出去，那个大门平时总锁着，有人进出都得门房把门先开了，然后马上再锁好。但紧靠疯人院的西边有个药铺，里边主要是卖刘建钢做的狗皮膏药，还可以给人们打打针输输液。那个药铺有个门可以进到院子里来，但那个门近似于暗道机关，一般人不知道。这边的人拍两下巴掌，里边的人不知怎么鼓捣一下，墙上就会出现个门，进了这个门，里边是一间暗室，没窗子，但有灯，这间屋子还有一个门通向疯人院。也就是说，这间暗室既可以从这边进到疯人院又可以从疯人院那边进到这边然后再出去，两个门都做得很隐蔽。

就花枝去的这个光明疯人院，是说大不大说小也不小，院子很大，被分割成了好几个分院，走廊里有好几重门，门都是那种铁门，平时都上着锁，是怕病人从里边跑出来。一开始，刚办这个疯人院时，人们一点点经验都没有，让男病人和女病人混住着，人的头脑有问题，但生理上的需求一般不会有问题。他们是有需要，但是没有羞耻感，居然，呵呵呵呵，那天疯人院的管理人员发现院子里十多个疯子围在一起做什么，都不说话都不动都好像被施了定身法，一个个满脸的皮肉皆紧。原来一个男疯子和一个女疯子正干得欢。现在呢，疯人院的格局变了，男疯子和女疯子被分开了，住的屋子和活动的院子都不在一起。他们只能互相张望或者是互相挤眉弄眼但就是不可能待在一起。这些疯子，没事的时候就到院子里去晒太阳，或者，被组织去南边的空地上洗瓶子，为什么去那里洗瓶子，因为那里接着几个水龙头，那些精神病人要做的事就是给制药厂洗那种瓶子，地上堆了一地的瓶子，在太阳下闪闪烁烁。

花枝也去那里洗过一次瓶子，但因为她话太多，刘建钢只让她去了一次。花枝这种文疯子，平时看上去和正常人没有什么区别，但有一点，花枝不能看到男人，一旦看到她喜欢的男人，她那个病就马上犯了。花枝刚来疯人院的时候是一心想着那个部队小伙儿，部队小伙儿一直没出现，花枝的注意力也跟着转移了，她现在饱受着近似于恋爱的煎熬，她看上了一个人，那个人不是别人就是他的堂哥。她有时候会一手托着半个脸笑着绕上刘建钢走，转了一个圈又一个圈，刘建钢正在做他的膏药呢，那间屋子里的味道也不难闻，还可以说得上好闻。一排溜五口大铜锅，做膏药不能用铁锅。大铜锅这边紧挨着墙是一排溜架子，架子上密密麻麻晾着一片一片的膏药，都说狗皮膏药，现在哪有狗皮，都是尼龙布，剪成四四方方的，每一块尼龙布上都摊那么一小片黏糊糊的膏药，得等它们凉凉，干干，然后再对折起来，尼龙布的反面印着四个红字“光明膏药”。这种膏药哪儿都能贴，男女通用，男的贴在肚脐眼那里可以壮阳，那个壮啊，真是没法说，直把你壮成根铁棍子，让谁碰上了都受不了，女的要是贴在肚脐眼儿那里，一般来说都会生男孩儿。

“别转了，再转我就栽锅里了。”刘建钢对花枝说。

花枝不但转，还会猛地伸出两只手做出抓的动作。

“哇！”花枝猛地停下，一顿脚，一伸手，两只手同时出击，直冲着堂哥来。

刘建钢给吓得忙往后一跳，这事晚上就对媳妇说了。

刘建钢的媳妇笑了老半天，说：“给你把家伙抓出来才好呢。”又说，“花枝是想男人了。”又说，“是想让你这个堂哥给她来一下子了。”

“马上就给她解决。”刘建钢说她哪天要真把我抓火了我忍不住怎么办。传出去可太难听了，说我刘建钢没事找事把妹妹给那个了！离得再远也是妹妹，人们才不管你出没出五服。

刘建钢这么一说他老婆就不高兴了，这两口子晚上睡觉才不会像电影电视剧那样都穿着件衣服，那简直都是胡扯。刘建钢和他老婆睡觉都脱得精光，不这样他们就睡不好，也休息不过来，刘建钢老婆一伸手，把刘建钢那活就一把那个了，说：“我给你这上边黏块热膏药，你信不信？”

“快睡吧，快睡吧，明天还要弄膏药呢。”刘建钢挣脱了，翻过身，一条腿一抬一放，把自己给夹好了，要睡了，但一翻身又爬了起来，他还要去一趟厕所。

疯人院到了夜里是一片的虫子叫，好听极了，这在城里是没有的事。疯人院的院子里还种着一畦一畦的花，凤仙、老少年、晚饭花，这些个花里最数夜来香好了，一到晚上就开了，黄黄的小花朵，那个香啊，就没人不喜欢闻的。花枝采了一把夜来香插在一个空酒瓶子里，又采了一把凤仙花插在另一个空瓶子里。这些个花都是她去厕所的时候经过花畦子时采的。

晚上睡觉之前，花枝也总是要去蹲一下厕所。

花枝蹲在疯人院的厕所里，抬头可以看见星星，这在镇里也是没有的事，她给自己点了一支烟，蹲着，抽着烟，心里忽然很想念姬师傅。她不知道姬师傅去了什么地方。花枝还忽然有些想念照相馆的人，想念那个破烂院子，想念在暗室里跟着小朱和小苗冲版的事。一想起和小朱小苗进暗房冲版的事她就忍不住只想小朱了，花枝这一辈子也许都忘不了，花枝想小朱了，一只手拿着那支烟，另一只手慢慢慢慢朝下边发展。在那一刻，她好像是清醒了，她很恨自己，太恨了，过后她用手猛地打击自己的脸，从左边用劲打，只打左边，用劲抽，“啪啪”的声音传得很远，

“这么用劲打能把脸打正吗？能吗？”花枝问自己。

花枝这样折磨自己已经很久了，也可以说这是她自己想出来的一种特殊疗法，她总认为自己能够用力把自己的歪脖子打正，她从很小就打了，“啪啪啪啪”，动不动就是一阵子，也不嫌疼。她还用两个手指拉自己的鼻子，她认为她的鼻梁有点低，就总那么用两个手指拉，她认为经常这么拉拉，鼻梁就会起来了，高耸了，好看了。

“这么用劲能把脸打正吗？”有人在说话了。

花枝被吓了一跳，眼前站着一个人。

是花枝的堂哥，他不知什么时候已经站在花枝的面前，花枝蹲着，花枝的堂哥站着，所以花枝的堂哥刘建钢要比花枝高出一大截子，花枝堂哥的那地方正对着花枝的脸。女厕和男厕里都有个很小的灯泡子，光线很暗，光线要是太亮了会招各种飞虫。花枝的堂哥刘建钢刚才也去了一下厕所，听见声音就过到女厕所这边了，他知道是花枝，除了她，不会再有别人在这个时候上女厕所。

“这么用劲打能把脸打正吗？”刘建钢一边系裤子一边又说。因为他正站在花枝的对面，想跳开也已经来不及了，自己已经被花枝一把攥住。

从厕所回到家，刘建钢把刚才发生的事对老婆说了：“我这不能算是和她那个，我没碰她那个。”刘建钢对老婆说。

刘建钢的老婆有点蒙，想了好一会儿，才好像是同意刘建钢的说法，她只说了一句：“赶快找人吧，看样子不行了，这种事她也管不住自己，得赶快找人。”

“让军矿周太明先来吧。”刘建钢说。

“对，他有的是时间。”花枝的堂嫂，刘建钢的老婆说。

“周太明钱挣的花都花不完，几辈子都花不完。”刘建钢说先让他来，再叫别人来。刘建钢睡不着，反正时间还不算太晚，刘建钢就给周太明打了电

话。就这个周太明，以前就是个煤矿的技术员。刘建钢打过了电话，对老婆说："周太明明天就来，明天他和花枝做事的时候你千万别忘了把外边那个门先锁了，然后你再到别处去转转，别再出什么事。"

周太明第二天来了，周太明人长得很精神，看上去很年轻，白白的。花枝早早就给带到了那间暗房子里，说是看对象，屋里开了灯，亮堂堂的，但周太明进来的时候一闪身顺手把灯给关了，这就把花枝给吓了一跳，花枝喊了一声，马上就不喊了，因为周太明已经压在了她的身上。花枝也算是过来人，但凡得了花痴这个病的，只要男人的手在身上一摸，立马就像是通了电。

周太明很快就做完了事，这是第一回，是先尝个鲜，他觉得还不错，他给了花枝五百块钱，说："买点好吃的，算是见面礼。"然后出去该给刘建钢多少再给多少，他有的是钱，根本就不把钱当回事。

周太明把自己收拾好了，从那间屋里出来了，刘建钢的老婆早就算计好了，知道该结束了，已经把门开了在那里等了，刘建钢也在。

周太明笑着对刘建钢说："歪把子手枪啊。"

"你没使过吧？"刘建钢说还新着呢。

"倒是，还可以。"周太明说。

每二天，周太明又来了。

"歪把子手枪呢。"周太明说。

刘建钢去喊花枝了，让她过来帮着抹膏药。

"快，过来抹膏药。"刘建钢说。

到了后来，这句"过来抹膏药"几乎成了暗语。

周太明做完了事，出来，到刘建钢的办公室里喝水，把钱给了刘建钢，忽然笑了，说："她倒是动心了，问我什么时候娶她？"

"这地方哪有个明白人，其实她这样挺幸福，花痴整天想的事就是想有个男人。"刘建钢叹了口气，不知想起什么来了。

"她是你的摇钱树。"周太明对着墙上的那面镜子把脖子转了一下，又转了一下，说，"不是这边是这边，你看给歪把子手枪用嘴嘬的。"

刘建钢就笑起来，周太明的右边脖子上有一片红红的印子。

"你不说你使了多大的劲。"刘建钢说。

"这是技术，再加上本钱好，不是使劲不使劲的事。"周太明说这得想想怎么回去和老婆交代。

“就说刮痧了。”刘建钢已经把那个刮痧的牛角板拿了过来，“我再给你刮几下就什么都看不出来了。”这种事，刘建钢见多了。

“我明天让乔东也过来。”周太明把脖子伸给刘建钢。

第二天，乔东来了，乔东是周太明的好朋友，和刘建钢的关系也不错，他来尝鲜了，他也特别喜欢这一口。过后他们一起去吃中午饭。他们去的饭店离疯人院不远，是路边饭店，来这里吃饭的大部分都是跑长途的司机。路边的店里照例还供应那种女人。因为这条公路靠近那个湖，所以这里的路边饭店主要是做东北锅炖鱼，鱼总是在锅里咕嘟着，所以味道特别香。因为离市里老远，不怕碰到熟人，他们把花枝也带上了。

花枝呢，怎么说呢，像是有点迷上乔东了，吃饭菜的时候两眼很迷离地看着乔东。花枝的饭量很小，但她现在特别能抽烟。周太明给花枝带来了两条红盒云烟。因为花枝在，刘建钢的话倒是不多，但他也不能不说。他对堂妹花枝说：“花枝啊，他们两个都不错吧，你到底准备挑哪个做夫婿。”这本是一句玩笑话，想不到花枝真是花痴到家了。

“我要乔东，他好。”花枝说。

“看看看看，能分好坏了。”刘建钢说。

周太明不说什么，捂上嘴笑，用筷子慢慢夹一粒花生米。

外边的雨下大了，铺天盖地的雨，地上起白烟了，远山看不见了，那个湖也看不见了。这才是喝酒的好天气，这样的天气，照相馆肯定没什么顾客，那个张大夫，肯定又托着他那个小茶壶过去闲坐了，花枝突然有点困了，她到了中午总是要睡一会儿的，花枝有些想念照相馆了，想念姬师傅了，还想念那把红油纸伞，照相馆里有公用伞，那种红油的纸伞，雨打上去那个响，“嘭嘭嘭嘭”的。这样的天气里谁要是去后院的厕所就必须打着那红纸伞，“嘭嘭嘭嘭、嘭嘭嘭嘭、嘭嘭嘭嘭”，张大夫打的伞可是那种黑布伞，是黑洋布，那种黑洋布伞只有上海才有卖，一般人还打不起。

花枝想起这些事来了，忽然眼泪汪汪的，人忽然像是换了一个人。花痴有时候特别容易动感情，是乱动感情，动不到正经地方上去。花枝突然说她要去找姬师傅，花枝是对她堂哥刘建钢说的这话，刘建钢根本就不知道谁是姬师傅。花枝说她要上终南山去找姬师傅，她一说终南山刘建钢就知道那是个什么地方了。终南山在陕西，山上听说终年都有雪。

“我要去终南山找姬师傅。”花枝说。

“那你不跟乔东结婚了？”周太明笑着问花枝。

4

花枝突然失踪了，不见了，但她肯定不是去了终南山。

光明疯人院的动静这下闹得大了，外面都传说那天疯人院来了不少治安管理员，把疯人院给里三层外三层地围起来了，但这都是传说中的说法。人们确实是都知道花枝的事了，也知道有一些的男人从大老远过来就是为了找花枝。还有一种说法是说这事是那些男人传开的，所以才招来了治安管理员。事情败露了，但究竟是怎么败露的谁也说不清。要真说清了问题可就大了，刘建钢吃不了得兜着走，但花枝不见了，失踪了。人们都说，找不着人刘建钢就没事了，那些过来尝过鲜的人就更没事了。治安管理员确实是来了，来了三个，并不是传说中的来了一百多，那可能吗？但花枝确实是不见了，人一下子就消失了。好像压根儿就没有过这么个人，好像压根儿这就只是一种传说。

刘建钢还在做他的膏药，膏药这东西一旦做开就不能停，膏药已经熬好了，是又黏又稠，一看就知道是好东西，还很香，只要你愿意闻的话，刘建钢把熬好的膏药放到一个又粗又长的筒子里，那个筒子的尖端有个小洞，膏药就是通过这个小洞给挤到那一块一块的尼龙布上。刘建钢一边做这事一边跟那三个站在自己身边的治安管理员说话。那三个治安管理员就很有耐性地站在那间屋里跟刘建钢说话。刘建钢说那天花枝就是帮自己挤膏药来着，可能是在挤膏药的时候拿了自己的钥匙，然后把大门打开走了。

“我到晚上才发现自己的钥匙没了。”刘建钢说，在用力，一头汗。

“那大门是什么时候开的？”治安管理员问。

“后来才发现的，天都黑了才发现大铁门是开着的，只不过虚掩着。”刘建钢说：“好在别的病人没发现大门开着，要是一下子跑七个八个就麻烦了。他们精神都有问题，又都不认识路，他们去什么地方，他们要跑出去就麻烦了，花枝现在肯定是有麻烦了，现在人贩子很多，谁知道会出什么事。”

“花枝还是我堂妹呢。”刘建钢又说，“我碰上麻烦了，她父亲我叫叔，我这下不好交代了。”

寻找花枝的工作还在进行，但谁都不知道花枝去了什么地方。那时候人们用的是大哥大，就像是半块砖头，还不是人人都有。如果是现在，花枝手里点点戳戳一个手机，也许马上就会知道她在什么地方了。

“花枝去了哪？她能去哪？”刘建钢对花枝的父母说。

对一般人，刘建钢避而不谈花枝的事，更不会谈有过不少男人来找花枝的事，他只对花枝的父母说实话：“给花枝找对象，确实来了不少人，看了一个又一个，不是花枝看不上人家，是人家看不上咱们花枝，根本就看不上咱们花枝。”

“唉，她可受了不少苦，她打自己，就这么打，噼里啪啦。”花枝的父亲抬起一只手比画着，两个眼圈红了起来，“她以为能把自己的脖子打正呢。”

“她跟男人做那事，根本就没有一点点错。”花枝的母亲是这个话，但也只说了一半，下边的话不能说了，人家小朱和小苗都在监狱里，还能说什么呢？其实她心里明白，是应该埋怨花枝。

“不，是应该埋怨那个病。”花枝的母亲这是在做总结了。

很快就到了年底，很快就过了春节，过了春节，花枝的父母听到了一个消息，说是照相馆的姬师傅回来了，姬师傅现在已经是这个城市里的头牌顶大神之人。请神送神十分传奇，关于这一点，照相馆的人们都相信。但因为请神请得好，姬师傅现在的知名度特别高，也特别不好请，一般不给人看，也不给一般人看，想看必须预约。但是，花枝这件事是照相馆的事，姬师傅特别念旧，也特别喜欢花枝，用她的话说，花枝是她的香烟徒弟。要问花枝的事，姬师傅立马就答应了下来，也说好了不拿一分钱，也不收礼。

到了这天，花枝的父母亲还有照相馆的高主任和窦师傅都去了姬师傅的家，姬师傅的家在狗心镇的人民公园北边，站在姬师傅家的院子里可以看到西山。去姬师傅的家是为了让姬师傅给花枝好好算算，当然刘建钢也跟了去。花枝的父母亲还给姬师傅买了两条好烟。

姬师傅在家里等着他们，沏了壶好茶。

姬师傅确实是从终南山回来的，人稍微胖了一点，脸颊上的小肉瘤比以前有了更大的发展，像流苏般，这就让姬师傅有了更加与众不同的狐仙风度，是更像。姬师傅上了香，点了烟，盘腿坐在大椅上，很快，那个谁也看不到的狐仙就上了身。神请过，姬师傅已经流了满脸的清鼻涕，这是正常的，仙家们把鼻涕都叫作“玉筋”，玉筋越多就说明这个仙家的功力越好。送完神，姬师傅一切都归了正常，才把从仙家那里得到的消息告诉了花枝的父母和照相馆的来人。

“在英国。”姬师傅说。

“怎么就去了英国？”花枝的父母一下就急了，想知道花枝在英国什么地方？怎么就去了英国？伦敦还是利物浦？这可真是让人急。花枝的父母你看我我看你都急出了眼泪。想不到姬师傅坐在那里，徐徐吐出一口烟，莞尔一笑，这个笑才是姬师傅。姬师傅刚才去洗了脸，脸上的玉筋都洗干净了，还搽了一点雪花膏，挺香。

“你听错了。”姬师傅对花枝的父母亲说，忽然又不说了，要旁边的人拿笔来。窦师傅的口袋里插着一支笔，当即掏出来递给姬师傅，姬师傅上过女师，文化原是好的，写几个字又算什么。

“阴国”，姬师傅在纸上写了这么两个字。

花枝的母亲还没什么事，花枝的父亲只大叫一声，人已经晕了过去。周围的人慌忙扶住花枝的父亲，掐人中，解裤带，窝脖子。刘建钢从后边抱住花枝父亲的后腰，刘建钢的眉头突然开始“突突突突”地跳，“突突突突”地跳，这一跳就止不住了。“突突突突、突突突突”，就好像有个什么活物钻在了刘建钢的眉头里。

姬师傅看了一眼刘建钢，慢慢伸出一个手指，在空中画几个圈，又吐口唾沫在手指上，猛地只在刘建钢的眉头一戳。

“就是你！你给我定住。”姬师傅说。

但刘建钢的眉头是定不住的，姬师傅想定也定不住，刘建钢的眉头“突突突突”得更厉害。旁边的人眼看着刘建钢的脸在变，只一会儿工夫，刘建钢的半个嘴已经吊在了耳朵旁边。

“我不行，我定不住他。”姬师傅说。

“赶快出去，赶快送医院，别在我这里。”姬师傅又说。

窦师傅懂得一点医学，在部队学过几招，那时候在部队什么都学，他用手按了一下刘建钢的那半边脸，说这是急性中风，得赶快去医院，去晚了更坏。再看看花枝的父亲，人已经过来了，脸色死白死白，在大口喘气，又看看左右，嘴咧了咧，是想哭的那个意思，看看不是地方又强行忍住，但又憋得不行，只张大了嘴“哈—哈—哈—哈—”。

“快去医院，快去医院。”窦师傅拍拍刘建钢的肩膀。

“我还不如死了好，去阴国找我的花枝。”花枝的父亲说。

“别说了，先去医院，先去医院。”花枝的母亲此刻倒没什么事，她一手搀了花枝的父亲，一手搀了刘建钢和姬师傅道了别。

“快去吧，快去吧。”姬师傅抬起手，手心朝里手背朝外。

“记住坐四路公共汽车。”窦师傅说。

花枝的父母亲和刘建钢先走，照相馆的人留下和姬师傅继续说话。屋子里不乱了，人们都坐下，姬师傅遂端上水果来。“姬师”，人们现在叫姬师傅叫姬师，去掉了一个“傅”字，姬师傅的身份像是一下子尊贵了十分。

“姬师。”高主任说，“我问你，花枝真不在了？”

“她也害了不少人。”姬师傅说。

“她让谁害的？能不能算出来？”高主任说。

“她让自己害的，人都是自己害自己。”姬师傅说。

“对，自己害自己，我们都在害自己。”高主任想了想，说。

“对，自己害自己。”窦师傅也说。

马上就到了吃中午饭时候，姬师傅执意要请高主任她们几个去饭店吃饭。又给张继唐张大夫打了电话。等张大夫的时候，姬师傅掏出她的烟来抽。把烟递给窦师傅一支，自己也点了一支，然后把烟盒往桌上一搁。时光过得真快，但那个绣花烟盒套还是那个绣花烟盒套，很硬的，上边一边绣着《西厢记》张生戏莺莺，一边绣着《白蛇传》许仙断桥见白娘子。四边绣的是宝蓝色的西番莲，那上边的花枝绣得真是婉转好看……

姬师傅欠欠身，从口袋里掏出一根银子做的那种细牙签，张开嘴，在上边那排牙上横扫一下，“唰啦啦”，又在下边那排牙上横扫一下“唰啦啦”。上边下边左左右右扫了那么十多下，然后把银牙签又收了起来。姬师傅也学会了。

“还是姬师傅会活，我也要搞这么一个，牙好才行。”窦师傅说。

“人生在世，先把自己活好是第一。”姬师傅又说了一句。

人们突然都没了话，外边突然响起了鞭炮，人们都朝窗外看去，窗外，是狗心镇的中心，一条街，刚刚加宽过，街两边都是新建起来的大楼，这是南北街，从前边过去，往左右拐都可以，是东西街，街两边也都是新起来的大楼，狗心镇变了，上面最近还下了文件，不许人们再叫“狗心镇”，太不文明。

人们这才知道是当地的口音出了错，狗心镇其实是叫“高兴镇”，这原本是一个极好听的名字。

棚户区的毕尔

怎么说呢，往西去，那边原是一大片的庄稼地，越过庄稼地，却又是煤矿的地盘。煤矿的地盘上原是一大片零乱无际的小平房，都是那些从河北河南四川云南一带过来挖煤的工人自己盖的，是因地制宜，是没有规划，是五花八门，是不管它好看不好看，只要能遮风避雨就行。比如说这户是红砖小房，而那户却又是泥坯，房顶呢，或是油毡顶或是三合土，这些七高八低形形色色的平房是盖在河的两岸，河呢，是早就没了水，但名字还在，叫“十里河”。人们都说，是煤矿挖煤把河水给挖没了，人们都说，是河里的水都流到地下去了。人们都说，这是人类自己找死害自己呢。而现在呢，这地方的那些小平房也都忽然不见了。省长前年下来了一趟，省长可不是一般人物，省长下来可不是小事。省长专程过来视察这地方的小平房，决定把这地方改造一下，紧接着这地方就有了一个崭新的名字：红五星棚户区。怎么说呢，这地方现在的变化可真是大，早先来过这里的人要是再来可就分不清东南西北了，过去的影子是一点都没有了，现在这里到处都是崭新的房子，到处是新栽的树，但这地方的土太薄，去年种下的树有三分之二都枯死了，那就再种。去红五星棚户区原有四条路，从东边那边过来最好看，先是要经过那个电视台，电视台的楼顶上有好几个可以说是巨大的“锅”，人们都叫它锅。电视台斜对过是消防队，门口总是停着几辆红色的消防车，过了消防队是一个高台阶面馆，面馆的玻璃门上写满了面馆里都卖什么面什么面，加一个鸡蛋是多少钱，加一条烧肉是多少钱，加一个肉丸子又是多少钱，这个店，咸菜可以随便吃，面汤可以随便喝，所以来这里吃面的人就特别多。面馆过去是几家小卖铺，卖小五金和日用百货的那种小店，还有卖电器材料的，人进去几乎都没有地方下脚，东西堆得到处都是，但你要什么，店主马上就会把东西拿出来，而且还都是名牌。这些小店的对过是个小学校，过了那个小学校就到了红五星棚户区，棚户区临街的房子在盖的时候都设计成了商店，一家挨着一家的商店，这些商店，刚盖的时候都是一样，一旦出租出去就马上变得五花八门，有理发馆，还有镶牙馆，宠物店和花店，还有个药店，药店门上长年贴着："新到伟哥，一粒快乐到天亮。"紧挨着学校的那个大门是红五星棚户区的北门，北门右手又是一个澡堂子，再朝西走下去，要走很长时间，再往南拐一下，便是红五星棚户区的西门，这个小区可真是大，大归大，但内容却十分简单，住在里边的人一部分是农民，另一部分是煤矿上的，因为住在这个棚户区里的人不是村子里的就是煤矿上的，而这个小区恰又归南郊区管辖，所以说它是城市的一部分也不对，说它是农村的一部分也不对，这就让这个小区显得不伦不类。但无论怎么样，从春天开始人们就都纷纷地搬了进来，那可真是乱，像打仗。棚户区的房子呢，肯定是要比过去的小平房好得多，但人们心里都很乱，怨气这种东西原来都是因乱而生的，是不习惯，是排斥。先是呢，那些失去了土地的农民不高兴了，虽然没了土地种，但许多东西还都不能扔掉，牛可以不养，驴可以卖到汤锅那边去杀掉，但那些农具怎么处置？还有别的零零碎碎，他们什么都不肯扔，什么都要带过来，这就更乱，更让他们心慌，他们也知道自己这一辈子不可能再去种地，但要把那些东西一下子扔掉，怎么说呢，就像是要从自己身上往下卸一件子。那怨气可大了。但怨气再大，那些东西也没地方可放。人们把不用的东西先都是放到了走廊里，小区马上就有人出来干涉，让把那些东西马上拿走，也有把东西放在院子里的，用东西围一块地，把东西堆在那里再用塑料布蛇皮袋子什么的遮一下，这下子就更乱了，小区又有人出来制止了，很严厉地告诉各家各户，把那些烂东西马上拆掉拿走，马上！如果没人往回收那些烂东西就限日子由小区拉走，一开始，为了这种事，棚户区里总是吵吵闹闹，但时间一长人们也习惯了。而且呢，觉得自己现在的日子真的像是比以前好了，虽然没地种也没工作，但又不是自己一个人的事，大家伙儿现在都这样。而且都奇怪现在虽然没工作居然都不用吃了上顿愁下顿，而且顿顿大米白面。这么一来，想不开的也都慢慢想开了，没事在院子里走走，也不像从前在村里总是忙，忙了地里忙家里，又是鸡又是猪，地上不是马粪驴粪就是牛粪。这个红五星棚户区面积可真是大，而且是两头高中间低，是河南边的那一片和河北边的这一片连了起来，中间的低地，也就是从前的河床，给修了一个大广场，人们没事可以去那里锻炼身体晒太阳，可以在那地方找人说说话。说什么话呢？不过是说说房子的事，因为是限时拆迁，很多人家就根本来不及收拾这边的新家而那边的房子却已经给拆掉了，是匆匆忙忙，是落荒而逃的样子，就那么逃难似的搬过来了，而更多的是没有钱来收拾他们的新家，好在他们在乡下的房子里住惯了，好在他们在自己盖的小房里住惯了，一住进新房只觉得满眼都是亮堂堂。就这个红五星棚户区，从外边看是漂亮的，簇新的，而从里边看呢，老话说得好，家家都有一本难念的经。

那个省长呢，是大前年来的，时隔两年，最近说是又要下来了，下来视察这个红五星棚户区，来看看这里的成果，这成果当然与省长分不开，省长要下来，这可是件大事，而且，这个棚户区是他的点儿，省长一来，电视台也就来了，电视台一来，报社那边就也来了，不但电视台报社来人，市里的那些头头脑脑也都会来。省里边已经给市里打了电话，市里又给区上打了电话，让这边把接待工作做好。这接待工作也就是要把省长过来的时间一点一点都排好，去什么地方，看什么东西，见什么人，是极其琐碎，是极其麻烦，麻烦的地方就在于不要出事，出了事麻烦就会更大。为这事南郊区的区长和书记都碰了好几次头，要找一户好人家，要方方面面都给省长留下好印象。

就这样，毕尔出现了，给选出来了。

毕尔家里没有别的人，只有他和叔叔毕大斗，毕尔念过高中，人黑瘦黑瘦的却很漂亮。毕尔是那种心里想法特别多又心细的年轻人，又能说会道，脑子也好使，在家里排行老二，原名叫毕二，读了几本外国小说，自己把名字重新改过叫了毕尔。但即使毕尔再聪明再脑子好使，还是让领导不太放心，因为这次要接待的是省长，区里为此事拟了方案，比如，省长下来可能会问到什么问题；比如，省长会不会突然决定留下吃饭，临时措施有几种方案。一条一条的都考虑好。毕尔到时候应该怎么回答也都写在纸上要毕尔先去背，好几大张纸，一条一条写好拿去打印，区长先过了一下，觉得大致也就是这些个问题，书记也过了一下，“笃笃笃，笃笃笃”，两根胖鼓鼓的手指敲敲桌子，却提出问题来，说要是省长问毕尔是不是党员怎么办？但这个问题也只是提了一下，现在像毕尔这样的无业游民哪个还会自动要求入党，不入党的道理很简单，也就是为了不交党费，党费虽然不多，但一年算下来也不少。但书记记着这事，把办公室主任刘再新叫到办公室让他去落实此事，“笃笃笃，笃笃笃”，用胖鼓鼓的两根手指敲敲沙发扶手，说正式党员不必，给他搞个预备，往好了解释是现在的年轻人都在要求积极向上。往坏了解释，出了什么事他也只是个预备闹不出什么大动静。办公室的刘再新便忙去把这事落实一下，打电话要毕尔马上来一趟，毕尔便坐了朋友拉杏子的车去了区上，那几天杏子下来了，这地方出杏子。毕尔坐在车上一边想事一边吃杏子。到了区上，找到办公室，刘再新刚刚在跑步机上折腾了一个小时，浑身是汗，他一边擦汗一边要毕尔看桌上的那两张纸，原来是两张表，要毕尔马上填一下，毕尔看了表，然后看着刘再新，笑一下，说我有一个问题想问一下。刘再新说有什么你就只管说，是不是不会填？毕尔用笔屁股在纸上浮浮一画，这个我还会。又说，现在是几月，是六月吧，这里是几月，是二月，错了吧？刘再新说这是区里的决定，哪里会有什么错，领导还能不如你？你填你的。现在还不用交党费吧。毕尔忽又抬头问。刘再新笑笑，说你就准备当官吧，入党是可以当官的，当了官还愁鸡巴那几个钱！你这是天上掉个逼，球的好运气！

毕尔嘴大，笑起来一张脸倒有半张是嘴。“哦哈哈哈哈，哦哈哈哈哈。”

“你怎么笑得像驴叫。”刘再新笑着说，打开茶杯盖子喝口茶。

“哦哈哈哈，哦哈哈哈。”毕尔又笑，觉得刘再新这人还不错。

“中午我请你吃饭。”毕尔对刘再新说。

刘再新说中午还有事：“以后再说，只要你想请。”填完表，中午毕尔遂又回去，路上给女朋友打电话，也不寂寞。

没几日，区上便通知下来，要毕尔先准备一下，准备过几天去乡里正式接受培训，吃住都在那里。这种事毕尔还从来都没有经历过，倒慌起，外边下着雨，屋里都是潮的，毕尔把衣服都抖出来，不知哪件好，毕尔的叔叔毕大斗以前是公社干部，当过民兵营长，见识毕竟广大，只对毕尔说，慌什么慌，衣服要换换好，内裤多带一条有个替换。毕尔说我长这么大就烦穿内裤，便乱翻一气找出来，穿上，只觉得百般不舒服，又去剃了头，冒着小雨，去找女朋友。女朋友的家离毕尔棚户区不远，那地方原是糖厂，远远望去，是方正整齐的水泥车间，是金属耀眼的大圆罐，是冲天而起一根大棒似的烟囱，没去过那里的人不知道糖厂是个什么样子，去过的人才知道糖厂其实只是地多，地里都种着甜菜，泼泼洒洒绿油油的甜菜。这家厂子做糖不用甘蔗只用甜菜。毕尔女朋友的父母原先都在糖厂工作，糖厂现在早就歇了工，地里也就不再种甜菜，现在地里是种满了玉米，原来是奶牛场把地都包了，专门种那种用来喂奶牛的甜玉米。毕尔给女朋友发了短信，说是中午要请女朋友到市里吃饭。女朋友在电话里说吃完饭可不可以去看电影。毕尔说也没什么好片子，不如咱们去开房间说话。女朋友在电话里略一迟疑，说今天好像那个，又好像不是那个，便要毕尔去接。毕尔打了辆红壳子出租车，从棚户区到糖厂说好了是三十块钱，从糖厂到市里又是四十块。下着雨，毕尔和女朋友都没带伞，雨也不大。坐在车里，女朋友用肩膀推推毕尔，小声说："今天有什么好事，忽然帅成这样让人还看不惯。"毕尔便明白自己是穿对了，笑着，侧过身看定了女朋友，说："过两天就要去区里学习了，就怕你在此期间被别人抢跑。"毕尔的事女朋友早知道了，说："也不是什么坏事，但也不是什么好事，又不是给你找上了事做，你不嫌麻烦就行，上学谁没背过题，其实也不用背，现在的事，问什么都说好就行。"毕尔的女朋友一边说一边把随身带的包儿打开，里边是棒针毛线，很粗的那种毛衣针，时下人们都叫棒针，毛线呢也很粗，她没事就织这个，然后拿到店里去卖。毕尔的女朋友是个手勤的人，做起饭来也干净利落。

"是不是给我织的？"毕尔把身子朝女朋友靠过去，笑嘻嘻说。

"你要就给你。"女朋友用肩膀推一下毕尔，"明知故问。"

"原来是等我要，那你给我我还不要穿。"毕尔把两手在胸前交叉起，侧过脸笑眯眯地看着女朋友，又把脸凑过去。

又过了两天，上边的通知才正式下来，要毕尔去接受培训。棚户区西边有一家养鸡场，毕尔在那里做过半年事，正好鸡场有车去区里，这次不是去送鸡蛋，而是去送鸡屎，毕尔便坐了拉鸡屎的拖拉机，颠了快一个小时才到了区里，人已经在车上被臭得发晕，即至齐齐整整被引到区招待所，毕尔才知道这次培训独他一人，早午晚管饭，房间里还可以洗澡，两张床，床之间一张桌，暖瓶茶杯俱全。

"就我一个？"毕尔问办公室的刘再新。

"想怎么睡怎么睡，想怎么躺怎么躺，只要你把题背好。"刘再新说。

“好的好的。”毕尔说，两手交叉在胸前，毕尔这天穿的是蓝牛仔短夹克、蓝牛仔裤子，看上去特别清爽特别精神。毕尔的女朋友特别喜欢毕尔穿这一身，见面的时候总会提醒毕尔穿这身。

“要喝开水去前边，往左转，再往右转再往左转。”刘再新又说，“怎么这么不好闻，你应该洗个澡，但这几天没有热水。”

毕尔抬起胳膊闻闻自己，说：“鸡屎就没香的。”

“钥匙装好。”刘再新手一丢，扭身走了。

毕尔把钥匙捏手里，紧跟着出去，送一下，又转身回来，把门关了，把要他一条一条都背会的那张纸先拿过来看，上边的问题一条一条倒是列得整齐。毕尔躺下，把身子放平，两条腿交叉架在床栏上，一只手枕在脑后，一只手举着那张纸，心里忽然觉得好笑。觉得自己这考试不像是考试，背戏本又不像是背戏本，这到底算什么？但好在上边都是些家常话，不难记。毕尔背背想想，但心里全是乱的，人到了新地方都是这样，一个人在屋里又憋得慌，但还不敢出去，其实出去也没什么可看，院子里有花有草有假山有水池，但就是没个人影。再往外走就是区政府大院，早上会有许多车开进来，倒是热闹，但一到上午十点多那些车就又都开出去，各自去忙各自的正经事，剩下一些没什么用的零碎人各自在办公室里做各自的事，一部分玩手机，一部分上网看股票。中午在食堂里吃饭的也就那么几个零碎。有头有脸的哪个会在食堂吃中午饭。才几天，毕尔就认识了公务员小周，小周名叫周自治，外号黑鬼，他的工作也就是分发报纸打开水给领导扫扫地。

周自治对毕尔说：“你可是千里挑一的种子选手，到时答不好小心鸡巴。”

“不信还会被咬。”毕尔笑着说。

“这个你放心，眼下还无此人。”周自治说。

“你又不黑怎么叫‘黑鬼’？”毕尔说。

周自治说，“我心黑，真心黑。”

便这句话，让毕尔对黑鬼周自治有好感。那天下雨，周自治回不去家，便去和毕尔睡，各睡一床，刚睡下，黑鬼又跳起去卫生间，刚睡下，又跳起，又去卫生间，“噗噗噗，噗噗噗”，毕尔问黑鬼这是做什么，黑鬼说是去卫生间放屁。毕尔好一阵笑。周自治说一个人最不能做的事就是把屁放在被窝里臭自己。

“臭别人当然更不好。”周自治的脸被手机晃得一亮一亮。

毕尔一觉醒来，周自治还在那里玩手机，脸被晃得一亮一亮。

毕尔也看一下手机，忽然发笑，那张图片，一只狗骑在一只老虎身上。

“好看吧？狗球操虎逼。”周自治对毕尔说，“我刚给你发过去的。”

“世界大了真是无奇不有。”毕尔把这个图马上发给了女朋友，又发条信息，说，想不到我倒是条狗，你是虎。女朋友居然没睡，马上发来信息：“你怎么还没睡，快睡。”

不觉一个星期过去，这天区长让人喊毕尔过去，周自治说时候到了，怕是要考你。毕尔心倒不乱跳，就那么几句滥话，早已烂记在心头。遂把脚上的褐色皮鞋用卫生纸擦擦，再对着镜子看看自己。快走到区长办公室的时候却忽然又通知要换地方，要毕尔去小会议室，小会议室在一楼，就又下去，往左手拐，一直走进去，地板刚被清洁工擦过，湿漉漉的照见人影。毕尔还没来过这个会议室，探进头去，会议室东墙与西墙之下都是沙发，沙发靠背上一块油又是一块油，中间地上摆着三大盆塑料花，红的紫的黄的，一年四季灿烂个不休。小会议室只区长一人，面前茶几上一摞文件，很勤政的样子。还有一杯水，黄澄澄的没一根茶叶倒像是溺物。区长说：“进来进来。”毕尔便进去，返身关一下门，往前走两步，站定了。区长看看毕尔，却没先问毕尔要背的那些问题，只问你家里是不是有灶？这话着实让人想发笑，毕尔忍了笑，毕竟对面是区长。此刻，毕尔站着区长坐着，一高一低，区长让毕尔往后站站，说站近了逼得慌。毕尔就又往后站了几步，说：“有啊，要吃饭家里哪能没灶？”“吃什么？”区长说。毕尔又想笑，觉得区长脑子是有问题了，“吃饭。”毕尔说。“一般吃什么菜？”区长问。“洋芋。”毕尔说多数吃洋芋，有时候吃菜秆子。“就没有肉吗？”区长说。“过年过节吃腊肉。”“吃饭，苞谷大米？”区长又问，说话只是极短，不肯多说一个字。也算是调查，然后才要毕尔一一回答纸上的问题。区长看着那张纸，问一条，毕尔回答一条。区长一边问一边看腕子上的那块厚大铁壳子表，问了半个小时，好像是很满意，又好像是不那么满意，只把头往后一放，正好放在那一块油渍上，说，“别像背书那样背。”区长说。区长原是当过几天教员的，忽然来了兴致，说，“你坐下。”倒又要毕尔坐下了。毕尔在对面沙发上虚半个屁股，回头看一下那个油印，鼻子里已是脑油味。区长说：“知道吗？要把这些问题都变成你自己的话，你记性不错。”到此，区长就又不再问，要毕尔回招待所继续深入学习，要把纸上的话变成自己的话。那才像真的。

“不能像是广播电台，那就生硬了。”区长说。

“谢谢区长。”毕尔倒着走，然后是半侧着身子走，出了小会议室。

出了院子，毕尔的两眼被院子里的花晃得一黑，好一阵才缓过来。

回到招待所，周自治还在睡，毕尔对周自治说：“起来起来，事来了。”周自治说，“什么事？区里这时候是屁事不会有。”毕尔说自己就是不会用土话说官话，这可怎么办？“区长这是把屎拉在石缝里给狗出难题。”周自治说，“这有何难，你说说看，我来听，先把我这一关过了，我也睡醒了，不想再睡。”便点起一根烟，先给了毕尔，自己原想再点一根，却又不点了，只对毕尔说你喂我几口就行，毕尔便吸，憋住，凑过去，对准了，一口气把烟送到周自治嘴里，再吸一口，再憋，再凑过去，对准了，又一口气把烟再送到周自治嘴里，连喂了周自治几口，半根就下去。既是周自治，毕尔就无所畏惧，毕尔要周自治问，周自治问一句，毕尔便用家乡话答一句，两个人突然笑作一团，说怎么像是越南话问越南话。

“咱们两个又不是越南人。”毕尔笑着说。

“说来你也不亏。”周自治说。

“什么意思？”毕尔看着周自治。

“你不过是背背这个，白吃白喝一天还拿一百。”周自治说。

毕尔在心里算算，如果这样下去背够一个月也真是不亏，有三千进项。

“只可惜长不了。”毕尔说。

“长了就没意思了。”周自治说自己的理想是买辆车跑出租。

“我这算个啥？”毕尔说，“就像演戏。”

“谁不是演戏。”周自治说。

“我就不愿演戏嘛，要活就真真实实活着。”毕尔说。

“活着的都是演戏，死了的才算是演完。”周自治又说。

“你这话有意思。”毕尔说。

“这不是我说的，是一个哲学家。”周自治想了半天，没想起是谁。

第二天上午，办公室又叫毕尔过去，这次是书记要考，看看毕尔把纸上的问题背得如何。毕尔以为又在小会议室，脚先往了那边去，却被刘再新喝住，领了毕尔出区公所大门，区公所大门两边的两棵大树黑森森的也不知道是什么树，移来就那么大了。刘再新带了毕尔只往西边去，道边的树“哗哗哗哗”在风里响。过了电影院，电影院红红的一排大字好晃眼，细看却只八个字，只是奇大无比：“公民记清，维稳在心”。过了电影院便是区上的那个招待所。书记有时候会在这里办办公，是比较神秘，其实这事人人都知道，但具体书记住哪间房又是经常要调换的，反正是区上的招待所，由他住。具体哪天住哪间，情况只有办公室掌握。毕尔没见过区里的这个书记，心里便一阵一阵紧，不免在胸口连拍两下。毕尔知道书记名字叫李连贵。这名字好像在什么地方看到过，又是个一时想不起，是越想越想不起。毕尔又拍一下自己脑门。

“你干啥？又是胸口又是脑门，吃不了你。”刘再新说。

“我这人见不得大官。”毕尔说。

“省长大还是书记大？”刘再新说。

“这倒是，但我们是平头百姓。”毕尔说。

刘再新领毕尔到了门口，敲门，一二三，“笃笃笃”，停停，再一二三，“笃笃笃”，然后停停，再，这次四下，“笃笃笃笃”。门便开了，刘再新要毕尔进去。

毕尔轻轻进屋，屋里暗些，窗帘低垂着，只区长一个人独坐，倒没什么烟臭味。毕尔忽然想笑，原来坐在那里的人就是书记，毕尔是见过的，那天中午毕尔从下边上来，看见一个人穿了红色的秋裤，提了个绿色的塑料马桶去那个洗漱室，想不到竟然是书记。毕尔笑了一下。书记也笑了一下，毕尔原想不再笑，却又笑了一下，算是对书记的回报，书记笑他不笑是不好的。笑过，书记便开了口，想不到却说你笑什么笑，是不是想起李连贵熏肉大饼了？毕尔张了大嘴，完全明白过来了，刚才还在想在什么地方见过这个名字，便想起那美味，一个盘子，几牙饼，一排溜熏肉，好像是还有葱，大段大段的葱，还是女朋友带自己去吃过。毕尔突然对书记有了好感，说好感也不是，是一种很亲切的那么一种感觉。书记说坐下吧。毕尔就坐下来，书记没看那张纸就开问，毕尔真是觉得奇怪，书记不看纸却能把问题一条一条记着。书记问，毕尔答，逐条问到，行云流水。但到了后来毕尔忽然走了神，想起周自治对他说过的看准机会就不能放松，虽然调不到区里来，那要编制，但有机会还是可以到区里来工作。那天晚上，周自治把区上没有编制的人名一个一个说给毕尔听。

也不知道是哪里来的勇气，毕尔突然站起来，脸一下红起。

“怎么回事？”书记身子往后一闪，吃了一惊。

毕尔脸更红了，笑着，都要出汗了，说：“书记你是父母官，我有什么话都想对你说，我能不能来区上工作？我想来区上工作，做什么都行。”

书记这才把头朝后一丢，眯了眼：“司机都快没事了。”

毕尔心里努了一下，说：“我会写墙报。”

书记“呵呵呵呵”，说：“哪个要你写墙报，再回去好好背过，你们红五星棚户区这下要开出一朵红花来。”书记脸色忽然一变，严肃了，“笃笃笃”，胖鼓鼓的手指在沙发靠背上敲敲，指示说，“再回去倒着背，从最后一个问题开始，滚瓜烂熟。”

毕尔被培训了半个多月，才知道自己女朋友说的那话极对，现在无论什么事要想对就只管说好话。自己背的这些话其实都是好话，是什么都好，没有不好。又过了几天，区长和书记双双坐在那里又把他再次考过，区长和书记坐着，毕尔站在对面，一身蓝牛仔，人清清爽爽，区长和书记问一句毕尔答一句，区长和书记是你一句我一句跳着问，毕尔居然答得是行云流水，区长和书记认为合格，但要毕尔回去继续巩固不要松懈。临离开区里，毕尔请刘再新和周自治去小饭店喝了几杯酒。碰杯吃菜再碰杯再吃菜，刘再新问毕尔感受如何，毕尔说：“这次到区上的最大收获是交了你们两个这样的朋友。”毕尔又说，“至于背那几道题，跟上学时一样，两三遍就忘不了。”

从区上回来，毕尔又去看了一下女朋友，两个人去看了一场电影。

又过了几天，上边传来消息，省长过两天就要下来。省长要下来的前一天，毕尔家忽然轰动得了不得。之前，区办的刘再新和副区长王波大已经专门下来到毕尔家里看过，毕尔家里的家具用品都是几十年前的老东西，件件东西几乎都有牙没齿，一把老椅子断掉一条腿接了一根木棍继续用，人坐上去乱晃，根本就不能接待省长。刘再新说：“这怎么行，这家里的东西没一件入眼，给省长看这个可不行，必须都重新换过。”

“要焕然一新。”刘再新说。

毕尔说：“你说得倒轻松，我哪有钱换家具？”

刘再新说："这个不要你考虑，你只需把旧家具全搬出去，剩下的区里安排。"

毕尔说："电视还能看。"

刘再新说："看什么看，巴掌大屏幕。"

毕尔说："那个洗衣机还不到十年。"

刘再新过去把洗衣机开一下，家里立马像是有了摩托车。

"都换都换。"刘再新说，"是省长下来，不是别的什么人下来。"

"这明明是浪费。"毕尔说。

毕尔便和他叔毕大斗商量，这东西那东西都安排个出处，剩下的，第二天找了收破烂的全部发卖。隔一天，先是有电话打过来，然后区上果然派两辆车把新家具送了过来，毕尔家里一时比娶媳妇还热闹。左右邻居说这才是结婚娶媳妇。

"我还没对象呢，你们就不能给我说一个。"毕尔笑着说。

刘再新这天也早早过来，把毕尔拉到一边："怎么会这么多人？"

"我哪里知道。"毕尔说。

刘再新对毕尔说这是一级保密的事："细节都不能对外边说。"

"我又没请他们。"毕尔说。

"家具什么的只说是你自己买的，记住。"刘再新说。

毕尔嘴一时张得老大："我说他们也不会信。"

刘再新说："管你怎么说，你只说是你自己买的就行。"

"知道了。"毕尔给刘再新点一支烟。

"记住，不许说是区上帮你弄的，这话传出去就涉嫌弄虚作假。"刘再新又说。

"是我自己劳动致富。"毕尔咧开大嘴，笑，说明白了。

"省长要来你家视察的事你千万不能对任何人说。"刘再新说。

"才不会说。"毕尔说这一点他也知道，出了事可不是小事。

"到时候你别紧张，省长也是人，不是老虎。"刘再新又说。

"就怕省长不按着我背的那些提问。"刘再新这么一说，毕尔倒紧张起来。

"省长也是有准备的，不会乱问，他乱问就是给自己找麻烦。"刘再新说。

"说不好怎么办？"毕尔两手在胸前交叉起来，有些担心。

“你就把他当作你自己的家人，你找找感觉，找到感觉就好了。”刘再新说。

毕尔不知道该怎么找感觉，看着刘再新，蹲下来，仰起脸：“到时候不行我喝点酒。”毕尔说一喝酒就什么都敢了，什么也不怕了。

“那可不行，开玩笑，你满嘴酒气怎么行。”刘再新说亏你想得出。

毕尔长出一口气：“省长坐着，我也坐着吗？”

刘再新就笑起来，说：“都是人，都是娘生下来的，就这个省长，父母都是种地的，他过去还当过乡村教员，你就把他当你老师好了。”

毕尔这才觉得自己身上不那么紧，松下来。

“到时候，我穿这身可以吧？”毕尔又对刘再新说。

“蛮好蛮好。”刘再新说你穿牛仔很好看，你又不是政府机关工作人员。

“这还是前几年的衣服。”毕尔说我女朋友也喜欢我穿这身。

刘再新又说省长这次下来视察，棚户区的小男碎女一律都不许混进来，但这个也不要你操心，区里自有安排。能够过来当群众演员的区里已经粗粗选了一下，有那么二十多个，个个可靠嘴又老实，也已经简单培训过，到时，有人会带他们过来，事后，要给他们发一些补助，也不多，每人一二百。

“那我呢？”毕尔笑着说，“我还是主要角色。”

刘再新说你就别想这个啦，你一天一百的培训费已经挣过。还想得演出费。刘再新忍不住笑起来，说你这个家现在可真像是结婚的新房，你看那电视，你看那冰箱，你看那洗衣机，你看这家具，都是最好的，全是名牌，这说明棚户区的生活在大大提高。刘再新笑笑，他忍不住想笑，笑过，又说：“这事还真有几分像是拍电影。”

“我要拍电影就去日本，做男优还够格。”毕尔看看镜子里的自己，笑着说。

刘再新往沙发上一靠，深吸一口，再吐出去：“天上掉个逼，球的好运气。”

“哦哈哈哈，哦哈哈哈。”毕尔忽然开心起来。

刘再新又吩咐毕尔：“擦擦玻璃，干净一点。”

“好好好。”毕尔说。

“到时候床头上最好摆几本书。”刘再新又说。

毕尔说书倒是有几本，闲时找找，不过都是金庸古龙，外国小说都擦了屁股。

“我看你趁着这势头赶快结婚算了。”刘再新说。

“她倒满意。”毕尔说，“只是我还不满意，想找个有工作的。”

“干了没？”刘再新说。

“这还要问。”毕尔笑着说。

一切安排停当，刘再新才离开，他是坐小车跟着送家具的大车来的。棚户区里这几天正在种树，天公也作美，说阴不阴说晴不晴的。虽说前几天忽然大热了几天，这几天又凉快下来。毕尔的叔叔毕大斗从来都没这么兴奋过，叔侄二人忙了半天，又把冰箱电视机洗衣机各种家具摆放一番。毕尔的叔说你姑还不来，玻璃是该擦一下。

毕尔搬了凳子去擦玻璃，上上下下。

毕大斗毕竟当过民兵营长，说：“要在过去，这就是见皇上。”

“不就是一个省长嘛，这么兴奋干什么？”毕尔说。

毕大斗说屁：“省长可不是区长市长！你懂个屁。”

“我擦玻璃可不是为了他。”毕尔说。

毕大斗已经给他妹子打了电话，让她过来也风光一下，说好了要她早过来几天，顺便去父母亲坟上烧个纸，六月六马上就要到了，这地方讲究六月六上夏坟。打过电话，就一直等她，省长明天就要来，但还不见她人影。再把电话打过去，毕大斗的妹子说明天一准快到。

刘再新这天又是一早就来，他是来打前站，把毕尔的屋子前前后后看过，又让毕尔把院子再扫一下，其实他也没什么事，便坐在那里喝茶，一边喝一边对毕大斗说：“今天是你的正日子，都说我当办公室主任牛，但我牛不过你侄子，你侄子今天是主角。”毕大斗说：“哪里哪里，他算什么，他什么也不算。”毕大斗炒了瓜子，拿给刘再新。刘再新嗑着瓜子，忽然一拍脑门，说：“好，又有一个好细节，省长来了你就可以给他吃这个，还显得亲和。”刘再新说区委书记要他好好设计几个细节，要表现出省长既亲民又随便。

“那就多炒点瓜子，到时候端出来？”毕尔把衣服拍打了，坐过来和刘再新说话。

“真是好细节，真是好细节，就怕是电影导演都想不出来。”刘再新说。

“省长会嗑瓜子吗？”毕尔说。

“省长也是人，他难道吃饭不拉屎。”刘再新说。

区上的电话此刻又打了过来，竟是书记亲自把电话打过来，这是很少有的事。说车已经从省城开到了半路，省长差不多十点半多就到。书记在电话里又重申一遍，告诉他们到时都不许乱说乱动，都乖乖站定就是。省长下来视察是大事！不免又轻声对刘再新说毕尔和毕尔的叔还有那些临时搞来做群众演员的都要一一把话说到，谁要是到时出了洋相，别怪区上不客气，到时扶贫款一分也别想。也就是此时，毕尔的叔突然接到了妹子的电话说要让他出去接一下，说棚户区的路怎么都给封死了？谁也不让进，好多人都给堵在路上，还有车，动都不让动。毕尔的姑姑十分着急，说：“东边的那条路进不来，北边的也进不来，离棚户区不远的四条路也都封了。谁也进不来。”毕尔的姑姑急得上火，手机连连打，要毕尔的叔马上去接。毕尔的叔刚要出门，刘再新马上厉声说：“你好赖在村里也做过民兵营长，连这种事都不懂？站好了，你去哪里，你不能出去，就在屋里好好待着，省长马上就要来。”毕尔的叔说：“我妹子被挡在外边，我去领她一下，她又不是外人，是我妹子。”刘再新说：“她就是神仙也不能来，这屋里除了安排好的人其他人一个也不能进来。”毕尔的叔在屋里干着急，把电话给妹子打过去，妹子在那头早已生了气，说这就要回去，六月六那天再来，原想拍张照片好回去神气神气，想不到会有这么多警察，就像是棚户区里出了逃犯！毕大斗的妹子放小了声音说：“哥，还有不少警车。”毕尔的叔也只能朝外望望，院子外倒是清静，再想往远处望就没法子了，是对面人家的窗子阳台，再望，还是窗子阳台。棚户区的房子都一模一样，不一样的是住在里边的人，其实说里边住的人不一样也只是胡说，里边的人其实也都一样，也都是没了地种的农民和下井挖煤的工人。

十点钟的时候，棚户区有了动静，十多辆车开了进来。

车是从东边那条路过来，然后朝西掉个头就停在了广场上。要在平时，广场上这时会有很多的人，但此刻都被赶回到家里去，有不到二十几个人在那里或是下棋或是说话的也都是事先安排好的，见车停下，那些人就立刻站整齐拍起手来，但从车上下来的竟不是省长。省长的车在进棚户区时临时忽然改了道。走的是另一条路，是从北门绕过来，那边的安排是，要请省长先种一棵树，电视台的记者当然是紧跟着省长。眼下正是种树的季节，路边的坑是早就挖好了的，省长只需往里边把树苗放好，然后再象征性地往树坑里填土。省长对这些都很熟悉。接了树苗，抬起手，把几片黄叶轻轻摘去，问一句："这是什么树？"下边人马上回答了。然后省长才把树苗放在坑里，一手把树苗立住，一手用锹往坑里填土。电视台的记者让旁边的人也都做出种树的样子，但都离省长有几步远，这样一来，省长在镜头里就很突出。种了树，省长再问一句："开不开花？"接着又说，这回口气就像是在做指示了："种树最好是夏天能开花秋天能结果的那种。"树很快种完，接下来省长又去了棚户区的养老院。虽说养老院是私人开的，但民政系统很关心这里的工作，把在社会上流浪来流浪去神经有问题的人员都送到了这里，为了不让这些人乱跑，这里安了许多道铁门，平时都上了锁，有什么事必须要经过管理人员一道一道把铁门打开。那些来这里的人大多脑子都有些问题，但他们一来到这里就好像变了一个人，整日都嘻嘻哈哈，没事在院里晒太阳的时候都挤在一起，有事回屋里也挤在一起，总是挤在一起，而且脸都红扑扑的，好像是刚从澡堂子里出来一样。省长进了养老院，那些个神经有问题的都给赶到了食堂里边，而省长却只去看一个残疾人，是个全瘫，躺在屋子里最靠里边的一张床上，脸色倒是白，一只眼睛有点斜视，是这只眼看你那只眼就必定看了墙，那只眼看墙那边，这只眼才能对着你。省长过去，握一下手，回身把什么东西接过来，是事先准备好的一大袋水果，省长把这袋水果递给瘫子，再顺手把瘫子的被角这么一掖，又那么一掖，手法是相当老到，没一点拖泥带水，算是完事，前后也没几句话，其实也不必要说什么，有镜头画面就可以，看完了养老院的瘫子。然后省长才去毕尔家，省长的时间从来都是十分紧张，天天都在忙。但其实此刻最忙的倒是那个电视台记者，几步抢过来，再几步抢过去，唯恐误了什么镜头。但说实话他在心里很佩服省长，比如种树，比如刚才去看那个瘫子，省长的那几个动作做得真是到位，好像就是专门做给他的，怎么拍怎么好，怎么拍怎么舒服，原是成年累月练就。

"请省长参观一下我们的食堂。"养老院的院长紧跟在省长屁股后边。

"不必了，还不到吃饭的时间吧。"省长说。

旁边的人马上看表，说还早还早。

养老院的院长人还年轻，长得精瘦精瘦，皮肤把脸上的棱角都包了出来，只是头上边有点谢，他对养老院的那些人说话声气总是很和气，但平时做什么却很严厉。他以为省长会留在养老院吃饭，一大早就让厨房忙开了，菜做了七八样出来，也就是七八盆，都用那种很大的铝盆盛着，土豆烩豆腐、青椒山药丝、红烧带鱼、肉炖海带、红焖鸡块等等，·道道菜都有声有色地摆在那里等待着视察。但省长是没时间，养老院院长还以为省长怎么说都会坐下来说说话，但想不到会这样速来速去，后来他看电视，才明白省长并不是专程来看养老院。他把电视录下来翻来覆去地看，其实只是为了看自己，看自己在省长旁边的一举一动，一时真也是风光无限，后来又把这视频放给养老院的那些人看，只说是组织学习。但让他觉得有点妒忌的是毕尔，居然在电视里和省长有说有笑，还拿出一个盘递给省长，盘里原来放的是炒南瓜子，省长真是可亲可敬，居然伸手在盘里抓了些瓜子，就那边一边嗑瓜子一边和毕尔说话。这个镜头可真是经典，据说省长看了之后也大加赞赏。

省长下来视察，对红五星棚户区来说真是一件十分重要的事，这对市里区里也不能说是一件小事，而且可以说是一件大事中的大事。而这件事的重点最后要落在毕尔身上，人们都想不到毕尔年纪轻轻怎么会在电视机前表现得那么出色，会在省长面前那么自然风趣。好像是，省长问什么都难不倒他。人们都说要是在别人早就慌了，也许都要尿裤子了，哪还敢嗑瓜子？好家伙，毕尔居然敢在省长面前嗑南瓜子。还把南瓜子拿给省长，省长真是棚户区的贴心人，居然拿起南瓜子就嗑起来。

“这南瓜子小时候我也是经常吃的。”省长对毕尔说。

“好香好香，南瓜子香。”毕尔说。

省长看着毕尔，说自己小时候在农村长大，每次吃南瓜母亲都会把瓜子留下来，到了过年的时候再炒出来给人们吃。“还会在炒的时候往锅里溜一点盐水，就更好吃。”省长说。

毕尔不知道怎么溜盐水，说：“那不成了煮瓜子吗？”

省长说：“不能多，用水化一点盐，浓一点最好，洒在锅里一会儿就会被瓜子吸收了也炒干了。”

“还是省长会吃。”毕尔是完全放松了，居然这话也敢说。

省长最喜欢人们这样直来直去亲亲切切，说：“你这家可真是漂亮，比我现在住的家都漂亮，我都没这么好看的家具。”

毕尔说：“好马就是要配好鞍，要是以前住老房，自己说什么也舍不得买这些家具和家电。”

“这回舍得了吗？”省长说，“就是不知道冬天你们会不会冷。”

“房子比以前好一百倍，哪还会冷。不像以前走风漏气，外面下大雨里面下小雨。”毕尔这倒是实话，毕尔说要谢谢省长。说来也巧，毕尔的手机这时响了，“嘀嘀嘟嘟，”是女朋友打过来的，她想进来却进不来，她想让毕尔出去接她，而这时省长的手机也竟然响起来，是老电话铃声，“哔唧唧唧，哔唧唧唧。”

毕尔笑脸看着省长，说：“省长您也用手机？”

省长说：“笑话，我当然也用手机，不但用手机我还用微信，我要知道网络上的事，这很重要。”

毕尔也是胆子太大了，毕尔突然说：“省长您的官实在是太大了，就是不知道能不能和您加个微信，有什么事我可以向您汇报。”

省长只迟疑一下：“可以啊，你来加，我可以知道更多的民意民情。”

旁边的人早捏了一把汗，刘再新和陪在一旁的区长、区委书记眼都直了，毕尔的胆子也真是太大了。居然把身子近过去，和省长手对手加微信，还留了电话号码。省长毕竟是省长，见多识广，大事小事水推石转都应付得来。

“这下好了，你有了我的电话和微信以后可以对我说说心里话。”省长还这样对毕尔说。

“会说的会说的。”毕尔看看手机又看看省长，满脸的灿烂。

“一定要说啊。”省长说，“我今天吃了你的南瓜子，你要对我说实话。”

省长说话的时候，围在一旁的人心情复杂无比，区长啊区委书记啊都在心里恨毕尔，又羡慕，他们哪个不想加省长的微信要省长的电话号码但他们哪个敢。此时毕尔完全放松了下来，省长问的话他回答得头头是道行云流水，但省长几乎没问毕尔背了许多天的那些问题，省长只问家长里短，问毕尔上过什么学，结过婚没有，毕尔说已经有女朋友了，把家搞得这样漂亮就是想早早娶她进门，她什么都好只是没工作。省长对毕尔说你这发型时髦啊，耳朵旁边的头发都剃光了也好看，额头会显得大大的。

“聪明才智明的人额头都大。”省长说。

“我这是瞎推。”毕尔说，把头发拂一下。

省长说我才不信：“你推这样一个头要多少钱？”

“二十多块。”毕尔说。

“我推只要五块。”省长说。

省长和毕尔说话的时候别人也插话，毕大斗插了一句，多少有点结巴，“还是政府好，政府给我们办实事，这房子好得没法说。”

省长看一眼毕大斗，说：“应该的。政府还做得不够。”

“哪能呢？”毕尔说这房子和以前比一个是黄铜一个是金子。

“我对你说实话吧。”省长这时候好像已经是毕尔的朋友了，省长对毕尔说，“说心里话我现在还想去教我的书，我喜欢和学生们在一起。”

毕尔说：“省长要是去当老师，我就再去当一回学生。”

省长便“哈哈哈哈”笑起来，一边笑一边站起来，这是结束的表示。

在毕尔家门口大家和省长照合影的时候，省长还拉了一下毕尔，要毕尔站到自己身旁。区长和区委书记还有其他工作人员却站在一边。照完相，大家都松了一下，慢慢跟在省长往外走，区长走在毕尔身边拍了一下毕尔，说，“好”。又拍一下，又说了一个“好”。再说，声音就小了，区长对毕尔小声说，“千万可别把手机给搞丢了。”

“哪会哪会。”毕尔笑着说，看一下手里的手机，攥紧了。

送走省长和区上的那些人，屋子里突然静了，毕尔心里很激动，坐在那里不住地这边看看那边看看，忽然觉得刚才是不是梦？又觉得这不像是在自己家里，毕尔想大喊一声或唱几句，又跳起身探头朝外看看，然后回头连问他叔：“我刚才没说错什么吗？”

毕大斗去扫地上的瓜子皮：“我汗都吓出来了，你小子可真出息。”

毕尔忽然对他叔说：“刚才我真想对省长说，让省长给我找份工作。”

“除非你疯了！”毕大斗说。

“我想了好久还是没说嘛。”毕尔说。

“这就是你还有分寸。”毕大斗说。

省长走后不久，通往红五星棚户区的那四条路才解禁，毕尔的女朋友从外边赶进来，说差点淋上雨。又对毕尔说怎么还会有警车？又说路上的车现在恐怕都堵到糖厂那边了。这时许多小区的人也都拥到毕尔的家里来，他们想知道省长都说了些什么，又探头探脑把毕尔家里的家具看一遍。

毕尔说：“看电视，看电视，你们晚上看电视。”

毕尔女朋友对毕尔说:“怪不得你那几天不让我来，怎么一下子屋里都是名牌。”毕尔的女朋友看着毕尔，两眼比平时亮几倍。

“这就是勤劳致富。”这句话被毕尔用上了，又说，“这是省长吃剩下的，好香。”毕尔拿南瓜子给女朋友。

“晚上咱们去吃芝士馄饨好不好？”毕尔的女朋友用肩膀轻轻推一下毕尔。

毕尔却不肯，说不要误了晚上的新闻:“我在上边，这比什么都重要。”

“饭店都有电视，你坐在那里看电视还更风光。”毕尔的女朋友说。

毕尔脸一亮，对啊，便说不妨把毕建国小白菜他们都拉上大家喝啤酒。毕尔算了算，有七八个，都叫过来。

“为什么？”毕尔女朋友说我只想跟你一个人待在一起。

毕尔说:“演戏是要给观众看的，我这一辈子数今天风光，除了我谁还能和省长在一起。”毕尔说我要是有钱恨不能把那个饭店包下来请我全部的熟人朋友都去，让大家都来看我和省长在电视里，那才牛逼。

“你还说你没钱？”毕尔的女朋友说你屋里样样都是名牌。

毕尔不再说话，过一会儿，小声对女朋友说，“可惜我叔在。”

“什么意思？”毕尔的女朋友说。

“他要是不在，你就可以搬过来呀。”毕尔说。

“你想得倒美。”毕尔女朋友说。

“同居在一起才知道合适不合适嘛。”毕尔说。

“你还要怎样合适？”毕尔女朋友说。

“一次两次不说明什么，要天天住在一起才会知道合适不合适。”毕尔说现在大家都同居未必就是只想做那事，主要是互相了解嘛。

毕尔开始打电话:“哇哇喂喂”。

“都来都来。”毕尔对着电话说。

天很快就黑了，毕尔的电话也都一一打到，电话那头的朋友说时不时节不节的有什么好事？毕尔说当然是天大的好事，来了自然知道。毕尔打过电话，便和女朋友去了饭店，饭店就在棚户区对过，进了门往左手一拐就是，饭店里还没有什么人，毕尔一跳，先选了面对电视的那张桌，电视在很高的地方吊着，电视旁边又是一尊财神像，像前是两个假装蜡烛的电灯泡，在闪闪烁烁，还有一个香炉，也是假的，三炷香上各有一个红红的小灯头，也没明没夜地亮着，还有一些碎钱，五毛一块叠落着。

“也没人跟你抢，你跳什么跳。”毕尔的女朋友说，坐在他旁边。

毕尔让服务员上一个盘，放南瓜子。

不一会儿，毕尔的那些朋友都陆续到了。

“今晚看老子出台。”毕尔对他们说。

毕尔的朋友们并不知道什么事，还以为毕尔又参加什么唱歌比赛。

“算了吧，就你那嗓子。”毕尔的朋友小白菜说。

毕尔对小白菜说：“你知道不知道谁和我同台？”

“鬼才知道。”坐在另一边的毕建国说我不知道他就更不知道，他不过是一棵小白菜，晒干了就是干白菜，放缸里腌了就是酸白菜，再过几年是白菜帮子。

“咦，南瓜子。”小白菜说，撮几粒在手里。

“告诉你，和我同台演出的是省长。”毕尔说，还想再说什么，但忍了，还是没把加了省长微信的事说出来。别人也只以为毕尔是瞎说，外面的声音忽然细碎起来，看看玻璃，是下雨了。吃着喝着，很快就到了新闻节目时间，此时菜已经上了五六道，葱爆鱿鱼丝和凉拌海带丝什么的，味精只是多，啤酒也已经下了十多瓶。新闻节目一开始，毕尔马上就现身屏幕，一身蓝牛仔可真是帅气：“看看看，看看老子。”毕尔大声说。毕尔的那些朋友好一阵尖叫，都想不到毕尔真会出现在电视里。但他们还是有点不太相信和毕尔说话的就是省长，又感叹时间太短。

“你们这下知道了吧，这南瓜子是省长吃过的，连省长都说香。”毕尔说。

“时间再长一点，许多妹都会被撂倒。”小白菜说这下我的风度给压下去了。

这天晚上，毕尔喝得有点醉，因为是啤酒，也只是小醉。

毕尔把女朋友送上出租车然后回到家里，脑子兴奋得毫无睡意。

区里的刘再新此刻忽然给毕尔打来了电话，小声说能不能把省长的微信名片发过来，他也想加一下。毕尔想一想，说省长当时悄悄对他说过不让他把微信随便给人。电话那头，刘再新忽然停了说话，好半天，才又吐出一句，“天上掉个逼，球的好运气！”

毕尔“哦哈哈哈，哦哈哈哈”地大笑。

毕尔突然停了笑，他想看看省长的微信上都有些什么东西，但打开一看，上边却什么都没有，只有几张会议照片，还是去年六月的。毕尔忽然想试试打个电话，又不敢用自己的手机，想了想，横竖没事，便一挺身子下了床，穿鞋出门去打电话。外面的雨还没有停，一丝丝的，一丝丝的。毕尔到了棚户区院门口外的那个电话亭，按着省长留的电话打了一次，里边马上传出话务员的声音：“您拨打的电话是空号。”

毕尔再拨一次，里边又传出话务员的声音：“您拨打的电话是空号。”

毕尔这才敢用自己的手机去拨，小心拨过去，里边的声音依然是：“您拨打的电话是空号。”

回小区的时候，毕尔去了一下小区门口的那家药店，毕尔和药店的人都很熟。毕尔进去只一踅，问，看电视新闻没看？想不到药店里居然会没有电视。接着毕尔又去了药店旁边的水果店，这家水果店每天晚上都要开到很晚，老板胖且黑，正趴在那里看电视，毕尔又一踅，问，刚才看电视新闻没看？卖水果的老板在看武打剧，说：“现在鬼才看新闻！”

“明天你再看，我在里边，和省长在一起。”毕尔笑着，指指电视，说。

省长下来视察，毕尔上了电视，一时有多少热闹，但也只是一天两天的事。为了庆贺，毕尔和女朋友又去看了一场电影。那天的新闻播过，隔一天又播了一下省长视察红五星小区的专题，这也就到头了。但毕尔却还兴奋在那里，毕大斗这天忽然提醒毕尔一句，说：“你何不趁着房是房家具是家具都这么齐全漂亮把事办了，你不结婚还等什么？”毕大斗这句话是说到了毕尔的心里，但既被道破心思，毕尔倒反着来，毕尔就是这性格，毕尔对他叔说：“急什么，结婚是一辈子的事。”此时的毕尔，就像是一个孩子刚从过山车下来，人整个是晕的，这个晕是一时不知东南西北，毕尔觉得自己与以前的那个毕尔大不一样了。怎么说呢，好像是在电视里看到了自己便重新认识了自己，一个人有时一辈子都不会认识自己，但毕尔在一刹那认识自己了，或者是，怎么说呢，不单单是因为见了省长，和省长又说又笑还给省长递南瓜子，就是屋里的那些高档家具和电器也让毕尔觉得自己和以前大不一样了，这是肯定的，就像是一只鸡，钻在鸡窝里和它忽然落在高高的梧桐树上是不一样的，钻在鸡窝里的时候没人会认为它怎么好看，一旦落在梧桐树上，连鸡也会觉得自己羽翎居然辉煌。但让毕尔想不到的是自己对自己的重新认识其实是不对的。生活其实并不是那样。

“你别忘了，演完了戏就要卸装。”这天，刘再新忽然打来了电话，开口便说。

“什么事？”毕尔觉得刘再新话里有话：“莫非还要给我补助？”

刘再新在电话里突然笑了起来，“我当了区长有这个可能。”

“那是什么事？”毕尔笑着说，“难道省长还要再来一次？”

刘再新在电话里顿了一下，不开玩笑了，说：“我先给你打个招呼，你好准备准备，下午车就过去，要把那些家具和电器还有别的都拉回来。”

“什么？”

毕尔是大吃一惊，一下子便从沙发上跳起来，他叔毕大斗这时正坐在门口和邻居说话，毕尔一头钻进了洗手间，人已经激动起来，大声说：“你说什么，那些东西不是给我了吗？我家里原来的东西可是都让人拉走了。”

“那怎么可能白给你？”刘再新在电话里说，“那只不过是临时性的道具，戏演完了，道具就要收回来了，要还给人家了。”这句话，也是刘再新想了好久才想出来的，他想把话说得有趣点，这样才不至于让毕尔那么紧张。刘再新又对电话里的毕尔说，“电器加家具还有别的你猜猜要多少？三十多万！区里再有钱也不会白白给你三十多万，区长和书记还没疯！”刘再新说这话时忽然有些开心，说不出的开心。那天毕尔的样子可是太得意了。就连自己想向他要一下省长的电话，他都居然那样说话，还说省长对他怎么说怎么说，当时人们都在场，谁都知道省长什么都没说。只这一件事，就让刘再新特别生气。所以，刘再新此刻特别开心。但又有点难过，为毕尔难过。

“你先准备准备。”刘再新对电话里的毕尔说。

电话里没了动静，但细听，能听到毕尔在喘粗气。

“车下午就过去。”刘再新又说，笑起来，但没笑出声。

电话里还是没有声音，毕尔像是已经傻掉，再也说不出话来，毕尔还年轻，又没经过多少事，他想不到会有这种事。毕尔蒙了，比刚从过山车下来还蒙，已辨不出东南西北。但毕尔要自己不要蒙，要自己沉住气，其实从一开始被培训，毕尔的心里就已经充满了反感，充满了不满，只不过这种情绪被自己压了回去，此刻，那反感忽然又回来了，像一头撞向堤坝的洪水大浪，一下子撞过去，再返回来的时候就更大。“区里这是不是折腾人！”毕尔说，但这只是半句。“这是弄虚作假。”毕尔又说，这又是半句，和刚才那半句加在一起才算是一句，表达了毕尔心里无比的愤怒。其实是，说完这句话，毕尔心里的火才一下子蹿了出来，毕尔不能接受刘再新刚才说的那个事实，但毕尔不是那种没头脑的年轻人，他要自己把内心的愤怒压住，夯实，一点一点来。

“好，我等着。”

毕尔忽然来了这样一句，倒让刘再新摸不到头脑了。刘再新想再说什么毕尔那边已经关了机。刘再新当然想不出毕尔现在在做什么，毕尔找出了省长的电话，他要再试一下，再拨一下，但电话拨过去，里边马上传出话务员的声音：“您拨打的电话是空号。”

毕尔再拨一次，里边又传出话务员的声音：“您拨打的电话是空号。”

毕尔的手指有些抖，再一次小心拨过，里边的声音依然是：“您拨打的电话是空号。”

这时刘再新又打来了电话，他不放心毕尔，这种事，最好不要闹大。

“你没事吧？”刘再新说。

“好，我等着。”毕尔说。

此刻已是中午，快到吃饭的时候，毕尔一个人去了那家饭店，饭店的客人还没上，毕尔又选了那张面对电视的桌子坐下，小饭店里的服务员已经认识了毕尔，都知道他就是那天上了电视和省长一起说说笑笑的人。毕尔人虽黑瘦却长得真是精神好看，再加上他一身的蓝牛仔人就显得更加清爽好看。服务员问他今天有几位客人？毕尔说也许七八个吧，但我先喝两瓶。毕尔就要了一盘花生米两瓶啤酒兀自喝起来，两瓶很快喝完就又要了两瓶，这两瓶喝完那盘花生米还没吃完，毕尔就又要了两瓶。这时饭店的客人才陆陆续续多起来。

有人认出了毕尔，说：“咦，那天你在电视里好漂亮。”

毕尔说：“还不是演戏。”

那人又说：“了不起，省长都和你说说笑笑。”

毕尔说：“那都是演戏。”

毕尔喝了许多啤酒，却没上什么菜，只那一盘花生米，毕尔喝啤酒不会醉，但多少也有了酒意，上头了。毕尔从饭店出来，头虽有点晕但心里却十分清楚。毕尔回家去了，但躺在床上却怎么也睡不着，毕尔把手机看来看去，忽然又看到了那天周自治发给自己的图，一只狗趴在一头老虎的身上。毕尔笑起来。

刘再新带着两辆车是下午到的红五星棚户区。天又阴下来，这是一个多雨的季节，车上还有三个搬家工，人们都这么叫他们，还有绳子和扛布，扛布就是那种很结实的一大整块尼龙布，是几层叠缝在一起，又用蓝粗布沿了边，是特别地结实，是专门用来背东西的，这东西要比绳子好用，比如搬冰箱，要是两个人搬，其实都使不上劲，他们就一个人来，只需用扛布把冰箱兜起就行。刘再新已经想好了，这件事区里做得多少有点欠妥，所以他想好了要先跟毕尔套套近乎，抽几支烟，安定一下毕尔的情绪，这样才好把那些东西搬回来完成这个任务。这件事，无论怎么想，刘再新都觉得区上安排有误，毕尔家里原先的那些家具都已经送人的送人发卖的发卖，而且只能是当作破烂卖。这样一来呢，怎么说呢，如果把现在的那些电冰箱啊、电视机啊、洗衣机啊、床啊、衣柜啊、饭桌啊、沙发啊什么什么的都搬走的话，毕尔的家里就空了，还怎么住人？刘再新有点替毕尔难过。刘再新想好了，一定要抚慰好毕尔，刘再新想好了两种方案，一种是硬着来，进去，也不说什么，上手搬就是。想必毕尔也不会闹出多大动静，这对毕尔来说毕竟是一件丢人的事，刘再新还是肯为毕尔想，这就是刘再新的为人善良之处，他人原是质朴的，刘再新甚至想夜里来搬更好，免得有人围观。刘再新把这件事前前后后想了又想，觉得还是软着来为好，把感情套牢了，什么就都好说了。但刘再新没想到毕尔会这样，没想到会出现这种情况，许多事情都不是一个人能想到的。

刘再新进去的时候，毕尔很客气地让刘再新坐，但脸色已完全不对头。那三个搬工也已经在门口站好，他们得了一盒烟，正在分着抽，你一支我一支。他们知道抽完烟就要干活儿了。

刘再新把一支烟递给毕尔，毕尔也接了。

“你们来做什么？”毕尔忽然说，脸色是不对头的。

这让刘再新愕然，他看着毕尔：“都结束了，演完了，该撤了。”

毕尔用嘴叼了烟，不再看刘再新，把自己的手机拿了出来。

“东西既进了这个家就全是我的。”毕尔说，语气也不对了。

“可能吗？”刘再新看着毕尔，轻声说，“你想想可能吗？三十万的东西。”

“进了我这个家就是我的。”毕尔大声说，跳起来。

其实毕尔不想多说什么，毕尔怕自己一多说就会爆发出来。毕尔想让自己平静再平静。但毕尔还是爆发了出来，毕尔指着刘再新说：“我再说一句，东西既然搬到我这个家里就是我的，你们既然是演戏就要把戏演好。我看你们搬，我都拍下来，我把图片发给省长看，让省长也知道你们的戏演得是怎么个好。”

“是弄虚作假演得太糟糕了！”毕尔又来一句，把话直接说出。

这回轮到刘再新不知所措了。他站起来，他想不到会有这种情况发生。

“东西搬进我家就是我的。”毕尔再次说，手抬起来指着刘再新不再放下，好像是不会放下了，就那么抬着。

“你们搬吧！”毕尔又大声说，另一只手把手机举着。

“毕尔、毕尔、毕尔、毕尔……”

刘再新嘴里说出一大串毕尔，人想朝毕尔凑过去，却一闪，已经从屋里走了出去，他没想到，别人也没想到，但他们也其实都想到了，这件事会有难度，但想不到此刻难度突然变大了，省长好像是一下子就现身了，那个省长不在别处就在毕尔的手机里，好像是，什么时候毕尔叫一声那个省长就会立马现身。好像是，这件事一下子变得不可收拾了。刘再新从毕尔的家里出来，去给书记打电话，书记那边突然没了话，他当然明白这种事不是小事，书记没了下文，停了好长时间才说：“那就先回来。”刘再新又拨通了区长的电话。区长却像是很生气，气呼呼的两个字像子弹一样从刘再新耳边的手机里射出来，“刁民”!

但停了片刻，区长也在电话里说：“那就先回来。”

夏天很快就过去了，虽然秋天来了，但红五星棚户区还那样，花开着，树还绿着。人们有时候看到毕尔从外边回来，或者是从小区里出去，一身蓝的牛仔服要多清爽有多清爽，真是精神好看。人们现在都认识了毕尔，虽然过去了很长时间，有人见了毕尔还会说：“咦，那天你在电视里好漂亮。”毕尔说：“还不是演戏。”那人会接着又说：“了不起，省长都在和你说说笑笑。”

毕尔也笑笑，说：“那不过都是演戏。”

“那不过是演戏。”毕尔说。

腊　月　谣

1

李乡长舔舔嘴唇开始念区里的文件时，高小林就看见李建成不停地朝这边做鬼脸。等到李乡长开始念扶贫人员的名单时，李建成就不再做鬼脸，他这才听出这个扶贫文件是区组织部下的，这次扶贫不像是以往的扶贫要派人下去，而是所有党员都有份儿。人不用下去，一个党员包一户，只要按规定到年底给钱就行，不是党员的人便一个接着一个往起站，都显得很轻松，会场马上热闹开了。“怎么是一个党员扶一个贫困户？”李建成小声问高小林。“咱们四个月没发工资了跟谁说？跟煤台说？”高小林说。这句话让李乡长听到了，李乡长便笑，李乡长往这边看看，他也只能苦笑，麻子玉乡的干部为了集资建煤台已经有四个月发不出工资了。“咱们只好也去火车站卖冰棍了。”李建成说，人们就哄地一笑。“就你那嗓门儿，还卖冰棍？”高小林说，周围的人又哄地一笑。偏偏这时候张粉菊却站了起来，嗓子细细地说：“我不是党员也想扶一户行不行？”高小林知道张粉菊一直在写入党申请书，所以平时工作很积极，高小林正坐在张粉菊旁边，就拉拉她，让她坐下来：“你不如扶扶李建成的贫，离得又近。”李建成听了高小林的话，马上说：“她扶我我也不让她白扶，我在精神上也要扶扶她。”他这么一说，高小林就马上说：“恐怕不是‘精神’两字吧，只怕是一‘精’字。”这话也给李乡长听到了，忽然不笑了，说：“还没散会呢，还有两个文件，都乱什么乱？”又对张粉菊小声说，“你提的事，我可以向区里反映一下，是好事，我想不会成问题吧。”

张粉菊是认真的，又嗓子细细地说："要是区里同意，我真要扶一户呢。"乡里的人们都知道，全麻子玉乡数张粉菊最有钱，她男人冯敢死这几年开煤窑开得家里没有金山也得有个银海。

李乡长就又继续念关于计划生育的文件。

李建成又笑嘻嘻低声对张粉菊说："你先考虑考虑我，乡里要是再不开资，我也许要绑架你。"李建成忽然用手摸摸张粉菊的肥腿，忍不住笑，想起昨天李乡长讲的那个笑话了，想一想，还是没有对张粉菊说，忽然又说煤窑前几天丢车的事。

"都不许说话，听好了。"李乡长停下念，又说。

乡里开会向来都是这样的，乡长念乡长的，别人说别人的。

"咱们真是不能活了。"李建成又小声说，指指在一边不出声的王文健，"昨天黑夜又和他小妈打架了。"李建成朝王文健努努嘴又在脸上摸摸，张粉菊和李建成便明白了王文健脸上事怎么回事。"他女人也太那个了，不就是四个月没发工资。"李建成忽然不说了，昨天，他女人因为猪蹄的事也和自己狠狠吵了一架，他三岁的儿子嚷着非要吃猪蹄，他女人便下去买，却只买一个上来，李建成只嘻嘻嘻说了一句，"你可真会过日子。"他女人和他吵起来："你四个月没往家里拿一分钱还想吃猪蹄？"直到今天早上，李建成女人还气鼓鼓的。

李乡长已经念完了文件，因为近四个月开不了工资，李乡长在各方面都放得很松，什么也不好说，比如一有什么说法，下边的人便马上会说："四个月不给人们发一分钱，还说什么大展宏图的事。"这几天，李乡长和陈书记就到处忙着想给人们弄点钱先发一个月的工资，因为眼看天要大冷了，人们这几天又要储存冬天的菜，又要把冬天的煤准备好，到处要钱，再不给人们发点钱救救急，真是说不下去了。

"下午就把扶贫名单给你们发下去，谁扶谁，都别闹错了，到年底区里要验收呢，还有不到两个月的时间。"李乡长念完了文件又说，下边还一阵阵乱。

"不入党哪有这事。"李建成小声说。

"怎么说这种话，你现在又不是没有饭吃？"坐在那里老半天不说话的陈书记忽然说，忽然看定了李建成。

"我现在口袋里也只有五毛钱了，刚好只能吃半碗面条。"李建成说。

“你别叫苦，你扶村里的党员贫穷户，村里被你扶的那一户还要再扶一户呢，什么叫互助，别忘了。”陈书记说。

“还有这事？我怎么没听清？”李建成说。

“谁让你开会总是乱说话。”陈书记说。

陈书记站起来，他要张粉菊到他的办公室去一趟，昨天李乡长和陈书记商量好了一个可以救急的办法，他要跟张粉菊谈谈。

“你来一下。”陈书记对张粉菊说。

“去吧，这回你可是火线入党。”李建成在后边做个摸张粉菊屁股的动作。

陈书记、李乡长和张粉菊一走，会就散了，人们各回各的办公室，高小林对李建成说：“你猜猜头儿找张粉菊说什么？”“那还用猜”，李建成说，“左不过是借钱，想跟张粉菊男人的煤窑里借些钱，给乡里的人们开一个月的工资。”这是李建成在门外听见李乡长和陈书记谈给人们发工资的事。“也只有这个办法了。”李乡长说。

“你说张粉菊男人会不会借，不是个小数字。”高小林说。

“要是有交换关系也说不定。”李建成说。

“啥交换？做这？”高小林做个手势。

“你就知道这个，比如，咱们头儿真答应给张粉菊入党。”李建成说。

“不会吧，那叫做成啥事了？”高小林马上说。

“看你这个囔头，狗急了还跳墙呢。”李建成说。

“你跟张粉菊一共借多少了？”高小林问李建成。

“三千了。”李建成。

“多少的利息？”高小林又问。

“比银行低一点儿。”李建成说。

“真是扶的狗日的贫，四个月不发工资还让我们扶贫。”高小林说。高小林还没结婚，虽然和父母在一起过，一连四个月拿不回钱，心里也不是滋味。

“我也准备跟张粉菊借点钱。”高小林说。

“你干脆吃她的软饭算了，还愁抽烟吃饭的问题？”李建成说。

“小心老王听见。”高小林朝那边看看，小声说。

李建成和高小林去洗澡。星期五是乡澡堂开门的时间。到了后院澡堂门前，却见澡堂门关着，一问，原来是烧锅炉的煤没有了，“别说洗澡，过两天取暖都成问题。”锅炉房的老王驼着背正在地上弄煤面，说。

“你比我们好，我们还得扶贫呢。”李建成对老王说。

“我也是党员，我也有义务，我也要扶一户。”老王忽然直起腰，很正经地说。

李建成便看看高小林，老王的口气让他觉得很意外。听老王的口气，老王倒好像很愿意扶。李建成和高小林忽然都觉得很好笑，莫非老王捡破烂真拣出了宝。

“你倒好像很愿意？”李建成便说。

“党员咋也不能和一般人一样吧。”老王说。

“你这岁数不用了。”李建成对老王说，老王退休已经有几年了，因为没有家，也没女人，就继续留在乡里，老王的党龄可能是乡里最长的，一九三九年入的党，当了三十多年的兵，不知怎么搞的就落到烧锅炉的份上。晚上就睡在门房里，春天的时候，门房张必富回了老家就再也没回来，老王现在还算门房。

“真不能洗了？”李建成问老王。

老王忽然好像生了气，驼着背一起一伏走了，走出一截子，猛地回过头来，说：“我老，我再老也是个党员。”

高小林看看李建成，忽然想笑，却又不敢笑，等老王又掉过脸走远了，却听李建成小声说：“这老家伙是不是有毛病？”

高小林便大声笑起来。

2

张粉菊的男人冯敢死是麻子玉乡北榆涧的人。

李乡长和陈书记两人进到冯敢死的办公室里时，冯敢死正在骂人。冯敢死人很胖，头很大，鼻子更大，看外表，就根本不像是个粗人，戴着副眼镜，因为有一只耳朵聋了，说话的声音总是很大，鼻子不但大，上边还有许多细碎的小坑儿，不但有许多极细碎的小坑儿，而且红，红得十分鲜艳。冯敢死在骂办公室的小罗，因为上午小罗带了一个人悄悄下了一趟井，那个人是小罗的老师，说是想写一篇文章，但就是没见过井下骡子拉煤，小罗的这个老师说过好长时间了，今天就忽然来了，没办法，小罗就只好带老师下井看，看在井下赶车拉煤的拉煤户，看井下的那种骡子车。不知怎么这事就给冯敢死知道了，无论小罗怎么解释，冯敢死的火气也消不下去。小罗说只带老师在大巷道看了看，又看不到采煤的地方，"放你妈的屁呢，看拉车也不行。"冯敢死说。

冯敢死的煤窑和所有的小煤窑一样，最忌讳的就是让外人下井看东看西，因为和所有的小煤窑一样，冯敢死的小煤窑也是留着国家划给自己的采煤区不采，专门偷挖附近大国营煤矿的煤，这是秘密。"我操死你个妈呀！"冯敢死骂小罗，小罗也还赔着笑脸。"我操你妈行不行？"冯敢死又说，"我操你妈不行吧，你不愿意吧，你带人下井乱看一气就顶操我妈呢。"冯敢死说。冯敢死已经骂了好一会儿，这会儿也不想骂了。正好李乡长和陈书记也从外边走了进来，李乡长和陈书记一进来，小罗就赶忙往外走，"回来！"冯敢死又大喊一声，"你小子往哪走，你不给乡长书记倒水？"

小罗赔着一脸的笑倒水去了，一会儿端了水来。先给冯敢死，后给李乡长和陈书记，递完水准备出去，又给冯敢死一声断喝喊住："你回来，你咋给倒的水？"冯敢死问小罗，小罗赔着笑脸，愣在那里，不知该怎么说话，"你咋能先给我倒？后给书记和乡长，我敢比书记乡长大？你他妈倒会给我加罪呢，重来。"冯敢死说。李乡长忙说"不必了，都一样"。"哪能一样？"冯敢死说："倒了，再重来。"

"要来你重来，我就这杯了。"陈书记把自己那杯端起来，不看冯敢死。

小罗便又重新倒了一回水，这次是先要给陈书记，陈书记不让重倒，他便再给李乡长倒，然后，又毕恭毕敬给冯敢死倒了一杯。冯敢死忽然又笑了，轻轻拍了一下小罗的脸蛋儿，说："你说我骂你骂得对不对？"小罗没说话，眼里却一下子涌上了眼泪，"出去吧。"冯敢死忽然又烦了，大声说。

小罗出去了，脸红红的，眼也红红的。

陈书记看着冯敢死，呷了一口茶。

"我养这些人还不如养条狗呢。"冯敢死让李乡长和陈书记往沙发上坐，他也坐到沙发上来，沙发上有中午打完没收拾的扑克，乱糟糟一大堆，冯敢死就一屁股坐在扑克上，忽然用手在屁股下摸摸，摸出个蓝塑料壳子打火机来，再摸摸，摸出一盒早已给他压得扁扁的红塔山来，抽出一支看看，已经压碎了，冯敢死把这盒烟攥攥扔了，又站起来，从抽屉里取出一盒儿没拆过的。

“二位头儿，有啥事，说吧。”冯敢死说。

李乡长瞅瞅陈书记，陈书记在看茶几上的一张报纸，报纸竟是春天的，陈书记看看不对，又扔开，抬起脸看冯敢死，忽然笑了，说：“我们俩是到你这儿讨吃来了。”

“我还跟人讨吃呢。”冯敢死马上说，他早见惯了这种事，不用问，他已经猜出了八九分。

“你讨吃？”李乡长马上在一边说，“你拔根汗毛比别人腰还粗！”

冯敢死就嘻嘻嘻嘻地美，他知道，李乡长说这话是亲热的表示。

“又咋了？”冯敢死说。

“你那只耳朵也他妈让驴毛塞住了，乡里头已经四个月了没开支，想跟你先挪借挪借，给人们开一回支。”李乡长说。

“吃顿饭我还支应得起。”冯敢死说，话外之意不难听出来。

“这一回给你利息，比银行高一点行不行？”李乡长说。

“要多少？”冯敢死马上说。

“乡里头上上下下怎么也得要三十多万。”李乡长说。

“多会儿还我呢？”冯敢死说。

“快年底呀，年底回来钱就先给你。”李乡长说。

“那就到明年了，那可不行。”冯敢死马上说。

“下个月？”陈书记说。

“我看看能不能回转来，过几天再说吧。”冯敢死说。

“等米下锅呢，还过几天！”陈书记说。

“又不是数九天买皮袄着急啥？”冯敢死笑嘻嘻说。

“现在是光屁眼儿，没裤子还顾得上买皮袄？”李乡长说。

冯敢死就又嘻嘻嘻嘻笑。他忽然想起件事来，就是前几天三友集团公司找他谈过，想在麻子玉乡拿块地皮，反正现在借钱给乡政府一下子又拿不回来，如果借了，然后圈地的事就好说了，不过，这事最好有个定准。

“我打个电话问问账上还够不够。”冯敢死把烟一拧，站起来，说。

冯敢死就到靠食堂的电话室里去打电话，电话是打给三友集团公司的。三友集团公司那边说麻子玉乡那边的事黄了，上边不批，因为麻子玉乡的煤台正在建设中，另外，要的地皮也已经谈好了，在六〇九国道边上，比麻子玉乡的地理位置还要好。“有了这儿，咱们跟麻子玉乡打那个麻烦？”三友方面的人在电话里说。

冯敢死又回到了自己的办公室，还没开口，李乡长就说：“你把这事情办了，我们马上给你把张粉菊的事也办了。”

“啥事？”冯敢死倒想不起自己女人有什么事情要办。

“她的入党问题我和老陈也研究过了……”李乡长说，看着冯敢死。

“笑死人啦。”冯敢死看着陈书记，忽然大笑起来，这么一来，借口也就有了，冯敢死摆摆手，“正好银行账上不够，我也不给你们了，省得让人说我是为了给我女人解决入党呢，不了，不了。”

陈书记的脸红起来，看着冯敢死，烟放在嘴边忘了点。

“我怕让人笑话，为了给女人入党，再说传出去对你们也不好。”冯敢死又说。

“你不借？”陈书记说，“你以后就不在麻子玉乡这块地皮上吃饭拉屎？”

“我想借还得有呢。”冯敢死笑着说。

“我就不信你没有。”陈书记说，“你别他妈看我瘦猴样，我消化得了你那三十多万，我还得起你那三十多万，你别以为我瘦猴样肚里就没那两片荤油，剥下哪一片也能还得起你那三十万，乡里的煤台一开始运行，你就别从煤台上行走。”

“不说这行不行？晚上咱们喝酒，还有税务所老张。”冯敢死摆摆手。

“不喝，我心也坏了，脑袋也坏了。”陈书记说。

“陈书记你不是骂我吗？”冯敢死笑着说。

“骂你做啥，真的，心脏老疼。”陈书记就用手摸自己的身体，“头也痛，一共有两个多星期了，咋也睡不着。”陈书记说的是实话，最近，他一直失眠。一躺下就怕睡不着，这么一想，果真就睡不着，再说家里这几天正在装潢，陈书记的女人闹了好长时间了，非要闹着装潢不可，说再冷就不好装了。这几天，陈书记就请了工人在家里拆拆东边涂涂西边。

“今天别走了，今天别走了。”冯敢死说。

“你敢死，我可不敢死。”陈书记说。

这时候有人在外边朝屋子里招手。

冯敢死就出去，趁着冯敢死出去，李乡长说：“要不留下？喝喝酒还好说话。”

“我看见这种人就生气。”陈书记说。

“留下吧，我替你喝，谁让我比你小十多岁。”李乡长说。

冯敢死在院里说完话再进来的时候，李乡长就对他说：“不走，我和陈书记就先洗一个澡。”

“那还不行。”冯敢死说。

“小罗，来。”冯敢死就拉开门朝办公室喊。

小罗就马上跑了过来。

“拿两条干净毛巾，拿些洗头的，你带书记乡长洗澡去吧，给书记和乡长好好搓搓，他妈的，一人从他们身上给我搓下张狗皮才算。”冯敢死对小罗说。小罗马上去准备了。

陈书记、李乡长便跟上小罗去洗澡。澡堂里的水是新放的，矿工们还没洗，下二班的矿工们也正好往澡堂里进，有不少人一边走一边都把衣服脱了，长长短短露着，往池子里走。“等会儿，等会儿。”小罗忙对他们说，“你们等等再洗，先让客人洗了你们再下。”那些矿工有的是从河北来的，有的是当地人，都认识陈书记和李乡长，就都不动了，澡堂里又不冷，脱了衣服的也不再穿，都在那里等，忽然有人找来了比他们还要黑的扑克，便坐在那里玩起来。

陈书记和李乡长快洗完的时候，小罗也给他们都搓完了，忽然就听见了冯敢死的说话声，好像又进来一些人，果真就有人进来了，小罗认出了是税务所的。冯敢死还没进来，在外头对工人们嘻嘻哈哈地说：“再等等，让他们洗完了你们再洗。”说完，冯敢死也白白地进来，一进来就跳进了塘子，也不知怕不怕水热，说要表演水上漂，就真的在池子里呈个大字白白地漂起来。“你他妈是个‘太’字呢，啥大字。”税务所老张嘻嘻笑着说。冯敢死就不表演了，又坐到池边来，对小罗说：“好好搓，从张所长身上也搓下张老狗皮。”

李乡长却在喷头下小声对陈书记说：“待会儿你再问问？看看行不行？”

洗完澡，外面的工人黑乎乎已经等了一屋子，都赤裸着，互相开着身体下部的玩笑。里边的人一出来，外边的工人便都马上冲了进去。

“你说句痛快话，到底行不行？”穿衣服的时候，陈书记又小声问冯敢死。

“账上真没钱。”冯敢死很认真地说。

“要是你陈书记私人的事，十万八万兄弟没问题。”冯敢死又小声说。

“不吃了，回家！”陈书记突然翻了脸。

3

第二天，扶贫名单下来了，乡政府党员们一人领到一份。名单是村子里先定扶贫对象，然后报到区里去，区组织部再按各乡政府党员的人头一对一地分配。麻子玉乡的扶贫对象没变，还是北榆涧村，北榆涧村靠近麻子玉乡北边的山区，村子就在那一道黄黄的边墙下，村子里有一半的人家还住在边墙上掏的土窑洞里。

高小林和李建成在办公室里看扶贫名单时，张粉菊从外边走了进来。“我看看都有谁？”张粉菊说。李建成便忙转过身在自己那份名单上写了几个字，然后把名单递给张粉菊，张粉菊就先看到李建成写的那几个歪歪扭扭的大字：“未来优秀党员张粉菊扶穷鸡巴人李建成，款项八千元。”

“你也太不值钱了，才八千。”高小林也在旁边，把名单一把抢过来，用笔把八千后又填了一个万，“八千万怎么样？这才像个扶贫。”张粉菊又把扶贫名单一把抢过去：“鬼才扶你们呢，谁知道你们有了钱去驴圈还是去马圈？”

李建成和高小林两个人就“嘻嘻嘻嘻”笑。

张粉菊忽然“啊呀”一声：“咋还有公公？”

“瞎说吧，你公公？”高小林不信，抢过名单看。

“你公公现在就是狗的老地主了，还能是扶贫对象？”李建成也说。

“咋还有北榆涧村主任刘珠的爹？”张粉菊又叫了一声。

“净瞎说，刘珠爹还算扶贫对象？”李建成也不信，抢过名单看。

“不会吧，你公公还算扶贫对象？”高小林又说。

张粉菊又把名单抢过来仔细看看，忽然就不高兴了。

张粉菊转身从李建成他们的办公室里出去，她到旁边的妇联去给冯敢死打电话：“你看丢人不丢人？你爹也算是扶贫对象呢，倒好像咱们没人管他。”张粉菊在电话里对冯敢死说。

“瞎说。”冯敢死马上在电话里那边说。“名单上印着呢，瞎说，谁瞎说？”

张粉菊说。“真的？你好好看看。”冯敢死不相信，在电话里说。“你一天到晚不回家，就闹这笑话！”张粉菊把电话“砰”的一声放下了。

张粉菊刚放下电话，李建成和高小林就嘻嘻哈哈地过来了，他们已经在办公室里笑了一气，这会儿赶到妇联这边来，李建成对张粉菊说：“你昨天不是说要扶一户贫，这回正合适，不出窝就消化了，媳妇扶公公。”高小林说：“是不是在家里开过会？研究过？肥水不流外人田，有便宜也得让公公占？”

“有便宜也得让公公占，是不是？”李建成笑嘻嘻地重复一句。

“放屁！”张粉菊就拉下了脸，她忽然觉得是不是有谁在开自己的玩笑，村里的谁这么大胆？谁这么缺德？想来想去，觉得都不像，便更气了。

“别气了，下午分萝卜去吧。”李建成弯腰拍拍张粉菊的肥腿。

萝卜已经拉回来好几天了，在后院食堂前堆着，黄黄的两大堆。

“谁想要谁要，我不要。”张粉菊把身子一侧。

“你愣啥？你不要还可以给别人，也算是扶贫。”李建成说。

张粉菊不再说话，抓起桌上心形的有机玻璃笔插“哗哗哗哗”摇，笔插里有水，水里有零碎的小贝壳，摇了摇，“砰”地把笔插又往桌上一扔，又给冯敢死打电话。

“你过不过来？”张粉菊对着电话大声说，说完，把电话“砰”地一放，坐在那里生气。

李建成和高小林一边笑一边“扑通扑通”下了楼到后院去分萝卜。

后院的萝卜堆上，坐着食堂的几个后生，正一人手里拿着萝卜比谁的粗谁的长，“嘻嘻哈哈”地笑，锅炉房老王在一边看着这几个后生笑，“嘿嘿”笑一声，“嘿嘿”又笑一声。妇联的李平和会计王月花已经分好了，并且已经把萝卜挑好了，正用食堂的大盆子洗。“回家洗还费水费呢。”李平说。李平和王月花的行动很富有号召力，人们分完了萝卜就都在后院食堂外收拾起来，有的挑，有的洗，很热闹。

太阳很好，人们都乐得在院子里晒晒这冬天里难得的好太阳。

陈书记和张乡长也下来了，前不久，有风言风语传到他们的耳朵里，说乡长和书记肥得了不得，晚上趁没人往出扔鲤鱼和整扇的羊肉。这话好说不好听，所以，陈书记和李乡长也下来，也分那每人二百斤的萝卜。分完了，站在那里和人们说说话。人们忽然又开锅炉房老王的玩笑，说老王的萝卜怎么办？怕是“没人吃”？人们便都笑，便都看站在一边的老王，老王只是“嘿嘿”笑。李乡长就问老王：“你那萝卜准备给谁呢？”这话一问出口，人们都更笑，李建成便说：“你那萝卜是不是要给榆涧的刘婆？”人们就更笑得东倒西歪，刘婆是老寡妇，没儿没女，生活特别清苦。“你给她算了，算你的扶贫。”李乡长对老王说，“你弄这么一大堆萝卜真也是没用，老王你吃在乡里睡在乡里要萝卜有啥用？”“给就给，那还不行。”老王“嘿嘿嘿嘿”笑着说。“好。”李乡长说。“她一个老婆婆咋往回拿呢？”老王看看脚下的萝卜，忽然说。人们就又笑，不知谁说“老王还挺上心”。想不到这话让老王听到了，老王回过身看看，说：“她多老了，我多老了，还想那个？”

“乡里有车给你捎过去，就算你扶贫。”李乡长笑着拍拍老王的肩说。“这点萝卜就能算？”老王踢踢脚下的萝卜，说，“我还要按上级规定的钱数给呢。“算了，算了，乡里头也照顾你，不给你扶贫任务。”李乡长说。“不给我？”老王好像没听清李乡长在说什么，瞪着眼。“你老了，乡里照顾你。”李乡长说。“我不要这照顾，你吃奶的时候我就是党员了。”老王说，好像又气了。

李建成和高小林就在一边笑。

陈书记想不到老王会说这话，眨眨眼，笑笑，走过去站在老王跟前，说：“看不出，老王的觉悟还挺高。”

“那当然，再老我也是党员呢。”老王说。陈书记就问老王是哪一年入的党，老王一说“一九三九年”，陈书记就马上说：“我那会儿真还没出生呢。”又说：“你是不是咱们乡最老的党员？”

“赶不上姚区长吧？”老王说。陈书记便又说区委姚书记怕也没这么长的党龄。

“长也白长了，也没长出个名堂。”不知谁猛地冒了一句。

冯敢死突然出现在乡政府后院也是这会儿，他先进了前院，前院没人，又进了楼，楼里也找不到人，然后从楼道后门出来，“都在这儿闹萝卜呢！”冯敢死一出楼道门就大声说，一边走过来一边又大声说：“他妈的前头楼里没有一个人，后头院里萝卜大会战？”

“你替你女人分萝卜来了？”不知谁冒了一句。

“妈的，我多会儿看得起人参？”冯敢死说。

陈书记站着，侧着脸，没说话，看着冯敢死。

“陈书记”，冯敢死笑嘻嘻过去，“给我看看扶贫名单。”

“你还关心个扶贫？”陈书记说，慢慢从衣兜里掏，慢慢掏，掏了出来，把名单一下一下叠，一下一下叠成个小方块儿，猛地一扔，扔给冯敢死。

“别扔别扔。”冯敢死两手一扑，接过名单展开，马上就抬起头嚷道，“咋真把我老子也写进来了。”

“哪一个是你老子？”不知谁又冒了一句。

“我老子不要扶贫，我能养活他，我不要党员们可怜他。”冯敢死说。

陈书记不说话，划火，点烟，抽一口。

“陈书记，你给我勾了。”冯敢死对陈书记说。

“区里头批的，村里头报的，要勾你自己勾。”陈书记把烟徐徐吐了。

“昨天的事，陈书记你真生气了？”冯敢死看着陈书记说。

“我生啥气，我头也坏，心也坏，不敢生气。”陈书记说。

“不是那个意思，银行里就是有，我也不为给女人换张党票。”冯敢死说。

“你说啥？谁说的？啥党票？”陈书记马上沉下脸。

冯敢死就不说话了，忽然笑了，看着陈书记，看着旁边的人，忽然从陈书记身边走开，去找办公室的刘召，扶贫派对，冯敢死的父亲正派给了刘召。“刘召，刘召。日你妈死刘召。”冯敢死看见了刘召，刘召正在萝卜堆边上给人们登记，冯敢死就走过去，用手拍拍刘召的脸蛋儿，“死刘召，别人不知道，你他妈还不知道？”刘召是北榆涧的人，和冯敢死是一个村，刘召就笑嘻嘻说：“知道啥，名单我还没看呢。”“啥屁党员，这种事也不关心。”冯敢死便转过身，对正在弄萝卜的人们大声说，“我来的意思就是告诉乡里头一声，我老子不要党员扶，我老子啥也不愁，我老子不穷，饿死谁也饿不死他，只有我可怜别人的份儿，没有别人可怜我的事。”

陈书记不说话，两眼死死看着冯敢死。

看见陈书记看他，冯敢死又过来，笑嘻嘻说：“陈书记你还真生气？这两天要是账上来了款，我就一定先给乡里救救急，粉菊入党做啥，入那不就是多交几个钱……”

“你说啥呢？”

冯敢死忽然就听见有人在旁边大喊一声，回过神，是锅炉房的老王，老王侧身站着，脸冲着这边，瞪着眼。冯敢死想想，把脸掉过来，这时老王又大喊一声："你驴嘴里喷啥狗屎呢？"

冯敢死想想，没说话。

"你有几个臭钱有啥了不起？"老王又大声说。

冯敢死掉过脸去，这一回他气了："我想说啥就说啥，咋啦。"

"你想说啥就说啥？"老王忽然激动起来，朝他就走过来，"你再说说看？"

"我再说你又能做啥？"冯敢死说，"我老子就是不要人扶？我女人就是不入，不入那又死不了。"

人们都想不到老王为什么激动成那个样子，忽然朝冯敢死撞过来："你算个啥东西？国家这几年就是让你们这帮家伙闹坏了！"

冯敢死也想不到老王会撞过来，忙侧身躲了一下。

院子里的人们都停下手里的事，都朝这边看。

老王再撞过来的时候，冯敢死推了他一下，老王往后退，一退，一退，又一退，站不稳，就掉到了榆树墙旁的小沟里。

"我他妈看你老了。"冯敢死说。

"老王是不是有神经病？"高小林小声对李建成说，想笑，忽然又笑不出来。李建成不说话，看着站在那边的冯敢死，冯敢死站着不动，陈书记也站着不动，李乡长从煤堆那边过来，对高小林说："还不快往起搀搀老王。"高小林就和李建成把老王从小沟里拉了起来，让老王坐在食堂门口的草袋子上。"咋闹的？扶贫名单里真有冯敢死的父亲？"高小林对李建成小声说。"谁知道咋闹的？"李建成也小声说。"看看有没有刘婆？"高小林说。

李建成就从口袋里往出掏扶贫名单："刘婆叫啥名字？"

冯敢死就那么尴尬地站着，没人和他说话，站一会儿，冯敢死转身走了。

"有两个钱就臭成个这样子！"冯敢死一走进楼门，陈书记就大声说，陈书记忽然又对李乡长说，"你就不该让人往起扶老王，让老王给他冯敢死点儿难堪。"陈书记朝老王走过去，"老王，有事没事，起来，走走看。"

老王不说话，脸煞白，坐在那里，喘气。

坐在旁边收拾萝卜的李平和王月花突然"嘻嘻嘻嘻"笑起来，又突然不笑了。

老王一下子站了起来，对李平和王月花大声说："你们也不是好东西，你们家就没水了，就懂得占公家这点便宜？”

“说得对！”陈书记说。

4

寒流是晚上来的，刮了一夜的风。

张粉菊早上一来就眼红红的，她把自己关在妇联的办公室里再也不出来。

“张姐张姐，开开门。”闲着没事，高小林过去拍拍门，想找她打扑克，张粉菊就是不开门。张粉菊真是气坏了，她昨天夜里把哥哥张粉权叫了来，张粉菊的哥哥张粉权在区里给区长李有年开小车，她让哥哥说说冯敢死，想不到两个人喝到半夜忽然都喝醉了，早上，她出门的时候，她哥张粉权和冯敢死还睡着没醒。她很生气，就把冯敢死用蝇拍子在脸上一下一下打醒。“知道了，知道了。”冯敢死眼也不睁很不高兴地说：“去吧，去吧，知道了。”

张粉菊不知道冯敢死的“知道了”是什么意思，是答应借还是不答应借？

张粉菊心里很烦，就趴在窗台上往后院看，后院现在没人，人们都已经分完了萝卜，分剩下的萝卜已经用草袋子苫了起来。风很大，人们怕草袋子让风给吹跑，用几块红砖给压着。张粉菊趴在窗台上看着，天气真是一下子就冷了，看着看着，玻璃上就起雾了，什么也看不清了，张粉菊就用手擦擦，就看到锅炉房的老王，在萝卜堆边走来走去。张粉菊对老王一点好印象都没有，这个老头子一是脏，二是怪，三是倔，又加上昨天当那么多人面给冯敢死难看。

“老不死的。”张粉菊骂了一声。

张粉菊不看了，坐到办公桌前去，把桌上那个心形有机玻璃笔插拿在手里“哗啦哗啦”摇。忽然把它又往桌上一扔，她要给冯敢死打个电话，看看他去了煤窑没，是不是还在家里睡觉？她先给煤窑打了一回，那边接电话的是一个女人，细声细气地说“冯矿长还没来呢”。张粉菊就又给家里打，家里的电话响了好一阵也没人接。放下电话，张粉菊去门口的镜子旁照照，镜子里的自己两眼红红的。

这时外边忽然又有人打门，是高小林：“开不开？开不开？”

“干啥呢，人家心烦呢，开啥呢开。”张粉菊在里边嗓子细细地说。

“我给你送东西了你不开。”高小林在外边说。

“你猜猜是啥好东西？”是李建成的声音。

张粉菊就不说话了。

“开不开？开不开？扔呀。”高小林又说。

“做啥呢，人家心烦呢。”张粉菊在屋里嗓子细细地说。

“扔了扔了，给她扔了。”李建成在外头说。

“啥东西？”张粉菊说。

“能有啥，你们妇联能有个啥？大中小号，胶皮套子。”李建成大声说。

张粉菊忽然想起下星期要下去发放避孕用具的事，便忙开了门，一开门，李建成和高小林笑嘻嘻地挤了进来，高小林手里并没有什么。

“你骗人。”张粉菊说。

“不骗你，你还不开门呢。”李建成说。

“咋，眼红了？”高小林说，看看张粉菊的脸。

“让谁？让萝卜？”李建成摸了一下张粉菊的肥腿，笑嘻嘻说。

张粉菊把身子侧侧：“人家心烦呢，你还瞎说。”

“我还不知道他是个谁？”李建成说，“他这会儿在乡长办公室呢。”

“胡说！”张粉菊说。

“我胡说，我给你要要看，要通了咋办？赌盒烟？”李建成就拨电话，拨李乡长的电话，一下就拨通了，“找冯矿长。”李建成对着电话说，听听，把电话一下子伸给张粉菊，“喂”，张粉菊不相信，对着电话喊了一声，又喊了一声，电话里便有人说了话，果然是冯敢死。

“你咋在这儿？”张粉菊忽然精神起来。

“我咋就不能在这儿？”冯敢死在电话里说。

“你做啥来了？”张粉菊说。

“银行来款了，我给书记乡长效劳来了呢。”冯敢死在电话里说。

张粉菊一下子高兴起来：“我哥呢，起没起？”

“拉区长开会去了。”冯敢死在电话里说，冯敢死忽然在电话里放低了声音说：“你待会儿到供销店买两斤点心看看那个老王，谁让我他妈昨天喝多了。”

电话里忽然就有了李乡长“嘻嘻嘻嘻”的笑声。

放下电话，张粉菊一点儿也不恼了，脸上笑开了花：“明天你们就能开支了。”

“光我们，你不开？”高小林说。

张粉菊要李建成和高小林随她去买点心看老王，高小林说不去。

“说话算话，买烟买烟。”李建成说。

“一盒烟算啥？”张粉菊说。

李建成便和高小林陪张粉菊去买点心买烟，买了点心，到了后院，老王在院里弄煤面子，满脸是黑煤面子。

“让他拿回去喂狗去吧。”老王看看点心，却说。

张粉菊忽然就气了，脸也涨红了，嗓子细细地说:“老冯他昨天喝醉了。”

“喝醉了咋不骂自己？”老王说，“咋骂共产党，共产党哪点对他不好。”

张粉菊就不敢再说话，李建成就和高小林“嘻嘻嘻嘻”笑。

“下午开支呀，是冯矿长借给乡里的钱，你不开？”高小林和老王开玩笑。

“我就不开。”老王说。

“你不开你吃啥？”高小林说。

“有共产党呀，我能饿死？”老王说，停停，忽然抬起腿，看定了高小林，“你说啥？乡里头跟她男人借钱？”

李建成和高小林一下子都笑起来。

“老王，你现在咋啥也不知道？”高小林说。

张粉菊把两包点心悄悄放在食堂的窗台上，和李建成、高小林往楼道里走的时候，忽然听见老王在背后说:“谁稀罕你的点心呢。”回头看，老王把点心朝这边扔了过来。

张粉菊愣了愣，看看给扔在地上的点心，对李建成说，“去捡捡。”

“你去。”李建成对高小林说。

“你咋不去。”高小林说。

“一会儿咱们打扑克饿了吃。”张粉菊又说。李建成便去捡。

“看看你那骨头!”捡点心的时候，李建成听见老王站在那里说。

“点心是香的，有骨头，老王你就别开支。”高小林笑嘻嘻地朝那边说。

老王就站在那里“骨头软骨头硬”地骂起来。

这天上午，冯敢死在李乡长的办公室里说了好一阵子话才离开。

十一点多的时候，煤窑的小罗送来了支票，还有两包好茶叶，支票上是三十万，除了发一个月的工资，剩下点儿钱，刚好够交电话费。

“他妈的，咱们堂堂的乡政府倒要跟私人借款。”看看那张支票，李乡长忽然很有感触，“要不行，就先给教员，教员的工资还没着落呢。”

“十二月发八月的工资，咱们的脸就是屁股。”陈书记说。

“要不”，李乡长说，“先把剩下的那点点钱也发给党员，先打打扶贫的仗，到了下个月月底区上要检查呢。”

“窟窿太多了。”陈书记说，想想，又说，“不行，群众又没这个任务，到时候闲话更多，算了算了。”

“还是先给教员吧。”李乡长说。

陈书记想了想，在心里算了算：“差得太远。”陈书记把扶贫名单从抽屉里取出来，看看，“一共七十二个党员，一人五十还差得多呢。”

“那就让他们自己想办法吧。”李乡长说。

“也只好如此了。”陈书记说。

“要不，把党员的工资每人先扣五十放在那里，反映不强烈就给村里的扶贫对象发下去，到了年底也好交差。”李乡长看着陈书记。

“可以试试。”陈书记想了想，说。

“那就试试？”李乡长看着陈书记。

“试试。”陈书记说，“大不了再给党员们发下去。”

“张粉菊填过表没有？”李乡长忽然想起了张粉菊的事。

“填表的人不止她一个人。”陈书记说。

“现在的事情真像是演戏，冯敢死那天一个样，今天又一个样，那天还说不入，今天又说要让他女人积极靠近组织。”李乡长说。

“我知道，我还不知道他心里想啥？”陈书记说。

陈书记和李乡长当然不会知道昨天夜里张粉菊的哥哥张粉权和冯敢死说的那番话。张粉权对冯敢死说：“现在的社会啥也不能缺，你挣钱，你女人入党抓权，两下子都有了多好。”

“女人？女人能抓权？”冯敢死一开始还咧着嘴嘻嘻地笑，后来就不笑了。张粉权对他说：“有钱能使鬼推磨，现在没有办不到的事，你以前想过没想过这么大的一个乡政府会向你借钱？”一句话就把冯敢死的心说活了。“再说，乡里跟你是借钱，又有利息，又不是抢你，你为啥不行这好事？”张粉权又说。

这是昨天晚上的事情。

这时已经快中午了，张粉菊、李建成、高小林还有团委的小金还在打扑克，桌上的电话忽然响了，是冯敢死打来的，高小林把电话递给张粉菊，张粉菊一手抓扑克一手接电话，只听冯敢死在电话里说。“粉粉，这回你高兴了吧？路我可是给你铺了，下一步怎么走就看你的了，钱我给你花，再过五年你当不上乡长就看你有没有本事。”张粉菊很怕这话让李建成他们听到，拿着电话到窗边去打。

李建成他们看着张粉菊打电话，忽然都觉得饿了，把那两包点心拆了吃起来。

5

星期六，星期日，人们在家里休息了两天，星期一一来，会计那边就通知人们去领工资。一领工资，党员们忽然乱起来，都很生气为什么一下子扣了五十，虽然会计王月花已经跟领工资的党员们说清楚了，但党员们还是来来去去地找陈书记和李乡长，偏偏陈书记和李乡长又不在，乡政府的楼道里就更乱。李建成和高小林只关心锅炉老王去没去领工资，便都跑到西边会计的办公室翻开工资花名册看。一看就忍不住笑，老王的工资早就领了。

“咋没扣老王那五十？”李建成看了花名册问会计王月花。

“你多会儿当乡长了？”王月花说。

“老王咋说也是党员呢，连扶贫这点权力也没有了？”李建成说。

李建成和高小林就互相看着笑。

“你敢对老王这么说一句？”王月花说。

“老了就是老了，有啥不敢。”高小林说。

“还是你们普通群众轻松。”李建成对王月花说。

“你以为就扣这五十，一共扣八百呢。”王月花说。

“一年才能挣多少？”李建成叫起来。

“书记没教育你，入党就要有个党员的样子，要不就别入党，入党就得扣。”王月花说，“我们想扣还轮不上呢！”

“你不向张粉菊学学，人家就自动向组织靠拢，自动要扶贫呢。”高小林说。

王月花马上撇撇嘴：“学啥？学放高利贷？”

“高利贷？”李建成笑了。

“一块儿的同志借点钱还要利息，这种人还想入党呢。”王月花又说。

“她要的比银行利息低。”李建成说。

“她是银行？”王月花说。

“谁让咱们开不了支。”李建成说，“好容易乡里跟资本家借了点钱开一回支还让咬去一块肉。”

“你这话说得才好呢，资本家。”王月花笑笑说，又说，“人家资本家还有文化呢，冯敢死还比不上人家资本家呢。”

“让你说得更可怜了，是土地主？”李建成说。

走廊里，开完支的人走来走去说给扣了五十的事，乱得很，党员们都想不到真会扣，更想不出还有七百五到时候怎么出？外边的风刮得很大，太阳白白的，让人觉得更冷。星期一是人们洗澡的日子，澡堂自然还是开不了，人们不免又唠哩唠叨。都说乡里不是也开了两个煤窑，两个煤窑就屙不出来一两车煤？给人们烧点水？洗洗鸡巴？

“乡里的小煤窑已经承包给了私人，别说煤，煤面儿也不会白给乡里。”刘召说，“现在啥都是经济核算。”

到了下午，陈书记和李乡长还不见人影。

陈书记和李乡长去了北边的乡办煤台，陈书记和李乡长都急着想看看煤台那边的二十四吨大过煤秤安装得怎么样了，想不到到了煤台，中午又陪着那个从四台沟请来的技术员王小长喝了一中午的酒，王小长说这次绝不会再出什么问题，过煤秤一安装好就能走煤了，加加班，这个月也许就能往天津走车皮。一听这话，李乡长就高兴，煤台一投入使用，乡里的困境就能得到缓解，另外，毕竟又给乡里的人们借到了钱，发了一个月的工资。煤台的老周说：“一走煤，乡里的死钱就能变成活钱，日子就会好过了。”李乡长忽然想喝酒了，忽然就喝多了，“呜呜呜呜”捂着脸哭起来，一边哭一边说：“修路、搞工程、买设备，党员集一万，群众集五千，再不运行起来，乡政府那块牌子都快急哭呀！”

“你歇会儿吧。”陈书记对李乡长说。

陈书记让煤台的人把李乡长扶客房里去睡，他跟上老周去磅房看安装工人们干活儿，磅房里很冷，但人们都干得很热火，上次作废了的过煤大秤堆在那里，像一堆废铁。

6

早晨起来，陈书记还觉得头有些痛。

昨天晚上他没能回家，又给煤台的车送回乡里来。刚才他女人来了电话，问他昨天为什么不回家，说家里的木匠闹事呢，不好好给做了，三个木匠一下子跑了两个，去给另外一家做活去了。“你白天回来不回来？”女人在电话里说。

“白天咋能回去，不工作了？”陈书记对着电话大声说，“白天是工作时间，家里的事晚上再说。”

陈书记去食堂吃饭，这时候乡里的接送车还没有来，院子里很清静。

陈书记在小食堂里“嘘嘘嘘嘘”喝着粥，就看见接送车来了，是那辆小白面包，车里面的人挤得满满的，车门一开，人们就一个跟着一个往出掉，天很冷，要在往常，人们一跳下车就往食堂里跑，可现在人们跳下车都站着，看车里，不一会儿，就从车里下来个小个子女人，胖胖的，个儿也太低了，陈书记就一眼看出来不是乡里的人。这女人一跳下车，后边就跟着跳下了王文健，王文健一跳下车就和那个女人拉拉扯扯，陈书记马上就明白那女的是什么人了。

陈书记已经喝完了粥，吃完了他的早饭，但他不马上出去，他站在窗前看着王文健把他女人拉拉扯扯拉进了楼道。

陈书记知道又要有事，回到办公室，才坐了一会儿，就听见有女人的声音哭哭啼啼往自己的办公室里来，是王文健的女人，后边，跟着怒气冲冲的王文健。“你问问我们书记，你要是再胡说看我不揍扁你。”王文健一进来就嘴扁扁地道。

王文健的低个儿胖女人一进到陈书记的办公室就开始哭。

“别哭，坐下，为啥？”陈书记说。

“他刚刚一开支就没了五十。”王文健的女人说。

“我跟她说是扣了扶贫款，她死活不信。”王文健满脸羞红。

“我是不相信他。”王文健的女人马上说。

陈书记倒不好说了，看看王文健的女人，搓搓手：“乡里的日子也不好过。”

“他一天到晚就知道要钱。”王文健的女人说。

“这回是真的，是乡里扣的。”陈书记说。

王文健的女人就止住了哭，看着陈书记，站在一边的王文健倒来了火，一把把女人从沙发上揪起来，嘴扁扁地说：“看我今天不打死你。”

“放手。”陈书记说。

王文健的女人就又哭起来。

王文健的女人在市酿造厂当会计，厂子已经半年多发不出工资，每人每月发二百斤酱油顶工资，厂子里的人们只好到处去推销酱油，酱油怎么说也不是紧俏商品，咋能好卖？王文健的女人只好在路口推销，一开始怕熟人看见，现在是一见了熟人就叫熟人帮帮忙。王文健女人从沙发上站起来，过来伸出手，让陈书记看她那双手，手上满是冻裂的口子，左一块右一块贴着胶布。“我当会计都当了二十多年了，咋就当成这个下场。”这么一说，王文健女人才止住的泪水就又流下来。王文健的女人愈说愈伤心，忽然又把脚伸了伸，让陈书记看她穿的那双黑灯芯绒棉鞋：“现在谁穿这种鞋，我现在愈活愈不像个人了，我半年不开支，文健四个月不开支，小伟有两个月连一口肉也没吃过。”小伟是王文健的儿子。王文健的女人这么一说，王文健长长叹口气，把头往后背，脸一下抬得有多高，但眼泪还是顺着脸流下来，王文健怕哭出声，嘴一扁一扁的。

在乡里，王文健从没说过这些，人们也都不知道王文健女人有半年多不开支的事。陈书记想想，便拿电话叫食堂管理刘召：“你上来一趟。”

刘召来了，一身一头的白面，他正在收拾库房。

“你从王文健这儿先进二百斤酱油。”陈书记对刘召说。

“酱油有呢。”刘召说。

“有也买。”陈书记说。

刘召就看看站在一边的王文健，小声说：“一时就怕拿不出现钱？”

“你先给垫上。”陈书记低声对刘召说，想想，从自己口袋里掏出两百元，小声说，“去，先给她。”

刘召接过钱便要递给王文健的女人。

王文健的女人倒不哭了，摆手，身子往后缩。

王文健一下子又把头往后仰，脸抬多高，泪又流下来，嘴一扁一扁的。

“收下收下。”陈书记说，“煤台一上马，乡里的日子就好过了。”

王文健女人忽然又哭起来。

王文健和女人说啥也不拿那两百元钱，两个人忽然好像和好了，从陈书记办公室离去的时候，王文健用手揽着那个小个女人。陈书记让刘召留下，要他把那两百元拿给王文健：“以后就跟她买酱油，这点忙咱们还能帮上。”陈书记对刘召说。

刘召把那两百元送到王文健办公室里去，王文健不在，他送他女人坐车去了，他女人还得赶回去卖酱油。两口子到乡政府院子外的路边去，在那里等了一辆车，王文健的女人坐车回城了。

天上开始往下飘碎碎的小雪花儿，很快，周围都白了。

冯敢死这时又从煤窑那边打来了电话，告诉乡里的电话员小杨说，一会儿煤窑要派车来拉大家到煤窑上去洗澡。小杨便打电话通知大家，让大家准备洗澡的事，一个办公室一个办公室地打着电话，正打着，电话忽然就没有了声音，小杨便站在走廊里喊。人们便都纷纷收拾洗澡的用品。李建成和高小林也准备去洗，正要到乡政府院子外的小卖铺去买洗头的东西，却听张粉菊嗓子细细尖尖地在走廊里大声说：“不用拿呢。啥也别拿，煤窑上给咱们准备好了。”人们自然都听到她的话，拿好了东西的，又都把东西纷纷送回去。

煤窑的大轿子真的一晃一晃地开来了，人们纷纷下楼，上车。

陈书记没去洗澡，他站在窗口，看着人们上车，看着车慢慢开出乡政府的院子，脸一下子沉下来。

李乡长也没去洗澡，这会儿过到陈书记这边来。

“你咋也没去？”陈书记说。

“我要再去，连乡政府这块牌子也要哭了。”李乡长说。

食堂管理刘召也没去洗澡，他来告诉陈书记没找见王文健。

“钱你拿着，多会儿碰见他多会儿给他。”陈书记说。

“你咋也没去洗澡？”陈书记忽然问刘召。

“表还没做好呢。”刘召说，忽然想起说扶贫的事，“冯敢死的爹到底扶不扶？”

“扶他？那不可能。”陈书记说，“你回去看看是不是弄错了。”

刘召再说话的时候，陈书记和李乡长都大吃一惊。

“我早看过了，该报的都没报上来。”刘召掏出自己的那份名单，名单他已经看过了，“不该报都报上来了。”

“你说啥？”陈书记在一旁说。

“我是这村的人，我熟悉，不信我一个一个给你念。”刘召说，用缠满了胶布的手指指着名单一个一个念起来，念完，把扶贫名单拍拍，说，“报上来的大多数都是村干部的亲戚。”

陈书记和李乡长脸对脸互相看看，他俩都想不到报上来的名单里大多数都是村干部的亲戚，比如，北榆涧村主任刘珠的父亲，支书刘弯地的母亲，还有开焦炭厂的刘红球的老子。陈书记也知道，这些人根本就不是扶贫的对象。像最该扶贫的刘婆竟没上这个名单，还有瘫在炕上的铁匠刘金毛。

“你不是瞎说吧？”陈书记压着火。

“我都认识，我保证。”刘召说。

“他妈的，像他妈啥话！”陈书记一下子火起来。

“村干部都懂得给自己人捞便宜呢，”刘召说，“这还看不出。”

“重报，让底下重报。”李乡长说，“重报一回。”

“还有别的村呢，也都该核实核实。”刘召也说。

陈书记忽然抓过那张名单，“喳喳喳喳”扯碎，往地上一扔。

屋子里，气氛突然沉闷起来。

雪下得更大了，雪下到半夜，都有半尺厚了。

7

雪飘飘洒洒一连下了一个多星期，天气忽然一下子大冷起来。

因为下雪，乡里的事就不多，车没事也不往外跑。人们都嘻嘻哈哈到外边公路上铲了一回雪，铲也是白铲，雪很快又在路上堆积起来。司机把汽车轮上的防滑链找了出来给车轮安上，车再开起来就很慢，像虫子在爬。因为下雪，人们就不方便出去，人们在乡里打电话到下边去，询问计划生育的事，比如谁谁谁用什么，是用套儿还是上环，比如问谁谁谁刚结婚，行房事的时候有没有措施。收电费的收水费的收土地征用费的都雪天雪地来了，都知道这种天气里能抓到人，书记和乡长便免不了到路边的饭店陪客，饭店的主人不免又唠叨隔年旧账，拿出油乎乎的账本让乡长过目。去年给矿上跑煤的司机也都来要钱，乡政府找不到人，就都跑到饭店里找，赔笑脸说好话的，横眉立目厉声骂的，什么样的人都有，很热闹。“欠不下你们的，煤台一开始走煤，就一分也欠不下你们的。”李乡长对那些人说，又对那些人说乡里的琉璃厂马上要开工的事。

“紧也只是这几天的事，谁让这是腊月呢？”陈书记对那些人说。

这天，张粉菊来找陈书记，进来，站在书记对面，把一只白白的手放在桌上，笑笑地看着陈书记，嗓子细细地问她想扶一户贫的事怎么样了？

“这是好事，不用到上边问，我和李乡长都同意。”陈书记说。

“还是向上边问问好。”张粉菊笑笑，嗓子细细地说话。

陈书记马上就明白了她的意思，想想，把笔往桌上一扔。

张粉菊的脸就微微一红，马上说：“那就请陈书记给我安排一户？”

“你自己选个对象吧。”陈书记又拿起笔。

“我就扶刘婆吧。”张粉菊说，她已经想好了。只是，她还没见过村里的刘婆，也只听人们说过她，毕竟，和冯敢死结婚后她很少回榆涧村去，主要是怕见到冯敢死的前一个老婆，还有敢死那两个凶神恶煞样的儿子。

“好，你就扶刘婆，刘婆才是真正应该扶的对象。”陈书记说，把那张扶贫名单从抽屉里找出来，在上边把张粉菊的名字写下，又写刘婆的名字，想想，问张粉菊：“刘婆叫啥名字？”

张粉菊自然是不知道刘婆叫啥名字。

“不过，扶贫名单还要重新弄呢，先就这么着吧。”陈书记说。

张粉菊一离开陈书记的办公室，陈书记就又想起扶贫名单的事来。

陈书记抓电话，他想让办公室的李建成来一趟，听听电话没音才想起电话因为没钱交费让邮电局停两天了。陈书记就从自己办公室里出去，站在走廊里喊：“李建成，李建成，嘿，建成，来一下。”

李建成正和人们打扑克，高小林也在，李建成已经让人在脸上贴了好几块胶布，这会儿就忙往下扯。“别扔，待会儿还要用呢。”高小林说。

李建成忙把脸上的胶布扯下到陈书记这边来。

陈书记叫李建成没别的事，是要让他再跑一趟，这次是让榆涧村的村主任和支书上来一下：“再不能拖，不催不行了，名单的事说了又快一个星期了，下去催催，去一趟，让他们马上上来。”陈书记对李建成说。

“电话也没了……”李建成面有难色。

“没电话才叫你去呢，坐我的车去！”陈书记说。

“那就去吧。”李建成没得说了。

听见下边车子响，陈书记忽然又想起了老王的萝卜，陈书记就想打开窗子说句话，窗子已经给公务员糊死了，怕吹进风。陈书记只好披着他那件军大衣从办公室里出来，下楼，到院子里去说话：“去问问老王，他那份萝卜要是真没法子打发就给刘婆捎过去。”陈书记对李建成说。小刘就又把车掉一个头，开到后院去，车到了后院，很快就把老王的萝卜装好了。把萝卜放在车上，李建成忽然想起一件事，那天他去煤窑上洗澡，冯敢死说乡里的日子不好过，煤窑上就应该支持，别的不行，白送几车煤还是有的，李建成不知道这话乡长知道不知道。也许，张粉菊已经对李乡长说过了？

“你知道不知道这事？”李建成问小刘。

“他妈的，又让人去洗澡，又要给乡里拉煤，收买人心。”小刘说。

“冯敢死这回是真想开了。”李建成说。

“啥想开？”小刘说。

“还不是想让张粉菊入党。”李建成说。

“张粉菊，连我也不知。”小刘就笑，把裤子上的烟灰掸下去。

“有一句话，我对你说不许对别人说。”小刘忽然看看李建成。

“说吧，你还不信我？”李建成说。

“陈书记说了，就是冯敢死给乡里搬来座金山，乡里也不会让张粉菊入党。”

“我看不可能。”李建成马上说。

“绝对，陈书记这人我还不知道？”小刘说。

“要是入了呢？”李建成说。

“要是她入了我叫你爹！”小刘说，“我入了她也入不了，别看冯敢死有几个臭钱，天下还是共产党的天下呢，狂啥？拉人们都到矿上洗澡？还想做啥呢，跟你说，你们那天到矿上洗澡，陈书记可不高兴呢。”

“陈书记不高兴了？”李建成说。

“就是不知道冯敢死这家伙扶不扶贫？”小刘忽然说，又说：“他最应该扶贫？他靠啥？还不是靠公家那点儿煤，国家的煤，狗发财！”

李建成忽然说不出话来：“开车吧，开车吧。”

车还没开出乡政府的院子，高小林从楼里跑出来，小刘又把车停下。

“好冷，好冷。”高小林一边跑一边说地挤进车里来，坐好，又说：“他妈的，冯敢死想让人们去给他铲雪，我才不去呢。”

“去哪铲雪？”李建成说。

“刚才冯敢死打来电话了，让乡里的人都去煤窑那边铲雪呢，路冻得开不了车，说谁去铲就给谁发五十元补助。”高小林说。

“铲一天给五十元，还是铲半天给五十元？”小刘说。

“那么多下井的，要乡里的人去？”李建成说。

“狗日的王文健去了。”高小林说。

“他妈的，给他铲？你们咋说也是国家干部，给他私人铲马路？”小刘说。

“你们去得多不多？”李建成又问。

“陈书记生气了，一个办公室一个办公室挨着告诉人们不许去，还说共产党员就更不能去，谁敢去就开除谁的党籍。”高小林笑了，又说，“陈书记真气了。”

“陈书记也真想不开，五十元也不算少了，让人们挣盒烟钱。”司机小刘说。

“陈书记怕党员们去，这会儿正忙着组织党员开会呢。”高小林说。

“再下得大些才好，让狗日的煤都拉不出去！”李建成说，把车窗忽然开了伸出手去，去接那飘舞的雪花，大片大片的雪花一落到他手上就马上化了。

“咋搞的，过些天我看连乡政府也得要让冯敢死扶贫了。”高小林说。

“我看是暂时的。”李建成说。

“快别说扶贫”，小刘说，“听刘召说该扶的一户也没报上来，报上来的都是不需要扶的村干部的亲戚，这叫啥扶贫？”

“就是为这事陈书记才叫咱们去叫刘珠和刘弯地。”李建成说。

“要重搞？”高小林说。

“当然要重搞，咱们勒紧了裤带也要扶对了对象。”李建成说。

李建成和高小林忽然都不说话了，车轮压得路上的雪“咯嘣咯嘣”响，路上的雪很厚。车开出一会儿，李建成忽然想撒尿，下了车，走出几步，忽然又返回身，“风大得尿不出来。”便到车跟前来尿，一泡尿都尿到车轮子上，天太冷了，尿撒在车轮上连点热气都没冒就给冻住了。

“天冷得真要冻死人了。”李建成跺跺脚，又跳上车，“狗日的刘珠刘弯地，扶贫名单还是瞎报的？该报不报，不该报乱报，连冯敢死的爹也报上了，不像话！”

8

榆涧的村主任刘珠和支书刘弯地到乡里是第二天的事。

雪停了，雪一停，天气就更冷了，风也大了起来。

没见榆涧的村主任和支书时，陈书记有一肚子的怒火，见了刘珠和刘弯地，陈书记倒骂不出来了，刘珠和刘弯地都冻得鼻子通红，两个人鼻子尖上都挂着清鼻涕。他俩是骑着车子从村子里赶来的，一路上没少摔跤，手都冻僵了，一进办公室就往暖气那边跑。“先坐，先喝点水。”陈书记对村主任刘珠和支书刘弯地说。刘珠和刘弯地就互相看看，路上，李建成已经对刘珠和刘弯地说了，说“你们等着受训吧”。所以刘珠和刘弯地这时都有点害怕。

李乡长也从他的办公室过来，端着大茶缸，进来就坐在床边的暖气旁边，把茶缸子放在暖气上，看着他俩。

“冷不冷？”李乡长问刘珠和刘弯地。

“脚也快冻粘了。”刘珠说。

“数你们冻粘了才好呢。”陈书记说。

村主任刘珠眨眨眼，直看陈书记。

“你冻粘了没了劳动力我好明年扶你的贫。”陈书记一下子就把话引到正题上来，“我问你们俩，你们的扶贫名单是咋报的，依据啥，啥标准，刘婆咋没报？咋倒把冯敢死的爹报上了？”

村主任刘珠和支书刘弯地两个人互相看着。

“扶贫名单你们是咋报的？”李乡长也说。

村主任刘珠和支书刘弯地早就在路上商量好了，也猜准到乡里是啥事。“去了你听我说”，刘珠对刘弯地说。“你咋说？”刘弯地说。“你听着就是。”刘珠说。“咋说也是个挨骂。”刘弯地说。“我就让你不挨骂。”刘珠说。

刘珠忽然笑了，笑嘻嘻地看着陈书记。

“你笑啥？”陈书记说，“我问你话呢？”

“您让我咋说呢？”刘珠说。

“让我教你？”陈书记说。

“您让我说真话还是说假话？”刘珠说。

“我多会儿教你说假话了？”陈书记说。

“那我就说真话。”刘珠坐起来，“你肯定是生我们俩的气，嫌我报我爹，弯地报他妈？”

陈书记抽一口烟，慢慢吐出来，看着刘珠。

“我和弯地商量好的，乡里头四个月不开支了，真把贫困户报上来，那伙子人当真跑到乡里来咋办？乡里还开不了支呢，报我们的家人好说，我老子还能不听我的？”刘珠掉过脸看着刘弯地，“他妈还能不听他的？这么报，区里也交代了，乡里的领导也不用真出钱了。”

陈书记忽然愣了，把一口烟“噗”地吐出来，竟一时找不出话来。

支书刘弯地眼睛忽然亮了起来，他想不到刘珠会这么说话，他一直很佩服刘珠，这下子，他觉得自己更从心里服气刘珠了。

陈书记想好的一肚子训人的话忽然就说不出来了，想想，又怒得不行，再想想，盯着刘珠看了看，刘珠满脸赔着笑。

“真他妈胡闹，乡里发工资不发工资要你考虑？乡里再穷再勒裤带扶贫这件事也不能走调。”李乡长在一边说。

“这又不像是往年扶贫，下个干部就行，今年是党员扶贫，一对一，你们闹啥，给党员脸上抹黑？”陈书记也跟上说。

“我们这主要是给乡里领导考虑呢。”刘珠笑嘻嘻说。

“春天呢，春天发捐的衣裳，你让你小子拿上挑出来的好衣裳到集上卖也是给乡里领导考虑？好的你们挑来挑去，剩下烂的不好的再给人们发？”

陈书记忽然火得不行，盯着刘珠。

村主任刘珠就又笑，说："我那小子也真不成个气候，背上我瞎闹。"

"别乱推，我只问你。"陈书记说，"我也不跟你牛这闲气，我让你来的意思是再把扶贫名单重报一回，把那穷的，真没办法的给我报上来。"

刘珠不笑了，他早就不想当村主任了，给乡里说了几次，乡里都不同意他不干，现在的事是肥一点儿的村里人抢着当村干部，穷村子让谁出来干谁都不愿意。刘珠就忽然站起来，刘珠往起一站，刘弯地也跟上往起站，陈书记知道他俩又要说什么。陈书记也站起来，说："你们是党员，就别跟我说那话，干也得干，不干也得干，谁让你们是党员！"

刘珠好像快哭出来的样子，又软软地坐下来："我们还没报我们自己呢，有的村村主任支书把自己都报了，我俩也要扶贫呢，咋也要打个平？我们出钱？我们到哪闹钱？谁给我们钱？"

陈书记忽然不说话了，李乡长也不说话。

办公室里静下来，只听见外面的风声，一阵阵刮得像打雷。

"富裕的党员扶村里不富裕的党员，村里不富裕的党员还要再扶一户，我们让谁扶呢？"刘珠又说，"村里不是干部的党员顶多是把别人给他的那一份再给别人，我们呢？去年的奖金乡里到现在还没给我们兑现呢。"

陈书记说不出话来，不知道该咋责备榆涧的村主任刘珠和支书刘弯地，他看看李乡长。

"反正你们这么做不对头。"李乡长说了话，"这回是党员扶贫，陈书记也说了，坚决不能走了味儿，啥叫党，党就是不走味儿。"

"我早说不当了不当了。"村主任刘珠说。

"不当也得当，谁让你是党员。"陈书记说。

村主任刘珠张张嘴，眼里竟有了泪花。

"算了算了，重报一回就行了，中午也甭回了，在乡里吃顿饭。"李乡长突然说，想想，李乡长忽然也火了，他最近动不动就发火，"你们北榆涧也是，让你们把户都迁下来，你们又舍不得那穷窝，为啥？为啥？地又不好，水又没有，为啥？为啥？真也想不通人们为啥？这两年还出了个冯敢死，人们敢死出了个煤窑。七揪八扯给你们村解决了些劳力，要不，你们更难，跟你们两个说，你们也都是党员，别胡闹，别让人们笑话，扶贫就是扶贫，你报你爹，"李乡长对村主任刘珠说，“你报你妈”，李乡长对支书刘弯地说，“都还说得过去，你们咋还报冯敢死的爹？他穷？没人养活他？胡闹！别怕他，连冯敢死也不说你好呢，我猜也是他老子要呢，要就给？党员是啥？党员是啥？怕他？”

“别给党员脸上抹黑！”陈书记忽然也大声说。

村主任刘珠擦擦泪，张张嘴，“唉”了一声。

“陈书记你别说了。”村主任刘珠说。

“你羞得慌了！”陈书记说。

“我羞？我是穷得慌。”村主任刘珠眼里忽然又涌上了泪水，“真要扶也甭给钱，给人买些羊羔猪娃，要是给了现钱，人们拿上钱就耍了。”

“那是后话，乡里的煤台开了你们就有事做，乡里比你们谁不急？这回回去先好好报一回扶贫名单！咋样？”李乡长在一边又说。

“好好报一回咋样！”陈书记大声说。

中午，陈书记和李乡长陪上榆涧的村主任刘珠和支书刘弯地到食堂里去吃饭。

风更大了，从乡政府楼的后门出来往食堂走，风大得让人张不开嘴，说不出话，院子里的电线“呜呜”乱叫，院子里的萝卜都已经下了窑，再不下窑就要冻成一股水儿。

9

乡政府每月是七号开工资，因为扣的那五十元钱，党员们乱了一阵子，到了中旬，基本已经没人说扣钱的事了。很快又到了月底。榆涧的村主任刘珠已经把正式的扶贫名单又报了上来，拿到名单，陈书记马上让刘召来自己办公室一下，“你看看这回报得怎么样？”陈书记让刘召看新拿上来的名单。刘召站在那里，搓着两手，手上都是绿油漆，他把名单看了看，心里不免发笑，但这一次名单报得面上还是说得过去。“这回差不多。”刘召说。“咋就没有刘婆？”看着名单，刘召忽然想起了那个刘婆，但刘召没说，刘召知道报这样一个名单已经是很不容易了，刘婆没亲没故，谁会提她？

“差不多就发吧，把那五十元先给扶贫对象兑了现怎么样？”李乡长对陈书记说。“发吧，快到大寒了，过了大寒就是又一年了。”陈书记也同意发。

这天下午，乡政府一进楼门的走廊墙上便贴出了红榜，榜上写明了谁谁谁扶谁谁谁，款项无一例外都是五十元。红榜贴出来，不少群众就都围着看，乡政府走廊里一时很热闹，“这回党员才真像是党员呢。”不少人都这么说。

二楼礼堂里乡剧团正在排戏，敲打得很热闹，唱生的男演员是正经剧团下来的，一张嘴就知道是个角儿，他正在唱《割莜麦》：

哥哥那在山头上，
身穿白衫，满头大汗，
手拿镰刀，低头弯腰，
一搂一把，哧溜哧啦，割莜麦。
小妹妹那在沟底下，
头罩香帕，身穿凉纱，
苹果脸脸，毛个眼眼，
白胳膊膊，银指甲甲，
嫩小手手，一个一个拣山药呀亲亲……

乡政府里的不少人都去看排戏，坐在下边一边嗑瓜子一边说话。

红榜贴出后，马上有两个人来找陈书记，一个是张粉菊。

张粉菊已经交了五十元钱，也说好要扶刘婆的。“榜上咋没有我的名字？”张粉菊嗓子细细地来问陈书记。“咋就会把你的名字落了？”陈书记想想，只好这么说，“让刘召马上补上了吧，另出一张红榜，你现在毕竟还不是党员呢。”一听另出一张红榜，张粉菊就高兴起来，张粉菊没再说什么，出去了。第二个来找陈书记的是锅炉房老王，老王穿了件黑棉袄，外边又套了件蓝色的制服，里边的袄大，外边的袄小，样子很滑稽。天气冷，老王的鼻尖上挂着清清的鼻涕。老王的手是黑的，裂满了口子。老王一进到陈书记的办公室就气呼呼把一卷钱放在陈书记的办公桌上，放下钱他转身就走。“干啥呢老王？”陈书记说。

“我交我的扶贫钱呢。”老王说。

陈书记就拿起那卷钱拉住老王要还给他，老王像是真气了，一下子甩开陈书记的手：“谁说我就不能扶贫了？”老王说。

“乡里已经研究过了，不能收你的。”陈书记说。

“为啥？我莫非不是党员？”老王说。

陈书记倒不好说什么了。

老王拉开门气呼呼地出去了，才出去，又回来，站在门口大声说："我再老也是党员呢。"

天是太冷了，人们都奇怪今年的天气怎么冷得这么快，这么冷，真是奇寒。"快过年了，再过几天就是又一年了。"陈书记这天又说。李乡长看看玻璃上的霜，又把桌上的台历翻翻，已经是一月九号了，"说啥也得再给人们开一回支。"李乡长说。

"再跟冯敢死借？"陈书记说，"要不跟水库先挪挪？"

"已经三十万了。"李乡长说。

"再给咱们煤窑打打电话，催催他们把去年的上交款先打一部分？"陈书记说。

"催也白催，"李乡长说，"除非公安局去把人铐起来。"

"悄悄去，一下子把家伙们抓起来算了。"陈书记又说。

"咱们的煤台一旦开始运行，不能走他们的煤！"陈书记说。

"不走他们的走谁的？"李乡长笑着说。

这两天，因为要账的人太多，李乡长已经吩咐了办公室的人，谁来找都说不在，要是有特别重要的人来找，敲门的时候也要记住先敲四下，再敲两下，再敲四下，这就表明是自己人。但是这点儿秘密很快就被人们知道了，乡政府公路对过的小饭店老板那天就先敲四下，停停，再敲两下，停停，再敲四下，李乡长就以为是自己人，一开门就气了。

那天，冯敢死来了电话，冯敢死在电话里对李乡长说："你不行就到煤窑上躲两天，我给你找间房，谁也不知道，一天三顿酒，你想做啥做啥。"

"我怕你把我当人质扣起来呢。"李乡长便说。冯敢死便在电话里边嘻嘻嬉笑："哪至于呢，煤窑上还开得了锅。"

"要不，多也是借，少也是借，再供给乡里三十万？"李乡长说。冯敢死就嘻嘻嘻嘻笑，很快把电话搁下了。"他妈的，让我到煤窑上躲，我还怕让他扣住呢。"李乡长放下电话。

"要不，明天咱们干脆下去吧，下去发那笔扶贫款。"李乡长对陈书记说。

"对，说啥也得让下边的贫困户过年有口白面吃。"陈书记说。

发这第一笔五十元的扶贫款，陈书记和李乡长是悄悄进行的，第二天，陈书记和李乡长都坐车去了榆涧，刮着很大的风，陈书记和李乡长按着名单一户户把五十元亲自发下去，冬季里的乡村，到处都显得很安静，很安详，风呼呼刮着，天蓝蓝的，远远的边墙黄黄的，人们都在家里待着，家毕竟是个家，暖暖和和的，有一家人家里的炕上坐着四五个女人，正在一边纳鞋底，一边吃烤山药，大个儿的山药烤得很软和。有一家人家炕上地上挤了七八个后生，在看电视，屋子里烟雾腾腾。

中午，陈书记和李乡长去了妇联主任王国美家，喝了些酒。

晚上天快黑的时候，陈书记和李乡长离开了榆涧，车开出村子好一会儿，陈书记忽然想起刘婆，连连拍自己的脑门儿：“咋又把刘婆给忘了？”

“下次再来，别让刘珠领，咱们自己看。”陈书记说。

“对，我咋把这事忘了。”李乡长说。

“他只领咱们看好看的脸，不让咱们看烂屁股？”陈书记说。

李乡长就笑起来：“我也想了，不行就再跟冯敢死张张嘴，再借三十万吧，咋也要把这个年过去，不能光看戏，也得让人们吃点儿喝点儿，水库那边的钱我看不能动，小心动出娄子。”李乡长说。

“真是年关难过。”陈书记说。

“问题是张粉菊。”李乡长看看陈书记，又把那话说了出来，“咱们能不能给她在年前办了，冯敢死那天挑明了。”

陈书记老半天没说话，看着车外。

“陈书记你看行不行？”李乡长又说。

“利息比银行还高，还要解决这事。”陈书记说，“咱们还是党员呢，我自己都觉得丢人，啥也搞交易，再这么办，镰刀斧头也快哭了。”

“那该咋办呢？”李乡长说，“前几天冯敢死又打电话了，先说借钱的事，后又紧接着说这事，不行就给她办了吧，再说张粉菊平时表现也不错。”

“不错？啥东西？小老婆！”陈书记生起气来，他不再说话，看着车窗外，用手擦擦车窗上的霜，看着。

“不行就那么办吧，再借三十万。”李乡长突然长叹一口气，又说。

“你说给张粉菊解决？”陈书记说。

“不如她的人还多着呢，也是党员呢。”李乡长说。

“要是党员不通过呢？”陈书记说。

“那谁也没办法。”李乡长忽然坐起来，“不行先在下头做做工作？”

“那你就试试看！”陈书记说，“七十多个党员呢，你以为好做？”

“你同意了？”李乡长说。

“说心里话，我不同意。”陈书记说。

李乡长就又看着车窗外发呆，一棵树，又一棵树，冬天光秃秃的树，从车窗外一闪一闪地过去，“谁出的好主意？党员扶贫？”李乡长突然大声说，“这又不是战争年代，大款们呢，一个一个这时候都死了，咽气了、阳痿了、烂掉了！”

“话是那么说，但再困难也得咱们党员上，谁让咱们是党员？”陈书记说。

“说实话，我可真是不想扶，党员的日子好过？不好过！入党为啥？就是为了不好过？党员也应该开窍了。”李乡长说。

“开窍？”陈书记说，掉过脸看李乡长，“咋开窍？”

李乡长竟回答不上来。

“我这两天真想唱首歌呢。”陈书记忽然说。

“唱歌？唱啥？”李乡长说。

“《国际歌》。”陈书记说。

李乡长忍不住笑了：“现在谁还唱那歌？”

“为了钱让这么个货入党，真对不起镰刀斧头。”陈书记说。

“有啥办法。”李乡长说，“好在张粉菊工作还不错，人也不错。”

“不错？”陈书记说，“什么不错？”

“你要同意，就抓紧弄吧。”李乡长说，“离过年没几天了。”

“闹吧，为了全乡咱俩就顶全眼瞎了。”陈书记两眼看着车窗外。

10

刘召通知全体党员到二楼礼堂开会。

乡剧团在二楼礼堂里排练了有半个多月了，各种乐器都在靠墙的桌子上乱放着，党员们进去，有对乐器感兴趣的，拿起这个敲敲，拿起那件打打，高小林和李建成却拿起小号，“吱”地你吹一下，又“吱”地我吹一下，两个人脸都憋得通红。人们忽然都又坐好，陈书记已经在正面坐好了，大声说了一句："都开会吧。"

陈书记说话的时候，李建成和高小林就不说话了。

陈书记一说话，人们才知道不是说扶贫的事，是说张粉菊入党的事。

"咱们乡里的情况咱们大家都知道。"陈书记说，"建煤台跟大家每人集资了一笔钱，上个月又借了三十多万，加上建煤台的一共是六百多万了，又要过年了，咋也得给大家再发一回工资，行政拨款暂时下不来，只好再借，跟谁借，也真是不好借呢。今天咱们开会就是先要跟党员们通个气，实话实说吧。"陈书记看看坐在旁边的李乡长，"我和李乡长也商量过了，关于张粉菊的入党问题，张粉菊已经写了好多入党申请书是不是？"陈书记问李乡长，坐在陈书记旁边的李乡长点点头。

"看看，咋说，是不是交易？"李建成忙在下边推推高小林，小声说。

"别说，听着。"高小林说。

陈书记朝这边看看，又说："今天的会按说不符合组织程序，但是咱们又有啥办法，张粉菊工作还不错……"陈书记停了下来，他忽然不知怎么说下边的话，又看看坐在旁边的李乡长，李乡长两手捂着杯子，礼堂里挺冷。

"咱们都是自己人，有啥就说啥。"李乡长把身子往后靠，说，"也不是为谁，就是为我们大家伙儿，说明了，打招呼，咱们这是打招呼，前提是张粉菊是好同志，工作干得不错，咱们就通过一下，上会的时候一致一点，行不行？也是为了那三十万，为了乡里，乡里现在是困难时期，不过马上就要过去，煤台马上就上马啦。"

人们都不说，礼堂里一刹那很静，暖气管"砰"地响了一下。

"说明了，就是为了再跟冯敢死借那三十万，行不行？"李乡长也说。

二楼的礼堂很大，这会儿就显得更大，更空空荡荡，没有人说话，静静地。

"行不行，大家都表表态，举举手。"李乡长又说。

"为了乡政府，还有年底的扶贫。"李乡长又说。

还是没人说话，忽然有一个人站了起来，是老王。"瞎闹啥呢，瞎闹，我不同意。"老王大声说，说完又"扑通"坐下。礼堂里人们"嗡"的一声，有人"嘻嘻嘻嘻"笑，马上不笑了。

"我不同意！"老王忽然又站起来，又高声说了一声，又坐下。

"都说说，都说说，都表表态，举举手。"陈书记说。

还是没人说话，放在桌上的铙钹不知给谁不小心碰了一下，“哗啦”一声，“哗啦啦啦”从桌上掉到地上来，人们都掉过头朝那边看。

李建成捅捅高小林，小声说：“看看李乡长咋下台？”

“你看陈书记。”高小林却小声对李建成说，捅捅李建成，让他看陈书记。

陈书记的神情很古怪，好像是在笑，又好像不是笑，好像坐不住了，两只手不停地敲桌子，看坐在下边的人，看看这边，又看看那边，看上去激动得很。

会场里很静，党员们还是不说话，这种场面让人很尴尬。

“行不行？”李乡长又说。

这时老王忽然又站了起来，但这次他没说话，张张嘴，又坐下去。

人们还是不说话，不知谁“嘻嘻嘻嘻”笑起来，马上又不笑了，这就更让人感到尴尬，会场里就更静，没一个人表态，也没一个人举手。

“大家都表表态，举举手，不说话怎么行？”李乡长又说，看看这边，看看那边，舔舔嘴唇。

人们还是不说话，都好像事先说好了一样，都不说话，都不举手。

李乡长掉过脸看看陈书记，陈书记的表情让他吃了一惊，他发现陈书记在抖。“你咋了？”李乡长小声问陈书记。

让人想不到的是，陈书记忽然站了起来，他一站起来，就把人们惊了一下，他一开口说话，就更让人们吃惊。“好！”陈书记一站起来就用很大的声音先说了一个好，声音很怪，接下去，就让人们更吃惊了，“我很感动，我很感动，我真也想不到”，说到这儿，陈书记又停了，下边的人们不知道陈书记要说什么，不知道陈书记说的“想不到”的是什么，人们都看着陈书记，陈书记张张嘴，又开始说话，“我想不到我们觉悟会这么高，不为那两个钱，咱们都不为那两个臭钱。”陈书记忽然变得结巴起来，忽然显得不会说话了，脸涨得通红。人们都愣了，想不到陈书记说的是这话。

李乡长突然愣了，直盯盯看着陈书记。

“大家都不举手才好呢，我尊敬大家。”陈书记忽然又说。

任何人都想不到，想不到陈书记会说出这样的话！李建成忽然笑起来，有人跟着笑了几声，马上就都不笑了，李建成拍了一下掌，想不到，有人跟着他三三两两地拍起掌来。人们都想不到陈书记会这样，人们都觉得意外。

“什么会？”李建成对旁边的高小林说，“我从来没开过这种会！”

“想不到陈书记还挺可爱。”高小林说，他怎么也忍不住想笑，便低下头，捂住嘴，还是“嘻嘻嘻”地笑出声。

“我们咋说也都是党员呢！”陈书记更激动了，他站着，看看下边，没坐下，李乡长却坐下去，侧过脸看着陈书记，脸突然红了起来，又站起来。

“想不到，咱们觉悟都这么高，我真想给大家敬个礼。”陈书记说，忽然弯下腰去，真给人们敬了一个礼。

人们忽然都静了一下，都看着站在台上的陈书记。

“真的，我很感动。”陈书记又说，停停，又说，“我真想唱一支歌。”

礼堂里更静了，人们你看看我，我看看你。“唱啥歌？”李建成忽然问了一句，声音虽然小，却被人们都听到了。

陈书记朝这边看了看，说：“我想唱唱《国际歌》。”

下边的人们又一下子笑起来，但人们很快都不笑了，陈书记站在那里，脸抬得很高，已经唱了起来，声音有些发颤。人们都看着他。

“你看。”高小林又捅捅李建成，让他看陈书记，有什么东西亮亮的，从陈书记的脸上慢慢慢慢流下来。

“陈书记哭了。”高小林又小声说。

李建成不再说话，礼堂里，人们都不再说话，都盯着陈书记，有人从座位上站起来，很快，人们都站起来，又有人跟着唱了起来，很快，人们都跟着唱了起来，高小林不会歌词，他想笑，看看左右，看看身边嘴一动一动的李建成，再也笑不出来。

听见礼堂里的歌声，那几个剧团的演员“扑通扑通”跑了过来，都在门外边的楼梯上听。

“唱的是什么歌？”一个年轻女演员问。

“唱的是什么歌？”一个年轻男演员问。

“是不是又要搞歌咏比赛？”又过来一个演员问。

烧锅炉的老王突然倒下来的时候是人们唱完了歌的一刹那，老王也站在那里跟着唱，唱着唱着，他的身子就靠在了前边的座椅上，旁边的人没察觉老王有什么异样，直到他“扑嗵”一声倒下来。

老王得的是脑出血。

11

又一次寒流从遥远的西伯利亚袭来时也带来了一场大雪。

这场大雪注定是要到了来年才会消融的，路面都给冻得溜光，路上所有的车都开得很慢很慢。煤台那边终于可以上煤了，只要车皮一批下来，就可以往外运煤。乡里的干部没法出去，一部分人打扑克，一部分人下象棋，一部分人到二楼礼堂里去看排戏。

张粉菊忽然不再打扑克，她帮着刘召去准备新年的对子、标语、彩旗什么的，李建成和高小林忽然好像不再好意思跟她开玩笑，李建成也不再摸张粉菊的肥腿，这天，张粉菊把李建成拉到一边悄悄说："你借的钱我不要利息了，你也别跟人家说。"张粉菊这么一说，李建成就觉得更没意思，他想自己应该到什么地方先挪借点钱把张粉菊的钱先还了。

乡政府的日子又是快乐的，二楼礼堂里排戏的敲敲打打声告诉人们一年就这么快过完了，礼堂里这一天正在排《腊月谣》，那个唱小生的唱得很是欢快：

十一月来快一年
叫声四哥听我言
我短你的你拿上
你短我的下年还
十二月来整一年
掌柜的算盘算工钱
不用打来不用算
再给哥哥加两串

就是这天上午，乡政府电话员小杨忽然接到了榆涧打来的电话，小杨马上把电话转给了陈书记，陈书记一听电话马上吓了一大跳。

"榆涧村有人冻死了！"陈书记对李乡长说。

"谁？刘婆？"李乡长也吓了一跳。

"不知道？"陈书记说，乡里的电话常断线，就在这节骨眼儿上又断了线。陈书记扔下电话就马上跑到三楼电话房里去，要电话员马上再要榆涧。李乡长也马上跟到电话房来："肯定是刘婆冻死了。"

“我这回饶不了刘珠。”陈书记说，陈书记已经问明白了刘婆的名字，刘婆只叫“刘氏”。李乡长也看了那张扶贫名单，上边就根本没有“刘氏”这两个字。前天，山阴县县长张楚雄刚刚召开了各乡乡长会议，在会上还特别提到今年秋季歉收冬季又这么寒冷，要让各乡认真搞好扶贫和防寒工作，不许冻死饿死一个人，如果哪个乡冻死或饿死了人就拿乡长是问。

“我饶不了狗刘珠！”李乡长看着电话员小杨接电话，急得了不得。

电话要通了，接电话的是榆涧支书刘弯地。

听完电话，李乡长忽然又愣在那里，老半天才说：“是不是错了？咋会是冯敢死的爹？”

乡政府的干部们马上都知道了榆涧村冻死人的事，也都知道冻死的人竟然是冯敢死的爹。这真是怪事一桩，人们都不相信。

“再问一遍，到底是谁？”李乡长又对电话员说。电话员小杨就又挂电话，很快就挂通了，一问，就是冯敢死的爹。

“怎么回事？”李乡长倒不明白了。

“先告诉一下张粉菊吧。”

“不会吧？”张粉菊也不相信冻死的人会是冯敢死的父亲，自己的公爹，“大腊月天的出什么洋相，不让人过年了？”张粉菊这么说。

陈书记坐车去榆涧是第二天的事，无论怎么说，冯敢死的父亲也是麻子玉乡的村民，原来说好李乡长也要和他一起去，可昨天晚上又下了一晚上的雪，路又让雪堵了，李乡长去了煤台那边，因为下雪，许多运煤车不得不停了下来，即使有胆大的司机敢跑车，车也开得像虫子爬。李乡长带着乡里的干部都去那边的路上铲雪，煤台那边已经堆了小山样的煤，跑天津的运煤车皮也已经批了下来，所以乡里的干部都热情很高，人们围得严严的，穿得厚厚的都到煤台东边和西边的那两条路上去铲雪，风很大，呼呼的西北风把地上的积雪一下一下卷起来，那纷纷扬扬的雪在空中扬上去又落下来，直往人们的脖子里灌，早晨雪就已经停了，太阳也已经出来，但天气反而更冷，人们在路上一点一点铲着雪，把身子背着风，慢慢往更东更西的地方挪动着，通往麻子玉乡煤台的路两边的村子里的人们也纷纷出来铲雪，人们都知道，乡里的煤台终于可以上煤了。

在这场大雪里冻死的人确确实实是冯敢死的爹。

无论怎么说，这都是麻子玉乡的一件事，李乡长和陈书记坐上车去榆涧是这天中午的事，路太滑，车开得不能再慢，还有山路，上山，下山，车就变成了一只行动不灵活的虫子。快到榆涧村时，太阳要落山了，太阳那么红，忽然把雪地照得像着了大火。

李乡长让小刘停停车，车停下，李乡长把车窗打开朝那边望去。

落日更圆更红了，在它即将落下的一刹那。

雇工歌谣

1

这天，刘宝堂赶着小驴车跑了三趟，就把家里多余的坛坛罐罐又搬到旧院去了。刘宝堂的新院在村子靠南一点的地方。旧院却在村北过了那条大沟的洼地里，旧院的房子其实还很结实，就是下雨院子里容易积水，既然别人都往南边高地搬，刘宝堂也就批了地在南边盖了房。旧房去年就租给包工队住，包工队把房子糟践得了不得。冬天就在屋里地堂上点火烤芋薯吃，烟把西边的那个屋熏得硬像个窑。

这会儿姥姥没人管了，刘宝堂的小姨子跑来向姐夫诉苦，说“妈不是我一个人的，在我那儿一住就是五年，怎么也得挪挪，让人喘口气”。刘宝堂说：“这话还有错？妈是大家的，怎么能累你一个人？”就赶着把旧院收拾出来了。再说春天已经来了，旧院菜畦子里的小白菜已经顶出了两片叶子了，姥姥住在那里也好有个照看。姥姥住在旧院里，别的好说，就是晚上让人不放心。刘宝堂就去对大闺女说“你去和姥姥做伴吧”。在乡小学教书的大闺女翻翻白眼说“我不成，白天上课晚上还得判作业”。刘宝堂又去对大儿子刘明生说。明生这几天正和女人生气闹离婚，没好气，说“我在乡里开小车能住旧院”？刘宝堂又去对二儿子明利说。明利说“我刚去钢厂，早上起不来去迟了还不让开除？姥姥又叫不了我”。也不去。刘宝堂没了辙，愁眉苦脸对自己女人说：“总不能让他姥姥一个人在旧院里住，让人笑话。”刘宝堂的女人就想起了雇工史小宝和张美军。

张美军和史小宝是从河北固原那边过来打工的，在刘庄已经待了有三年多，给刘宝堂在矿井下赶车盘煤。

晚上，刘宝堂就过去对张美军和史小宝说要他们搬到旧院去住的事。史小宝正用洗过头的水洗脚，那盆水可真够黑，张美军仰八叉躺在炕上在听耳机。刘宝堂把要说的话说了，史小宝继续“咕吱咕吱”洗他的白脚，没说什么。张美军把耳机摘下来，看着刘宝堂：“你再说一遍，我没听清。”

刘宝堂有些慌，刘宝堂很怕和张美军说话，就又说一遍。

“不行。”张美军马上说，“早上得起得更早。”

“又不远。”刘宝堂说。

“不远东家你咋不去？”张美军一骨碌坐起来，“那又不是外人，那是你岳母娘，再说还是你姑呢。”

“就是。”史小宝也说。

“那就算了，那就算了。”刘宝堂马上说，刘宝堂很怕“东家”这个词儿。“我也只不过说说。”说着忙给张美军和史小宝递烟。张美军这时又笑了，接过烟，笑嘻嘻地看着刘宝堂：“如果给加工资，还可以考虑。”

“不了不了。”刘宝堂忙摆手，从这屋走出去，回到自己的屋，小声对自己女人说，“现在的人都学坏了，都往钱眼里钻。”话还没说完，就见女人在灯下朝自己打手势，刘宝堂掉过身子，张美军提着空暖壶在门口站着。

“现在谁不是为了钱？你雇我们不是为了钱？”张美军笑嘻嘻地说，“只不过你是东家，我们是扛活儿的。”

“快别这么说，快别这么说，有茶叶没有？”刘宝堂忙转身去拿茶叶筒。

张美军灌了水出去，院子里，明生和明利的草铡得也差不多了。

“打扑克不打？”张美军站在铡好的草堆边问。

“铡完了陪你张哥玩一会儿。”刘宝堂马上从屋里出来对儿子说。

“陪他打给多少钱？”明生说。

明生对张美军很反感。

2

刘宝堂以前不是个老实人，那几年吃不饱他啥不干？偷玉米、偷山药、偷豆子，只要有空子。去城里用绿豆换玉米面时把人家的秤砣都偷回来。一共偷回六个，拿到铁匠炉老驴球那里换一副钢刃的小镰刀，还偷自行车的车铃，顺手乱拧，拧了大半口袋，去铁匠炉又换一个犁铧片。“你换个犁铧片干啥？”老驴球说：“你偷老大一堆车铃就为给队里换个犁铧片？你还爱社如家呢！”

“以后要是有了地呢？”刘宝堂说，“兴许还给自己犁地呢！”

“你还想旧社会呢，想弄两三个小洞日日？”老驴球说。

刘宝堂就气了，说：“我就喜欢换这么个玩意敲上玩儿，给孩子们当个耍货！”他就真把犁铧片挂猪圈头上，早上“叮叮叮叮”一敲，让明生他们去上学。后来学校的白老师来家，笑着对刘宝堂说：“学校的钟也让人给偷了，没个响了，你把犁铧片借我敲敲。”

刘宝堂就把犁铧片拿给白老师，说：“记住这是我的，以后不用记着还我。”

“你的你也没用。”白老师说，“你犁炕头？犁你老婆下边那张小嘴？”

刘宝堂就笑，他笑白老师不知道是哪路英雄偷了学校的那口铜钟，那口铜钟少说也有一二百斤重，过了小半年，刘宝堂家里就多了铜瓢、铜铲、铜勺、铜盆四大件。

刘宝堂现在是个好人，愈有钱人愈变得好，胆子也愈小。家里做饭吃，好的都要先弄给张美军和史小宝吃。“时不时给他们炒个蛋，别让他们说咱们抠。”刘宝堂对女人说。张美军在那间屋吃炒鸡蛋米糕，刘宝堂在这边倒用油盐抹糕片儿吃。张美军过来盛稀饭，看了刘宝堂在吃猪油抹糕心里忽然就很感动，回去想想，忽然又不感动了，对史小宝说：“他妈的，让咱们吃好了有力气，想好好儿剥削咱们。”

刘宝堂也不知自己为什么会在心里怕这个张美军，只要他一在家，刘宝堂不忙也要装着忙，忙院子、忙牲口棚、忙奶牛、忙粪堆，忙个不亦乐乎。好像当年在爹跟前耍眼前花。“你怕球啥？你怕球啥？”刘宝堂很生自己的气，你就不会像个东家？在炕上坐着、躺着、睡着、喝着、嚼着、香着？想来想去，刘宝堂就明白自己是那天开始怕的。

那天他和张美军去河边洗骡子，张美军顺便也把自己洗洗，脱精光了，“扑通”一声跳下河。把白白的肚皮浮起在水上，河东边正有部队练习在地上乱爬，有几个军人热了，就到河边来洗洗脸洗洗手。有个年轻英俊的军人对张美军说“小老乡你看你像个啥，把那么大个黑鸡巴都露出来了，那边还有女人呢。”张美军就嘻嘻笑着上来穿裤衩。好几个军人又问张美军是干啥的？“使车的。”张美军从来都不愿说“赶”，只说“使”。

“使车，我是使车的。”他说。

“那是个谁？”年轻军人又问在一边洗骡子的刘宝堂。

“那是东家。”张美军说。

刘宝堂很害怕“东家”这个词，刘宝堂还是看《白毛女》时记下的这个词儿：“东家”。刘宝堂想让自己不像个东家了，只要张美军和史小宝一回来，他就不停地忙，忙得像个雇工，张美军和史小宝下井去干活儿，他才会松快一会儿，对女人说“这儿疼，这儿疼，这儿也疼”。张美军和史小宝一进门，他立马哪儿也不疼了。牛奶挤下来卖不出的时候，刘宝堂不舍得给家里人喝，却要给张美军和史小宝喝。

“喝吧，喝了劲大。”张美军对史小宝说。

“劲大你也没个地方去使，浪费裤裆。”史小宝说。

“东家是让你往那儿使劲？”张美军说。

史小宝就嘻嘻笑。

“你说呢，东家？”张美军还回过头来问刘宝堂，“你让我们有了劲往哪儿使，往裤裆里使？”

刘宝堂心里就发毛。

“换人吧。”女人对刘宝堂说，“听听他一天到晚都胡吣些个啥？”

“换谁？你说他妈的换谁？”刘宝堂就小声对自己女人发凶，“把你妈换上，让她下井赶骡子？”说完，又忍不住笑。

现在雇一个肯下井赶车的雇工不是件容易事，不像前几年了。这天张美军从外边回来，脸上挂了花，凝了一脸的黑血，把刘宝堂吓了一跳，忙跳下炕：“瓢儿上有伤没？”

“你他妈供个菩萨吧。”张美军黑着脸照照镜子说，“煤块儿大我就去见阎王了。”刘宝堂很发愁：“我是党员呢，要我供菩萨？”

“球，党员还雇工？”张美军就说，把脸上的血洗洗，一盆水就红了。

刘宝堂就不敢再说什么，第二天欢欢儿去买了一尊菩萨，白瓷的，上边涂了些釉彩，他要把菩萨往张美军的屋里放。

“供你们屋去，别往我们屋供。”张美军说。

“让菩萨在你们屋保佑你们俩。”刘宝堂说。

“保佑我们干啥？保佑东家你多赚钱吧。”张美军说。

刘宝堂现在是又恨张美军那张嘴又怕他那张嘴。

3

张美军装了一盒好烟去找村书记刘丙九，刘丙九不是本地人，是忻州那边的，当了八年兵，复员就到了米庄乡当武装干事。在武装部当了四年干事就又下来到刘庄当书记。村支书是个没任何级别的小官儿。刘丙九个子很高。人很胖，眼睛很小，鼻头很大很油亮而且红得很鲜艳，让人无端想起酱得很好的猪蹄。一笑就露出黑黑的牙，他很能抽烟。他下来当刘庄的书记主要是给村主任刘焕堂跑跑腿。刘焕堂现在一般不过问村里的事，人们想见他一面真不容易。刘焕堂长年住在矿上。有两个保镖。对外人却只说是秘书。刘丙九就管管村里的鸡毛蒜皮事，吃饭也在矿上，小煤窑离刘庄才只有一里地。在沟坡上。沟坡上长着些再也长不高的老头儿杨，一万年长不高的样子，夏天只会出产些毛毛虫。

张美军去找刘丙九，给刘丙九先递烟，然后把刘丙九左看看，右看看，说：“我怎么看您都有些像冯玉祥。”

“谁？”刘丙九就问，“乡里管计划生育的？”

“哪呢，人家冯玉祥是个大军官呢！”张美军说。

刘丙九就高兴。

“要是打起仗来，你准能当个大军官。”张美军又说，“看看你这个儿！”

刘丙九就更高兴了，笑出一口黑牙，说自己在部队打的一手好枪法。

“现在书记不好当吧？”张美军又问，笑眯眯地看着刘丙九。

“他妈的，连党费都收不齐，一月五分钱都收不齐。”刘丙九说。

“我爸爸那二十年书记不知咋当的。”张美军说。

“你爸？”刘丙九居然还没听过张美军的事。

张美军就告诉刘丙九他爸当了二十年的村支书。刘丙九忽然就问张美军老家的村子有多大？有多少户人家？

“两千多户。”张美军说。

“好家伙，你爸管那么多人!”刘丙九忽然有些肃然起敬。但一等到张美军说到迁户口的事他就不肃然起敬了，“球，那怎么行，人人都想来咬刘庄这块肥肉。”

前不久，刘丙九的一个乡下亲戚，也想买车买骡子把户口弄到刘庄来，刘丙九就去找刘焕堂，刘焕堂皱皱眉头，说：“球，那怎么行，都想来咬刘庄这块肥肉？”

“根本不行。”刘丙九对张美军说。看看张美军那张脸，“不是我不行，是刘主任那边不行，我倒没啥。”说完又有点后悔，看看面前这个后生，料定他也和刘焕堂说不上话，就又说:“刘主任现在就是个皇帝呢，我都见不到他。”

确实连刘丙九最近也见不到刘焕堂，刘焕堂这几天正为粮食发愁，煤窑里的工人现在已经是两千的数了，这还不说那些家属，这些嘴天天都要吃东西，村里的农民们自从开了煤窑挣了大钱后，谁也都不再好好儿种地，地这几年都荒了。家家户户只种些够自己吃的口粮。最近粮食又不停地涨价，一斤白面都涨到了一块八毛。矿上就闹粮荒。派车到处去弄粮食。

“我倒没啥，我也是外来户，只是刘主任不同意。”刘丙九又对张美军这么说，他无端地信任眼前这个后生。

“就为咱们是外乡人？”张美军说。

“好好干吧。”刘丙九说。

“外乡人就该受剥削？”张美军说。

“好好干吧。”刘丙九说。

“就给他们有做东家的机会？”张美军说。

“别这么说。”刘丙九说。

“这叫剥削。”张美军说。

“唔。”刘丙九直看张美军。

“我们出力他们挣钱，还不是个剥削哩。”张美军忽然很生气。

“谁让你妈不把你屙在这儿。”刘丙九说。

“您说我到底能不能迁户，您说？”张美军又说。

“好好干吧。”刘丙九说，想起自己的事。

张美军把手在裤子上抹抹，手心里都是汗。

“你就好好赶车挣钱吧，比别处挣得多呢。”刘丙九拍拍张美军的肩头。

“我就想给自己赶车，不伺候那些烂农民！”张美军说。

“你还不是个烂农民。”刘丙九笑了。

“我？”张美军说，“我是烂农民我也看不起这些暴发户烂农民！”

刘丙九笑得更厉害了：“你这是红眼病。”

“我爸当了二十年支书呢，我眼红他们！”张美军脸红红地说。

“刘焕堂长什么样儿？”停停，张美军又问刘丙九，张美军还没见过刘焕堂，村里人现在都很难见到刘焕堂。“听说又换保镖了，现在的世界是烂农民成精。”张美军说。

4

姥姥在南边的院子里待得挺好，一个人做了一个人吃，就是有些寂寞，卖小鸡的来，姥姥捉了五只小鸡扣在笼里养着，院里菜畦里的菜这几天黄了，老天爷好长时间不给人们下雨了，天上的云不知着了什么慌，溜溜地来，溜溜地走，一会儿都不肯停。井里的水也不知到哪儿去了，现在村里要喝水，都是派车去四十里外的吴官屯煤矿去拉。人们哪还有水给地里的菜秧子喝。“我他妈白鸡巴种了。”刘宝堂过那边院子看看，对岳母娘说。他天天要给岳母娘送一担水。

“把水浇地里吧，我这么老了，喝不了那么多。”岳母娘对刘宝堂说。

“姑您就瞎说，人老也得喝水。”刘宝堂说。

刘宝堂和他女人是姑舅结亲，刘宝堂的女人是刘宝堂的表妹。刘宝堂的岳母就是刘宝堂的姑，他从小“姑姑姑姑”地叫大了，根本就改不过口来。为了省水，姥姥十多天才洗一次脸，刘宝堂前脚一走，姥姥后脚就把水一点一点浇给菜秧子。刘宝堂知道了这事就去对姥姥说：“姑，您就不会先洗脸，洗完脸再浇菜，兴许还顶肥呢。”姥姥就听他的话，用手指在碱碗里醮醮，然后在脸上左搽搽右搽搽，用水再洗洗，一盆水就黑了，然后再给菜秧子一苗一苗浇。

村里送水照例是早上，这天刘宝堂去担水，就猛然看见了张美军，也挑着桶在人堆里站着，再看看那两只桶，竟是自家的。送水的车还没来。等水的人们在一起有一句没一句地说白面的事。

“你给谁担呢？”刘宝堂过去悄声问张美军，心里觉得奇怪。

“以后我给姥姥送水吧，不用你了。”张美军说。

“哪能用你呢。”刘宝堂又说，觉得有点怕，不知张美军又要干啥？

“帮助孤寡老人是应该的呢。”张美军大声说。

刘宝堂就不敢当着人再说什么了，担了水，回去忙对女人说：“张美军要想做啥呢？”刘宝堂女人眨巴眨巴眼睛，不知出了啥事，放下压粉床子忙去了姥姥那边。一手的白粉子也顾不得洗。姥姥正在洗脸，没有什么事，水缸让张美军担得满满的。那几只小鸡子在土墙根下找虫子吃。一群小鸡盲目得很，“叽叽叽叽”往东跑，就都往东跑，“叽叽叽叽”往西跑，就都往西跑，像部队操练。

这天晚上吃饭，张美军用很严肃的口气对刘宝堂说：“一天就给姥姥挑那么猴尿样的小半缸，姥姥连脸都不敢洗呢。”

“挑两缸她也不洗！”明生马上说。

“你少说！”刘宝堂对明生说。

“我明天要住到姥姥那边去。”张美军把饭碗递给刘宝堂的女人。

刘宝堂惊讶得一下子张大了嘴，忙呼噜两口饭，说：“那谁敢让你去呢？一天到晚怪累的，可不敢。”

“看你，看你，我愿意嘛。”张美军说，夹一筷子老咸菜，喝一口粥。

刘宝堂这天晚上心里又很毛，铡草的时候差点儿铡了手，明生在旁边说：“你看你，你看你，他张美军还能把我姥姥一口给吃了，把那个烂院子吃了。”

“小点儿声。”刘宝堂看看屋里，“要不你去。”想想，又对明利说，“要不你去？”

张美军这晚上就把行李扛了过去。

姥姥屋里的炕真大。“姥姥你睡炕头我睡炕尾。”张美军对姥姥说，把行李放好，一脚踩着炕沿就上了炕，“以后我就陪您了。”

这天夜里，张美军看了一小会儿那本讲强奸犯的书，然后拉灭灯，地上的小鸡子不停地“叽叽叽叽”叫，张美军一躺倒就睡着了，倒是姥姥睡不着，炕上一下子多了这么大个男人，好有些害羞，姥姥虽然老了，但也没老得变成个男人，晚上尿尿也不敢，憋得慌，忍不住了，贼似的溜出屋子在院子里小声尿，尿完，又贼似的溜回屋，还没上炕，就听张美军在炕上慢慢说：

“姥姥您就在屋里解手吧，您就把我当您的外孙，您比我姥姥岁数还小呢。”

姥姥给吓一跳。张美军解手就不怎么避姥姥，穿着小得不能再小的小三角裤衩，一下地就“哗哗哗哗，哗哗哗哗，哗哗，哗，哗”往尿盆子里射。

史小宝一个人就寂寞了，这天对张美军说：“要不，你个挨球的，我也跟你去那边住吧。”

“不行。”张美军看看史小宝，说，“你要是过去就显不出我了。”

刘庄的人就都知道了张美军的事，他天天给姥姥挑水，又帮着姥姥浇那几畦子菜，小白菜已经长了七八片叶了，姥姥每天做饭就去白菜上摘两片叶子。张美军这天忽然又管姥姥叫“婶子”。

“婶子，这菜是你种的？”张美军蹲在菜畦边上说。

“女婿的。”姥姥说，心里毛毛的。

“唉！”张美军叹口气，说，“您也成长工了。”

这几天晚上姥姥咳嗽得厉害，闹得张美军睡不好，左翻一下身，右翻一下身，就把灯弄亮了，看见姥姥披着红布做的主腰子在炕头上坐着，还露着半个瘪瘪的羊肚儿似的老奶。“您怎么咳嗽得这么厉害？”张美军说。

“吵你了吧？”姥姥说，就使手堵着嘴。

“我给您拔个火罐吧。”张美军说。

“不成，不成。”姥姥忙说。

张美军已经跳下地，赤裸着身子，只穿着小得不能再小前边鼓起一大堆的小裤衩。左一跳右一跳去窗台上取那个罐头瓶子，又找火儿找纸，然后又一跳一跳上炕给姥姥拔罐子，盘腿坐在姥姥身后，光腿触着姥姥的后背。“姥姥您太瘦了。”拔了一气，张美军对姥姥说。又折腾了一气，张美军又叹口气说：“看看，和旧社会差不多了，人都瘦成个啥了。”

第二天，张美军去村里李大头开的小药铺买了十片甘草片儿，姥姥总不吃药，吃了还真顶事，立马就不咳嗽了。

“西药片可真灵。”姥姥对张美军说。

“张美军买的药还真灵。”姥姥又对自己闺女说。

“张美军还给姥姥买药！”刘宝堂的女人感激得不得了，这天晚上吃饭的时候就光说这事。

“说这干啥。”张美军说，用筷子点点明生和明利，他不好意思用筷子点明梅。他对明生和明利用长辈的口气说：“人都有个老，你们看看你们的姥姥都瘦成个啥了，瘦得一晚上都拔不上个火罐。”

刘宝堂直眨巴眼。

白天家里没有人的时候，刘宝堂挤完了奶子，把奶子吊到院里的那口井里去，井里虽然没水了，但还是凉幽幽的。然后刘宝堂就去对自己女人说：

“张美军这家伙，一年回不了两次家。二茬光棍赛钢筋。”出去转一个圈，看看早上断的那股羊皮拧的牛绳，又过来对自己女人说：

“男人都是好吃屎的，没屎吃闻见屁也香！”

刘宝堂女人还没听懂。刘宝堂出去转一圈，看看奶牛的蹄子，又过来说：“晚上睡一条炕，别出点事，七十岁闹不好也会生孩子的，别说六十岁。”

“看你说的，看你说的。”刘宝堂女人就不高兴，“我妈都老成冬天的茄秧了，你甭糟践人家张美军，人家多年轻。”

“你懂个屁，鸡巴才看不见人老人不老，鸡巴只认得那个洞！”刘宝堂说。

刘宝堂的女人就慌慌地去了南边，说是去送一碗苦荞凉粉，姥姥就爱吃这一口。

“张美军晚上咋睡？”刘宝堂女人问她妈。

“啥？”姥姥正用攒下的花花绿绿的烟盒粘一个纸笸箩。

“他晚上睡觉就不乱滚？”刘宝堂女人问。

“是不是他的被子太厚？晚上总把被子蹬开。”姥姥说。

刘宝堂女人朝院子里看，真是快到秋天了，院子里土墙下的婆婆丁开得一片黄又一片黄。

“蹬被子？”刘宝堂的女人又不放心了，想想，问她妈：“他穿裤衩不？”

“尽瞎问。”姥姥说。

刘宝堂女人放心了。

不觉就已经是秋天了，姥姥给张美军做了一副鞋垫儿，红布子上绣绿牡丹、绿鸟、绿石榴。张美军的脚很大，姥姥是比着他的鞋做的。刘庄的人现在对张美军是刮目相看，都很尊敬他，村里的白老师说：“河北人自古就忠厚，燕赵多侠士。”张美军听了这话很高兴。“白老师真有文化，还懂得‘燕赵’。”

张美军对明生和明利说。

“您给我当干妈算了。”这天张美军对姥姥说。

姥姥乐得合不住嘴，连说“那哪儿成，那哪儿成。”

秋天来了，刘庄四周的杨树林子一派金黄，天是蓝的。飘着一朵又一朵棉花团似的白云。中午的时候还能看到一只又一只红裙子蚂蚱在高蓝的天上“沙沙沙沙”一起一伏地飞。

5

张美军这天又去找刘丙九，为了去见刘丙九，他专门穿了件半新不旧的军上衣。刘丙九一进院的东墙上贴的那张狗皮上落了些蝇子，天冷得它们已经飞不动了。

“想必刘书记你也听说了吧？”张美军坐下以后就给刘丙九递烟。

刘丙九笑眯眯看张美军：“我听说什么？”

张美军咽口唾沫，又咽口唾沫：“我和刘宝堂家的姥姥处得挺好。”

“看看，看看。”刘丙九就笑了，“我说没那么简单吧，我啥不明白。”

张美军脸就红了：“书记还能不明白，什么也逃不过书记的眼睛。但我咋说也不是干坏事吧。”张美军又给刘丙九递烟。

“那倒是。”刘丙九说。想想又说，“但你这么做只能给自己弄个好名声，正事却办不了。”

“要是姥姥自己申请呢？”张美军说。

“申请啥？”刘丙九说。

“申请我做她的干儿子。”张美军说。

“申请要你做他的儿子？”刘丙九嘻嘻嘻嘻地笑了，“不行，不行，要是姥姥是刘焕堂的亲妈还差不多。”

“我们河北就行。”张美军说。

“这是山西。”刘丙九说。

“这事你给我去说说。”张美军说，“如果我这边成了，你的事不就更好办？咱们都是外乡人，一个外乡人打进来，第二个外乡人就有可能也打进来。”

“我怎么是外乡人，我是这儿的书记。”刘丙九突然不笑了。

张美军张张嘴，挺尴尬。

“以后说话注意点儿。”刘丙九说。

“我不过是想给书记打个头阵罢了。”张美军笑笑，说。

“我真的给你想不出好办法。”刘丙九说。用桌上的一个牛皮纸信皮儿擦擦鼻子上边的油，忽然他又有办法了，“你要真想办不如打打刘焕堂儿子的念头。”

“谁？”张美军问。

“刘明华呀，还有谁？”刘丙九笑着说。

刘焕堂的独生儿子明华在小煤窑井口开了个小饭店，明华手有点毛病，小时候让猪食锅烫坏了，右手写不了字，左手写字还挺快。

“刘明华？”张美军念一遍这个名字，心里忽然一亮，“和明生、明利啥关系？”

“亲生的堂兄弟。”刘丙九说。

“明生、明利、明华。”张美军一拍手乐了。

“那姥姥就也是刘焕堂的亲姑？”张美军又问。

“那还会有错。”刘丙九说，“只可惜刘焕堂不认他这个姑。”

“那为啥？”张美军问。

“谁知道。”刘丙九说。

张美军忽然高兴起来。

“那小子有点毛病，就喜欢和大男人交朋友，兴许能帮你一下子。”刘丙九笑嘻嘻看着张美军说。

这天晚上，刘宝堂女人给他们做酸沤杨树叶子捞面吃，一屋子“呼噜呼噜”声。张美军忽然就对明生说：“真想不到你还是刘焕堂的侄子呢？”

“啥意思？”明生马上说，使筷子搅搅面，“我可是靠我自己呢，倒是他以前老沾我的光。”

明生这话说得不假，为了煤窑的事，刘焕堂当年没少坐明生的车出去办事。明生十六岁就在乡里开车了。

“怎么总不见这个明华来家串门？”张美军说。

“你又啥意思？”明生翻翻眼看张美军。

“我能干啥，少东家你说我能干啥，我又没个洞，能让他来操我！”张美军忽然有些不高兴，把嘴凑近明生的耳朵说。明梅这时回屋去判学生的作业去了。

“你没前头还有后头呢。”明生说。

刘宝堂这时要去铡草了，手里拎了一根蘸了油的鸡毛，对明生说：“你那也叫个嘴？来铡草！”

张美军立马放下碗：“让少东家歇歇，我来。”

“哪能用你，你累一天了。”刘宝堂忙说，又慌了。

“没事，没事。”张美军说。

张美军跟上刘宝堂出去铡草。

张美军蹲在那里给刘宝堂才送了几下草，就夸刘宝堂的手劲好，忽然叫了刘宝堂一声“叔”，马上又改口，笑嘻嘻说，“还是叫哥哥好，我爹比你岳母还大呢。”又说，“我以后不叫你东家了，以前那是开玩笑呢，其实东家也不见得不好，你雇人，给国家解决劳务市场存在的问题呢。是国家功臣呢。”张美军眼睛亮亮的，忽然又说，“想不到呢，你们刘家尽出大人物。”

“尽出农民。”刘宝堂喘吁吁地说。

“表兄弟吧？”张美军问。

“姓刘的堂兄弟。”刘宝堂身子一起一伏，一起一伏。

“噢，看看我。”张美军拍拍脑门儿。又问刘焕堂的性格、喜好什么的。又问明华的事，说，“你们刘家的风水一定好，在哪块儿？”

“啥？”刘宝堂停下手。

“坟地呗。”张美军说。

刘宝堂就像招供一样，问什么说什么。

“你不查一查我们家的成分？”明生端了一个缸子过来，蹲在旁边一口一口喝水，笑嘻嘻地看张美军。

“成分？”张美军忽然又不高兴了，拍拍头上的草末子，掏掏衣领里的草屑，“过去是贫农，现在照样可以定成地主！”只要明生一说话，张美军就来气：“成分现在很难说，也许过几年还再定一回呢。”

“进家去！”刘宝堂忽然火儿了，大声对明生说。

张美军又笑了，说：“不过勤劳致富永远也不会出什么事。”

“那是，那是。”刘宝堂说。

从这晚开始，张美军不再去姥姥那边睡。

“这家伙咋就又不去了？”刘宝堂躺在炕上对自己女人说。

过了两天，姥姥用手绢包三个煮鸡蛋过来问刘宝堂：“美军病了？”

“他神经，别理他。”刘宝堂说。这天，刘宝堂过旧院去把张美军的行李给扛到这边来。又把刚收的山药蛋倒在窑里，关照岳母娘小心别掉进去。

张美军又回来睡，水也不给姥姥担了，晚上睡觉时对史小宝说：“白当了他妈大半年雷锋，真不舒坦，干事不摸情况就是不行，和咱们河北不一样，认干儿也不给迁户，他妈的。”

6

天凉了，杨树叶子都落光了，向阳地畔的草还一根一根绿着，但马上要不绿了。庄稼都收了，地里也光净了，人家的房顶上都晾满了玉米棒子，蚂蚱在房顶玉米上晒太阳。中午的时候还会“沙沙沙沙”起来飞一阵子。

这天，张美军赶骡车去煤窑时把猪圈里的两只潜水桶带上了。“他要干啥？”刘宝堂在马棚里看见了，忙去问自己女人。

“你不看我干啥呢？”刘宝堂女人正在用红瓦盆子做黄米的糕粉。

张美军做什么事刘宝堂从来不多问，也不敢多问。刘宝堂现在已经很满意张美军不再叫他“东家”。“你连少东家也不叫了才好。”那天刘宝堂对张美军说，用商量的口气。张美军想想，说“不行，明生爱让我这么叫他呢”。张美军很恨明生总是当着人说“这是我们家雇的”。

“小狗日的！”刘宝堂就说。

“他不怕叫，你怕什么？”张美军说。

刘宝堂不敢再说什么，怕又把张美军惹怒了，只管“哗哗哗哗”刷那两个铁皮奶桶子。

张美军带了两个泔水桶去了煤窑，中午休息的时候，别人吃饭，他却去了井口明华开的那个小饭店，一手拎着一只泔水桶，小饭店离井口没有几步地，他站在坡上朝饭店这边望望，便朝饭店走过来。饭店小伙计张学锋看见张美军拎了两只桶过来，就忙对饭店里边说：

“他妈的，都是猪，看那两只大桶，快煮，快煮。”

“你们老板呢？”张美军一晃一晃过来了，问张学锋。

刘明华就从伙房里出来，手里拎着两个虎皮蛋罐头。明华长得很瘦很黑，他眯着眼看着走过来的张美军。

“干啥？”明华问张美军。他还不认识这个外乡人。

“咱们家的猪。”张美军一张嘴就这么说，“一天比一天能吃，婶子要我弄点泔水回去。”

“猪，谁家的猪？”明华说。

“刘宝堂家的呗。”张美军脸有点红。

明华就知道眼前这是个谁了，便忽然笑了，张美军的事他早听人说了。

明华忙让张美军到屋里坐。

“你把泔水桶留下，出井时让伙计给你送过去就是了。”明华说。

“咱家的饭店开得有口皆碑。”张美军对刘明华说，也不坐，东看看西看看。明华小饭店里贴了不少挂历上扯下来的大美人像，井下工人就喜欢看这些大美人。

张美军看看满墙的女人像，站了站，准备走了。

“没见你来咱饭店吃过饭。”明华说。

“咱婶给带呢，比这的饭也不差。”张美军又管刘宝堂女人叫婶子，不再叫嫂子了，他要和刘明华一辈子，“咱婶，咱叔”，他这么说。

“你这人我早听人说了，人人都夸你呢。”

明华把手里的罐头递给张美军。

“是吗？”张美军说，“明生和明利都忙，我帮一把也是应该的，你说明生这小子怎么搞的，孩子都三岁了还不知道自己女人叫个啥。到法院闹笑话。”张美军忽然想说这事。

“离了？”明华问。

“那还能不离？”张美军说。

“我叔我婶也不知道？”明华说。

“咱叔咱婶忙得像个蛇母子。”张美军说。

明华忽然笑了，为张美军这个绝妙的比喻，说：“我才忙得像个蛇母子呢。忙得一天到晚不知在哪道缝儿里尿。”

不知怎么，明华觉得自己很喜欢这个高高大大皮肤白白眉毛黑黑的张美军。

说了一会儿话，张美军已经像是和明华很熟了，张美军无论到了哪儿总是能很快和人们混熟。

“刘叔，咱猪吃泔水香不香？”这天晚上，张美军一下子又把叫法改过来，不叫刘哥了，刘宝堂愣一愣，有些不适应，说：“你还是叫刘哥吧，我咋能当叔呢？你爸和我岳母娘差不多大呢。”

“叫叔好，我才这么小点儿岁数。”张美军笑嘻嘻地说。

刘宝堂心里很毛，给张美军弄得晕头转向。“他怎么就想起去弄泔水？”刘宝堂对自己女人说。

“他又不是弄一桶人头来，你怕啥！”刘宝堂女人说，“泔水桶里尽是白面条子。”

刘宝堂出去看看泔水桶，骂一声：“他妈的，全世界都应该过一回六〇年！”

从这天开始，张美军天天去拉泔水，早上空桶去，晚上满桶归。“嘴一份，手一份。”刘宝堂也这么说。

猪吃了饭店的泔水，长得很快。

树叶子黄透了，东边的山是紫的。

忽然这一天，张美军笑嘻嘻地对刘宝堂说：

“晚上明华说要过来吃饭呢。”

刘宝堂和女人就很慌，忙煮鸡蛋、泡海带、压粉条子、割肉，肉也只有二指宽。左炒一个粉条子，右炒一个鸡蛋，离不了的还有肉烩豆腐，直忙一头汗。明华晚上果真来了，穿得齐齐整整。明生、明利、明梅和张美军、史小宝就去张美军住的那屋去吃饭。刘宝堂和女人就在这屋灶头忙，吃口剩的。

“叫咱叔咱婶过来吃。”上了炕，张美军对明华说。

“叫叔和婶过来吃。”明华对明利说。

“叫他们也不来。”明生说，朝那屋喊一声。

“不了，不了，你们兄弟几个热闹吧。”刘宝堂在旁边屋说。

“你来这儿，弟妹一个人在家？”张美军给明华夹一筷子鸡蛋，和明华碰一下盅子，说。

“还弟妹呢。”明生就笑。

明华也笑，对张美军说：“你弟妹还在她爹腿肚子里转经呢。”

“听见没，还在腿肚里转经呢，想见一面得以后，别这么急。”明华说。

“还没找？”张美军说，忽然嘻嘻嘻嘻笑了，看看明生，又看看明华。说：“你找对象可别学咱们的明生，先要问好女的叫什么。总不能一辈子总叫‘哎’，哎，拿件衣服。哎，递个馍。”张美军说着说着就笑。

明华看看明生，也忍不住笑。

明生一下子恼了，对明华说：“你看看咱们家雇的这人嘴多会说。”

“少东家，别这么说。”张美军马上说：“我可赶不上你，不知道女人叫啥孩子都生出来了。”这时候明梅已经过那屋里去了，他们说话就随便，张美军笑笑，看看明生，想想，又回头对明华说：“我是跟他开玩笑呢，说真的，我咋叫会说，我爹的那个秘书才叫会说。”

“你爹还有秘书？”明生马上说，“甜的咸的还是油炸的？”

张美军脸上微微有些红，说：“当二十多年书记还能没个秘书。”

“当二十年书记可不易。”明华看看张美军说。

过了一会儿，张美军又跳下地出去了一趟。外边下着点儿凉凉的小雨，他很快又提回两瓶牛栏山二锅头来：“咱们喝个够。”他对明华扬扬瓶子说。明华也喝多了，这会儿又不说不喝的话了。

“喝，鸡巴才不喝，咱们好好儿喝。”明华说。

这天晚上明生、明利、史小宝、明华都喝多了，张美军出去二次买酒时用手指搅着嗓子吐了一气，把刘宝堂的好饭菜都给吐猪圈里。

这晚上明华没走。

“我到你那屋睡，咱们挤一床被子。”明华小声对张美军说。

张美军半夜里醒来，口渴得厉害，想喝口水，睁开眼，发现自己被明华的两条胳膊搂着，张美军觉得这么很不舒服，但没动。明华就把他搂得更紧，张美军一动明华就醒了，明华眯着眼看张美军，又往紧地搂他。“你喝点儿水吧？”明华小声对张美军说。就松开手，下地去倒水。张美军喝了水，又躺下，明华就又把他搂住，接下去竟动起手来，张美军“呀”了一声。

“小点声。”明华小声说。

月亮又出来了，雨可能停了。月光从窗外照进来，照在被子上方方一个白，又方方一个白。

“咋这人？”张美军在暗里看着躺在一边的明华说。

明华把张美军搂得紧紧的。

“咋这人？”张美军心里又说。

第二天夜里，想不到明华又来了，脸红红地说“丢了一串钥匙”。刘宝堂就忙去找，自然不会找到。又过到张美军这屋来找，脸红红的还是找不到，张美军忽然像是明白是怎么回事了，笑笑，就留明华打扑克，把明利叫上，一打就又打到了半夜，明华忽然看看手表说：

“啊呀不早，该走了。”

“这会儿了你还走，让狼吃了你。”张美军笑笑，看着明华说。

明华就果真不走了。张美军去给明华打了洗脚水，明华又和张美军挤在一床被子里睡。张美军心里很难受很别扭又很高兴，但脸上不露出来。

过几天明华又来，又在一起打牌，晚上又不走。

刘宝堂和女人都挺高兴，为了这个侄子的常来常往。明华却管不住自己，像是一天不见张美军都不行，晚上只想过来住在刘宝堂的家里，和张美军一起睡。

“咱们这么好，你以后可不能忘了我。”明华小声对张美军说。

“那还用说。”张美军暗里笑笑说，“你是阮小二我就是阮小七，你坐了监狱我也敢去看你，你信不信？”张美军很喜欢看《水浒》。张美军这么一说，明华就觉得自己和张美军都像是梁山上的人物，他甚至想象自己坐了大牢，被押向法场，张美军去劫法场。或者是张美军出了什么事，自己去救他。明华这天进了一趟城，买了两件衬衣。

“你一件我一件。”明华对张美军说。

“你真该找个女人了。”张美军对明华说。

明华瘦了，白天总是没精神。他以前是和村上的一个叫黄金平的同学好，黄金平现在当兵去，有了张美军，明华很快把黄金平给忘了。

村里人都知道明华有这么点毛病，不怎么喜欢女孩儿。

“我还没见过咱叔呢。”这天张美军忽然对明华说。

“谁？”明华一下子没反应过来。

“还会有谁？”张美军说。

“他快忙死了。”明华说。

因为明华的关系，张美军现在好像是很尊敬刘宝堂和他的女人。“叔，婶”，张美军叫得嘴很甜。有时会主动帮刘宝堂铡铡草。这大多是明华来的时候。

天不觉已经很冷了，下了一场雪又一场雪，远远的山是白的，山上前几年种下的松树是黑的。

刘宝堂的猪因为吃了泔水长得疯快。

“狗日的，总吃白面你他妈还像个猪。”刘宝堂老站在猪圈旁骂猪。

张美军背着人数数自己的钱，已经够买两挂车了。

这天明华又来了，晚上睡觉的时候，张美军忽然对明华说：

“你对你爸说说，把我户口办过来行不行？”

“咋说？”停了好一会儿，明华说。

“你说话你爸还不听？”张美军说。

“我给你说说。”明华说。

“我要能来，咱们一辈子就在一块儿了。”张美军说。

“我们家兄弟三个就数我不行了。”停了一会儿，明华又说。

这一夜，外边又下了雪，早晨太阳出来，刘宝堂上房去扫雪，麻雀从屋檐下飞出来，往草垛上落，又从草垛上飞起来，往树上落，一只只都是黑的。后来都落到猪圈里去，和猪在一起吃猪食。

“你真给我去说说。”早上起来，张美军又对明华说。

离过年还差一天，张美军和史小宝大包小包背着回河北老家去过年。

二十七，刘宝堂宰了羊，晚上吃粉条子烩羊血。

二十八，刘宝堂让明生把姥姥从旧院子背过来，夜里蒸花馍馍，从天黑一直蒸到天快亮。又剁菜团子，红萝卜菜团子、白菜菜团子，又弄豆馅子，红红的一大盆放到凉房子里去，又压粉，一团一团放院里去冻。

二十九，刘宝堂和明生、明利都去城里洗了一个澡，澡堂里挤得人挨人，水脏得像羊肚汤。刘宝堂他们进城洗澡的时候，刘宝堂女人和姥姥都在家里洗。刘宝堂女人给她妈擦背的时候，姥姥突然说起张美军给自己拔火罐的事。

三十这天晚上，刘宝堂在院子里用炭块垒了个很高很大的旺火，没忘了把张美军那屋的灯也开着，也没忘了给菩萨上香供果子：三个苹果、三个橘子、三个柿子。这天是大除夕。又下雪了，雪落在点燃的旺火上“吱吱”响。

刘宝堂喝了许多酒，有些醉了，他出去看看旺火，又回来，对姥姥说：“我就喜欢人多。”

“咱家人还算少？”穿了一身崭新的黑衣服的姥姥像个棺材瓤子，说。

“那俩长工不在，他们要在就更红火。”刘宝堂说。

张美军这会儿不在，他竟敢说“那俩儿长工”。

素饺子煮熟了，刘宝堂照习惯把素饺子先端给累了一年的那两头牛。素饺子里边包的是炸豆腐白菜和地皮子菜，一头牛一盘，牛在槽头上吃得很香。

“以前你奶奶也吃不上这。”刘宝堂对明生说，“那几年人就不如个牲口。”

初一一大早，明华就过来拜年，明华穿了套新西服，还打了条红色的领带。他一边吃花生一边和明生说话，忽然要喝水，明华专门要用张美军的大茶缸子，一口一口慢慢喝。又吃花生、瓜子、红枣、黑枣、柿饼子，又“咔嚓、咔嚓”砸核桃。明华觉得自己很对不住张美军，腊月二十七那天，他把张美军的事对他爸刘焕堂讲了。“那哪成，都想来刘庄吃肥肉！”刘焕堂说。明华把话告诉张美军时，张美军显得很不高兴，张美军皱着眉头说“我再想想办法”。

明华真不知道张美军会想什么办法。

过了十五，张美军和史小宝才风尘仆仆从河北过完年回来。提着大包小包的红枣花生，张美军还带回一个绝色女子，那女孩才十九岁，细眉俊眼白肉皮儿，名叫张芸香，是张美军大哥的女儿，张美军的亲侄女。明华恰恰这天做了一个梦，梦见自己在一条人的大腿上行走，忽然就掉到一个井里去，井里很明亮。

“怎么样？我侄女长得？”张美军问明华。

“你侄女？”明华好像不相信那女子是张美军的侄女。

张美军又问明华自己的侄女好不好。

“一笑挺好看。”明华说。

“好就行。”张美军说。

7

明华带张美军第一次去见他爹刘焕堂，说是拜个晚年，这天张美军的侄女芸香也跟了去，穿了件红呢子小大衣，围了条红围巾。

张美军已经把要给明华说对象的事让刘丙九告诉了刘焕堂。

“先看看吧。”刘焕堂说。

张美军以前还没见过刘焕堂，虽然张美军已经在刘庄待了小三年了，这真是很奇怪的事。

刘焕堂这天穿着细线毛衣，北京“内联升”的千层布底儿鞋。脸上像是在笑，又像是根本没笑。待人很客气又像是一点也不客气。刘焕堂看样子很喜欢张美军的侄女。“二十几了？”刘焕堂说。

“河北还有这么好的姑娘。”刘焕堂又说。

张美军往大说了一岁，说芸香二十一岁了。

“早听说你了。”刘焕堂请张美军坐下。

张美军注意茶几子上放着一大溜好烟，顶差的就是“红塔山”。

张美军有点慌，不知怎么就说起姥姥的事，一说姥姥的事，刘焕堂就忽然不说话了。刘焕堂不愿向任何人说起他这个姑。张美军忽然也不再说，他想了刘丙九说过的刘焕堂不认他这个姑的话。脸红了红，就又说给明华的事。

“太漂亮了，就怕明华这小子拿不住。”刘焕堂说。

秦福花带芸香去另一间屋子说话，另一间屋里东一盒西一盒堆放了不少人们送来吃不了的点心。

“要是成了，我以后怎么叫你？”明华倒有几分不同意，“我娶了她我就成了你侄女女婿了。”明华对张美军说。

“叫什么有什么重要。”张美军说。

刘焕堂没有明确表态，既好像同意又好像就那么回事。

从刘焕堂家回来，张美军忽然又不叫刘宝堂叔了，只叫刘宝堂“哥”。

“刘哥，咱们这回要成亲家了。”张美军笑嘻嘻地说，站在一边看刘宝堂蹲在那里“呼哧呼哧”挤牛奶。刘宝堂只觉得头晕。

“咋整的，咋整的，一会儿叫叔，一会儿叫哥。”张美军不在的时候刘宝堂对家里人说，明生就嘻嘻嘻嘻笑。

8

张美军也不再帮刘宝堂铡草。没事的时候就去姥姥那边看侄女，张美军的侄女芸香这会儿住在姥姥那边，芸香把姥姥的小屋收拾得很干净，和明华要了些旧挂历，把姥姥的炕围子贴得五花六绿，姥姥坐在炕上有了事干，也有了话说，看着满炕围子美人说“这个美人眼睛好，那个美人肉皮儿好”。

正月不觉已经过去了，转眼又到了谷雨，向阳地畔的草绿了。

天一天一天暖和起来的时候，刘宝堂又去收拾旧院的菜畦子，又要种小白菜，清明一过，杏花又开，胡燕子又来，张美军的侄女在家里闲不住，就去了明华的小饭店，也不洗碗干粗活，只坐在柜台后收收钱，递递凉盘。

张美军这天去找刘焕堂，去对刘焕堂说：“您看明华和芸香怎么样？”

“他们的事让他们定。”刘焕堂说。他现在对张美军客气了许多。

张美军就鼓了鼓勇气把想要迁户口的事说了出来。

“这得等机会。”刘焕堂笑眯眯地说，“不过你破坏了我们刘庄的规矩了。”

听刘焕堂这么一说，张美军觉得有门儿。

也就是这天，芸香眼红红的来找张美军，小声说：“明华他把我睡了。”

“有这事？”张美军说，心里忽然有说不出的高兴，想想，说，“你反正要是他的人，这样更牢靠。”

这一夜明华又留下芸香在小饭店里没让她走，又战斗了一夜，第二天，张美军中午过来吃饭，瞅着芸香不在跟前，就对明华说：“你先斩后奏了？”

明华的脸都不红一红。

“事情反正是这样了，你跟家里说说，赶早办了是正事。”张美军说。

这天晚上，芸香又去了明华的家，待到很晚，后来就没走。刘焕堂不在家，但这事秦福花马上告诉了刘焕堂：“生米做成熟饭了。”

“还真有两下子。”刘焕堂说。

“这会儿年轻人都这样。”秦福花说。

“我是说那个张美军！”刘焕堂说。

张美军这天又去看刘焕堂，提了两瓶酒。礼礼貌貌地进了家，把酒搁桌上。开玩笑似的说：“亲家，我来了。”

张美军每次都想让自己像个亲家，却总觉得自己不像。才说完亲家，又马上说“还没办呢，我叫您亲家您不见怪吧”。他这么一说，刘焕堂就真的像是见怪了，把茶几子上的烟往张美军这边推推，说：“我不也是个烂农民？啥矿长不鸡巴矿长，咱们马上就是亲家了。”

张美军奇怪自己的嘴一向好，怎么一到了刘焕堂这里就不好使？自己怎么就摆不出亲家的谱儿。自己怎么就怵刘焕堂？心里虽然有些犯怵，但这一次还是又提出迁户口的事。

“不管怎么说，你先拴车吧，我回头对李二来说说。”刘焕堂这天终于放了话，同意张美军像村民一样可以拴车。

张美军这天便马上兴冲冲叫了史小宝，一块儿去了骡马市，又去了卖车的地方。他把马和车一股脑先弄回了刘宝堂那个院子，一进院就大声喊：“亲家，看看我的车！”

刘宝堂忙和女人从屋里出来，明生也忙从屋里出来看。

“好家伙，好家伙。”刘宝堂不住嘴地说。

“你这回也当东家呀？”明生在一边笑眯眯地看着张美军。

张美军这阵儿心情特别好，也不生气，说：“我自己给自己赶。”

“你一人赶两辆车，你有那本事？”明生又说。

“那一辆我让小宝给人赶。”张美军说。

刘宝堂就在旁边愣一愣。

张美军没想到史小宝竟不肯给他赶，晚上，张美军在炕头上说了老半天好话，史小宝才答应了。

“让人家老刘说我有了新主不认旧主。”

史小宝躺在被子里看着房顶说。

刘宝堂倒没说什么，只好忙着雇人。

9

张美军要住到姥姥北边的院子去，两辆车两头骡子，没个院场也真是不行。

“咱俩一人赶一辆车，晚上咱俩一块儿喂牲口行不行？”张美军对史小宝说。

“你是东家你说了算，还什么行不行。”史小宝甜不甜咸不咸地说。

史小宝就跟他去姥姥那边。北边的院子小，没有拴牲口的棚，那两头骡子只好在院子里拴着，晚上露水下来，骡子着了夜露，这天就不怎么好好儿吃草料，光“啃啃”地咳嗽。张美军忙去买了一把甘草片给骡子吃，骡子不咳嗽了，下边黑不溜秋的阳具却垂下来，淋淋漓漓出不少精水。“咋整的，甘草片还会壮阳吗？”张美军觉得纳闷。张美军牵上骡子去找刘宝堂。刘宝堂正在院子里铡草，一头的草末子。

“亲家，给我在牲口棚里放几天骡子怎么样？”张美军笑嘻嘻地说。给刘宝堂递烟，刘宝堂没有不答应的理。他很明确现在张美军是谁的亲家，再说好赖也算是自己的亲家。

“那还有个不行，只是草料现在一天比一天贵。”

这一点张美军早就想好了，刘宝堂这么一说，张美军马上就说：“连草带料加上夜工，我一个月给你一百五十元怎么样？”

张美军跟在刘宝堂后边，刘宝堂往棚子里拉牲口。

“什么钱不钱的。”刘宝堂一听那个数儿心里就有了数。

“你也学会当东家了？”明生正在棚里“吭哧吭哧”砸豆饼，停下手说。

张美军就“嘿嘿嘿嘿”笑，忽然不笑了，低声对明生说：“你倒把我给看扁了！”

刘宝堂给张美军喂骡子，晚上草切得就更多，明生和明利都一夜一夜帮着他们的老子切。“倒看不出这狗日的张美军，把咱爹当了雇工呢！”明生对明利说。

刘宝堂现在已经敢公开给菩萨烧香了，因为现在刘庄几乎家家都供菩萨。刘宝堂现在烧香还学会了念念有词：“这炷是给明生的，让小子早找个媳妇，这一炷是给明利的，保佑他开车大吉。”再上一炷，嘴里又念：“这一炷保佑黄中平，让她身体好好儿的。”黄中平是刘宝堂女人的名字。刘宝堂又喊自己的女人过来“你也给我烧炷香，祷念祷念。”刘宝堂的女人就上香、祷念：“这一炷香保佑宝堂，让他都好。”

“错了错了。”刘宝堂忙对女人说，“还有你这么祷念的，那么多叫‘宝堂’的，菩萨知道招呼谁？”

刘宝堂女人现在也学会了上香祷念，给家里人上完香还要给那两个从阳原新雇来的雇工祷念祷念，刘宝堂让她选两根短一点的香：“自家人上高香，雇工们短一点，也有个区别。骡子再短一点。”还要给骡子上。

张美军现在是给自己赶车，他上集市买了四个小红缨，两个大红缨，给每头骡子头上戴两个小红缨一个大红缨。这么一打扮，两头骡子就显得更精神。又买了两个虎头大铜泡铃，一头骡子脖子下挂一个，离老远就听到了。

张美军这会儿见人就说：“我这头骡子叫大黑将，那头骡子叫二黑将。”

“还大黑将呢，母货还黑将呢。”史小宝说。史小宝使的那头骡子是个母货，这几天来了月经，一条尾巴都红湿了。

张美军现在见人就说骡子，见人就说车。这阵他不说他爹是大队支部书记了，光说“我这骡子”。他这会儿早上又去担水，村里人就说：“又给姥姥担水了？”

“噢，给你骡子姥姥担呢。”张美军说，张美军对史小宝说：“你虽然给我赶车，可不算是雇工，咱们是兄弟。”

“那也是你雇我。”史小宝笑嘻嘻地说，“要不，我叫你领导好不好？”

“你要我，我和你一样赶车，我怎么就能算领导，咱们都一球样。”张美军这么说，但很快连他自己也觉得不一样了。

天一天比一天凉了，小煤窑背阴处已经有了冰凌。

刘宝堂不愿铡草了，他实在忙不过来，他把铡床搬到一进院南边的棚里去，棚口吊了烂草帘，在里边点了一个灯泡照着铡，一铡一身汗，出去风一吹，浑身冰凉，这天刘宝堂到北院去对张美军说：“我不能给你铡草了，我忙不过来。”

“是不是嫌工钱少了？”张美军说，“一月一百五不算少吧？”

“实在忙不过来，我还有奶牛呢，忙不来，忙不来。”刘宝堂是坚决不干了。

张美军就只好趁着天还没大冷在姥姥院里临时砌了一个牲口棚，把骡子牵了过来自己喂。晚上铡草的时候总喊上史小宝：

“你闲着也没球事，帮我送送草？”

“是，东家，我闲着快生蛆了。”史小宝说。

自从张美军买上车后，史小宝变得阴阳怪气。他披上他那件油里吧唧的烂大衣去跟张美军铡草。

“狗日的你也叫我东家？”张美军说，“你个球人再叫一声我听听？”

“东家。”史小宝就再叫一声。

“是比他妈的‘雇工’二字好听。”张美军睁开眼说。

“叫啥不一样？”史小宝说。

“哪能一样。”张美军说：“要不我叫你一声你听听？”史小宝就闭上眼听张美军叫。

“东家。”张美军叫。

史小宝忽然睁开眼笑了：“我鸡巴都肉麻。”

张美军把骡子和车都放姥姥的院里，吃饭就也在那边了，姥姥一天给他们做三顿饭，张美军时不时给姥姥三五块算作工钱。“给我钱做啥，我又没个花处。”姥姥说。姥姥就是喜欢屋里有个人，说说话热闹。像个人家，现在她更高兴了，又有骡子又有马，夜里还能隔窗听见张美军起来喂牲口。下雪的早上，史小宝一大早就起来去扫雪。

时间过得很快，很快就又到了年根。过年的时候，张美军和史小宝照例是要回河北老家过年的。骡子又不能牵回到河北去，姥姥又不能给喂，临回家前，张美军突然决定让村里的刘红革牵去喂。

刘红革原是北京插队生，别人都陆陆续续回了北京，只他这个球人回不去，在这儿成了家，这也怨他实在是没有办法，北京只有一个老妈，刘红革现在已经有三个孩子，两男一女，想回去就更不可能了。刘红革的身体又不好，下井挣大钱是别人的事。“咱就图个平安。”刘红革现在说的是一口土话，如果不说，谁也不会认为他是北京人。他的样子比老刘庄的人还要土。去年买了一辆手扶拖拉机，想跑跑运输，当然开拖拉机的不是刘红革而是他的大小子，刘红革的大小子都二十岁了，个子长得又小又瘦。刘红革今年才四十五，但猛看上去像六十。张美军跟他说好了喂两头骡子连带铡草一个月给一百五十元。

“行。”刘红革说。

“喂不好掉了膘，我可要扣你的工钱。”张美军说。

“行。”刘红革说。

“你好好儿喂。”张美军又说。

“你放心，谁还能把骡子给喂成头驴。”刘红革眨巴眨巴眼说。

“它要不好好儿吃草你怎么办？”张美军说。

“我叫它爹，行不行？”刘红革说。

“日死你妈的。”张美军就笑了。

张美军回家过年走的头一天，把两头骡子放在秤房过煤车的大秤上过了过。大黑将是四百二十斤，小黑将是三百八十斤，然后才交给刘红革。刘红革还真没好好儿喂过牲口，张美军前脚一走，他后脚就去问刘宝堂。

“问你东家去吧。”刘宝堂说。

“张美军这家伙还真厉害。”刘红革说，“有个好侄女。”

“再厉害也是我雇过四五年的人。”刘宝堂说。

“让你给调教出来了。”刘红革说。

“年上又不拉车，只有长膘的理，你怕啥，随便喂。”刘宝堂说。

刘红革一听有理，就高高兴兴走了。那两头骡子果然长膘。

“他妈的，咱就没个好侄女。”喂着张美军的骡子，刘红革对自己女人说。

10

刘宝堂现在不铡草了。他很乐意史小宝也不给他当雇工，他很乐意雇新的雇工，他已经有经验了。他要从头来调教新来的雇工。刘宝堂新雇的雇工都是阳原那边的农民，没见过什么大世面，人都很老实。这两个小雇工都姓郭，他们都在一个村子，那个村子叫“大陵村”，一共才有十二户人家，大家都种些薄田，靠老天下点儿雨给一口饭吃。村子的历史却古老得让人心酸，古时那里竟是了不起的城市，村子周围的地里到处是汉代的陶片，常常锄地锄出五铢钱和汉代的“半两”。或者一下子挖出个完整的小陶罐。地里到处是锄也锄不完捡也捡不完的令村民讨厌的陶片。村子太小了，以前有过电，前不久电线被人偷了，便没人再想起给他们接电，就又点油灯。

刘宝堂新雇的两个姓郭的雇工人都很老实，一说话就脸红红的。他们想不到在刘庄当雇工会顿顿都是白面，米糕和豆面现在只当作一种调剂。晚上还有电。这两个后生刚来只管刘宝堂叫“叔”，叫刘宝堂女人叫“婶”。

“别叫我叔。”刘宝堂那天忽然对这两个后生说。想想，又不知该说什么，脸兀自有点儿红。

刘宝堂开始不铡草那天，也是两个新雇工刚到的那一天。刘宝堂让那两个雇工进屋来，对他们说话，那两个后生站着，刘宝堂坐着。刘宝堂女人去倒水，端给那两个新来的雇工，那两个后生竟不敢先喝。

“你两个一人一天给我铡草，工钱之外再加三十，每个星期给你们喝一顿酒。”刘宝堂对这两个后生说。

“行。”这两个后生齐声说。

“一月一人二百五。”刘宝堂。

“行。”两个后生齐声说。

“夜里喂牲口不用你们，你们白天还要下井。”刘宝堂说。

“喂也行。”这两个后生忙说。

“腾不开手也许会用到你们。”刘宝堂想想，说。

“行。”两个后生说。

“矿上放假你们就放假，矿上不放假你们也就不放假。”刘宝堂说。

“行。”两个后生一口一个“行”。

刘宝堂已经有了经验，这天头一顿饭刘宝堂让女人不许炒鸡蛋。吃白面面条。晚上不许女人给他们送开水，只隔着屋子喊“水开了”。这两个新雇工来的头一天晚上就铡草。

这两个小雇工已经在自己屋里商量过了：今天你铡我送草，明天我铡你送草。

两个新来的雇工在院子一进门的棚里铡草，刘宝堂则去给牛挤奶，牛圈就在茅房的旁边。新来的雇工去茅房小便就看到刘宝堂在那里蹲着挤奶。那后生以为东家没看见他，想不到小便完出来就听刘宝堂在牛圈里说：“铡完了想看就看会儿电视吧，演‘包公’呢。”

两后生就到刘宝堂的大屋子里去看“包公”，看了一会儿，刘宝堂也挤完奶了，又说：“下井累着呢，早点儿睡吧。”那两个后生就去睡。

刘宝堂给了史小宝一百元，当然是背着张美军，他要史小宝在井下招呼招呼这两个新手，把门头脚道告诉他们，当两天师傅。

恰好这两天牛奶因为下雪送不出去。那两个新雇工早上就有奶喝，但奶里没有糖只有盐。这两个雇工还是高兴得了不得，其中一个叫郭命好的对史小宝说：“我们有奶喝呢？你那家有没有？”

史小宝不知怎么一下子就火了，说：“你当是孝敬你！”

那两个后生管史小宝叫“史师傅”。

刘宝堂现在觉得轻松多了，他的工作现在每天只是挤奶和晚上起来一次喂牲口，早上早起一会儿再喂一次牲口。天一天比一天冷，过了新年就数到二九了，他很怕煤烟把那两个后生熏着，每天夜里喂完牲口都要过那屋去看一下火。那两个后生都睡得正香。两个人竟然挤在一床被子里睡，互相紧紧搂抱着。

刘宝堂用手摸摸被子，被子都很薄。

天是一天比一天冷了。刘宝堂那天拉上骡子去铁匠老驴球那里给骡子蹄子上钉了防滑的毛胶皮。老驴球的儿子刘东华现在不打铁了，不知通过什么关系，他揽上了附近铁道打道钉的活儿，忽然就富了起来。人们偷了道钉卖到他这来。他再把道钉过一下火儿，扔水里鋬一下，捞出来就像新的一样了，就这么收进来，再卖出去，没两三年就肥得了不得。老驴球看不惯儿子，也不跟他一起过，还在老地方打打铁。他儿子刘东华在靠近煤窑的地方盖了好大一个院子。

天再冷一些的时候，刘宝堂给两个小雇工一人买了一顶处理的军用皮帽子。一个后生第二天就戴了，郭命好却没戴。“你不冷？”刘宝堂问这个郭命好。郭命好脸红了老半天才说：“我留着给我爹戴呢。”

另一个后生就告诉刘宝堂，郭命好的爹在朝鲜打过仗，冻坏了脑袋，冬天天一冷就冻得什么也不知道。

“你们听听，你们听听。”刘宝堂就对明生和明利说。

刘宝堂让女人又给郭命好找了顶旧皮帽子。

这一天，郭命好又叫刘宝堂叔。刘宝堂便说：“可不敢叫叔，不知道的人还真以为咱们是叔侄儿呢，叔叔雇侄儿还不叫人们笑话，可不敢叫叔。”

郭命好和另一个后生犯了难：“该叫啥好呢？”

“就叫我老刘吧。”刘宝堂想想，说。

“那咋行，那咋行。”郭命好忙说。

“就叫我老刘吧。”刘宝堂又笑笑地说。

“不行，不行。”郭命好说。

“别处咋叫？你们那儿咋叫？”刘宝堂问郭命好。

郭命好说不上来。

“以前有首歌儿名叫‘老房东查铺’。”刘宝堂说，“我也能算你们的房东，就叫我‘房东’吧。”刘宝堂忽然笑了。

“房东？”那两个后生互相看看，也忍不住笑。

刘宝堂这才书归正传，说：“就叫我‘东家’吧。这也是个房东的意思。”

郭命好和另一个后生才不想有啥意思没啥意思。从那天开始叫刘宝堂“东家”。过了几天。郭命好又犯了难，不知该咋叫刘宝堂的女人。还问刘宝堂，刘宝堂就笑，说：“她还不好说，她又不出门，在家叫啥都行，就叫婶子吧，听着也亲。”

明生就笑，对明利说：“看看咱爹，想开了，敢当东家了。”

“咱爹有经验了。”明利说：“用人就像那使唤牲口，愈来愈会调教。”

入了四九，道边和沟里的雪都不再消化，结成了冰壳子。刘宝堂已经为过年做准备，小雪卧羊时羊肉最便宜，刘宝堂便早早买下两只羊，在牛圈里养个把月，天天喂些豆饼，到了四九头上宰了，剥了，羊皮贴在墙上，剔剥好的肉浇点儿水搁外边冻了，冻一夜，瓷实了，又吊到井里去，猫和狗都下不去，剩下的头蹄下水天天给菜里烩点儿，又给姥姥送过去些，要在那几年，头蹄下水刘宝堂早拿到矿上去卖了。这几年刘宝堂想开了：“咱自己给嘴过个年吧。”

这天吃饭的时候，郭命好忽然把自己碗里两块羊心上的肉夹给刘宝堂，刘宝堂家里吃饭从不分外人家人，都在一个桌上吃。

“看你看你。”刘宝堂说，又夹给郭命好，“你吃你吃。”

“您岁数大了，您吃，对身体好。”郭命好突然有些结巴，不好意思了。脸也红了。

刘宝堂心里很感动。话就多起来，问郭命好多大？上学上到完小还是初中，这话已经不知问过多少遍了，又问庄稼。

“今年可旱球坏了。”郭命好说，“七月才补种荞麦呀。”

刘宝堂忽然想到自己那几年到处为口吃的乱蹿。

“那咋办？”刘宝堂说。

“秋天收沙棘卖。”郭命好就伸出自己的手让刘宝堂看，郭命好手背上密密麻麻都是疤，沙棘枝子扎的，郭命好又让刘宝堂看他的脖子，刘宝堂发现他脖子上也是小疤。

刘庄这一带不怎么长沙棘，但刘宝堂知道什么是沙棘，沙棘的枝上都是刺。

“好好干吧，下井能挣点大钱，你们看看张美军，给我赶了五年车现在自己也拴车了，一下拴两辆呢，你们向他学习。”

“也给您赶过车？”郭命好说。

“我调教了他五年呢。”刘宝堂说。

“好家伙。”郭命好说。

“我这当东家的脸上也有光彩。”刘宝堂又说。

“跟上您这样的东家我们也光彩。”郭命好很会说话。

“要想自己拴车先得学会调教牲口。”刘宝堂又说。

想不到这天晚上郭命好半夜起来了。刘宝堂去牲口棚，听见里头“窸窸窣窣”响，吓了一跳。撩开草帘，却看见郭命好在里边给骡子筛草。筛完草又解开裤子把尿洒给旁边的奶牛吃。刘宝堂忽然又很感动。

“明天不许起来啦。”刘宝堂猛地进去对郭命好说。

郭命好的出现，才让刘宝堂觉得自己真像个“东家”。慢慢地，他开始习惯指使郭命好去干这去干那。他坐在炕上，水碗在炕桌上搁着，他不去取，却偏要郭命好给递一下。打月饼的枣木模子无缘无故从墙上的钉子上掉下来，明生也在旁边，刘宝堂却喊郭命好：“命好，掉了。”

连明梅也学会要郭命好给自己做些事情。她要郭命好给自己揪几根公鸡的尾羽，她要做一个毽子，教学生上体育课踢毽子。郭命好就去满院子追鸡。

“命好，你来。”这是现在经常挂在刘宝堂嘴上的一句话。

“东家，做啥？”郭命好会马上应声而来，毕恭毕敬地说。

11

明华和芸香的事现在都明了，只等过了年办事。

很快就又到旧历年了，过年小饭店照例要关五天门，明华领上芸香去给亲戚拜年，明华在前边走，芸香在后边跟着。

刘焕堂像是挺喜欢这个还没过门的儿媳妇。

“你小子真好福气。”那天刘焕堂对儿子说，他有点儿醉了。

明华却觉得就那么回事，唯一让明华兴奋的是晚上和芸香同床，他现在已经尝到了个中甜头。这天，正行着事，明华突然停下说：“你要是真心喜欢我就给我用嘴来一下。”

芸香看看他，说：“你得把我哥也给弄过来。”

“那不难。”明华说。

芸香竟真的俯下身子给他那么做。

“哎呀，哎呀。”明华快活得忍不住直叫，被另一边屋里的刘焕堂听到。

“听听，听听，他妈的。”刘焕堂对自己女人说。

芸香有芸香的打算，她想要让明华把她哥也一定办到刘庄来。

刘焕堂这天把张美军找了去，对张美军说：“三月看个好日子办了算了。”

大年初三，明华跟上芸香去河北固原芸香的老家给岳父和岳母拜年。明华心里惦着张美军，急着想见他。河北固原张美军的老家根本就不像张美军说的那么大，只是一个很小的村子，一共才有十五户人家，当村有条小河穿过，河不宽，两三步就能跨过去。这条小河把村子分为两半，进村的路在村北，一进村五六步就是学校，也只是一排房，一个院，紧挨学校就是人们的住房，房子也不怎么好，用从山上弄来的石头砌，墙也是石头墙，房也是石头房。人们的院前院后都是些枣树，张美军的家在河东边住。一个院八间房，他哥也住在这个院子里。

张美军见了明华显得很高兴，歇一宿，第二天张美军对明华说：“也他妈的没个看的，我带你去看看暖泉子吧。”两人就去看村子西头的暖泉子，暖泉子里的水“咕嘟咕嘟”直冒泡儿，水边的石头一个一个白花花的像菜花。张美军忽然一脚把明华踹暖泉子里。水倒不冷。

“你就那么糟践我侄女！”张美军说。

“不是你我还不找她呢。”明华在水里大声说。

“胡说！”张美军说。

明华从暖泉子里往出爬，又给张美军一脚踹回去。

“你再那么着我溺死你。”张美军挺生气，指着明华说。

“还不是全因为你。”明华又往出爬。

张美军脸红了红，拉了他一把。

“不小心掉水里了。”明华湿漉漉地回到村里，张美军对家里人说。

明华在河北固原的那个小村子住了十天，十天后和张美军、史小宝一块儿回了刘庄，这十天之中，明华发现芸香一直是木头木脑。

张美军带明华去见芸香的爷爷，也就是张美军当了二十多年书记的父亲。一个小枣核样黑瘦的小老头儿，慈眉善目的，明华隐隐感觉到了这个二十多年书记的威信。那天是大年初五，给这个枣核样的小老头拜年的人还源源不断。坐在那里说棉花的事，不知有什么事要这个老头儿拿主意。

明华感觉河北这边的村子要比山西那边朴实多了，还没出破五，早晨的饭就是苞米糟子、豆糟子粥，盐水煮的花生米、大花馒头，用藤条编的笸箩端上来，肉只有晚上有，但生活是实在、温馨，很少虚套子。一切都像是有节有序，不像刘庄那么混乱，那么一点儿秩序也没有。从初四到初十，几乎天天都有人请明华这个还没正式办事的新女婿。酒席间，明华这个还没正式办事的新女婿也轮着给芸香的亲戚敬酒，每次吃请，张美军几乎都在场，张美军怕明华喝醉了，总是脸红红地挡亲戚们给明华喝酒，并且替明华喝。这又让明华很感动。敬完酒，明华挨张美军坐下来，头晕晕乎乎的。

明华也见到了张美军的女人，是个很丑的女人，黄头发、龅牙齿、高颧骨，说话嗓门很高，很好处的样子。明华在芸香老家最后一顿饭是在张美军家吃的，张美军的女人忙得满头大汗，但可以看得出她的手脚很麻利，一会儿东，一会儿西，一会儿剥葱，一会儿剥蒜，一会“啪啪啪啪”打鸡蛋。让人看出她的利落大方。

明华发现张美军在家里处处都显得很有尊严的样子，说话、坐、走路乃至和人打招呼。还有给晚辈们压岁钱，都事先用红纸包好了，一块一个包儿，两块一个包儿，最多五块。因为明华根本没想到这一点，芸香也忘了提醒他，张美军替他代办了，一共包了五十多个包儿，要明华一一都给到。

“我一共给你垫了二百整。”张美军这天对明华说，要他清楚。

张美军的大哥张明军给了明华一顶呢子帽，作为给未来女婿的上门礼。

张美军的大嫂送给明华一双家做鞋，作为岳母娘给未来女婿的见面礼。

张美军的父亲给明华一块袁大头，作为祖父辈给未来孙女婿的见面礼。这在芸香的老家已经是最高的礼遇了。

其他亲戚给的红纸包里一律都包着三元钱。

明华数数那些钱恰恰是二百整。明华要给张美军，要还他给自己垫的那些钱。

“你这是搞啥？”张美军说，想想，接了。

张美军和明华坐在自己家炕头上说这些话，张美军的女人和芸香在堂屋对面的屋子里说话。忽然史小宝来了，说明天早上走的事。

“早上得早早起，得到河头去坐车。”

不一会儿，芸香的哥也来了，他们开始打扑克。

“明天咱也要离开这个穷窝啦。”芸香的哥对他叔张美军说。

张美军看一眼明华，笑笑，说：“就看明华的了。”

芸香的哥就看着明华直笑。

“要不，我去你那个饭店给你干吧。”

“那还不行。”明华看手里的牌，不看他的大兄哥。

第二天一大早，明华和张美军他们早早去了东边的河头，天还没怎么亮，家里人都起来给他们送行，都怀着种种希望和明华说些亲热的告别的话。他们挤在一辆小面包车里去了火车站。早上很冷，路上人很少，车走了好一会儿，才看到一辆马车，拉着一车苞谷秸“咔嗒，咔嗒”慢慢走。

芸香的哥坐在车上，他很是兴奋，一想到要去山西那边他就兴奋，他对未来充满了希望。“咱这是去共产主义呢。”芸香的哥对村里的人说。

“苦受三四年把房子先盖起来！”张美军对他说。

明华不说话，脸朝着车窗外，他真不愿到了三月办事的时候再回来一趟，到时候，说不定又有哪个芸香的穷亲戚要跟上他到刘庄去吃刘庄的那块“肥肉”。

12

过年还是刘庄热闹，张美军回来正好赶上看戏，戏台搭在村北，头一天演《打金枝》，第二天演《下河东》，第三天演《戏凤》。唱主角的那个女演员外号叫“白板”，在刘庄这一带很出名，村里热闹得了不得。

正月二十这天，刘焕堂忽然叫张美军去家一趟。张美军他们是正月十六回的刘庄。这之间刘庄发生了什么事情他一点也不知道。芸香应该知道，但她没朝那边想，那天明华要她搬回到姥姥那里去住，说“快办事呀，你先回去几天”。芸香也没多想，就又搬回到姥姥的院子里去。

虽然已经是正月二十，煤窑上还没正式开工，刘焕堂和几个煤窑上的人在楼上打麻将，张美军去了，把从河北带来的红枣、花生、枸杞、核桃、芝麻、山蘑菇放楼下茶几子上。好一会儿，刘焕堂才从楼上下来，还有另外那几个人，后边是那两个保镖。

“明华对象的事可让你费心了。”刘焕堂一坐下来就说。刘焕堂脸红红的，好像有点不大自然。

接着，张美军就看到了那个脸孔扁扁个子高高的女子慢慢从楼上下来。

“你给我看看明华这个对象怎么样？”刘焕堂说。

张美军脑袋“嗡”的一声。只听见刘焕堂在一旁说这女子是“云中大学”的毕业生，学了四年电脑。

“大学生要跑来给我刘焕堂当儿媳妇呢。”刘焕堂说。

张美军觉得自己身子像是不会动，刘焕堂的话像是很远，但都清清楚楚一个字一个字进到张美军的耳朵里。

“咋回事？咋回事？”张美军问自己。

张美军木头一样木木地从刘焕堂的家里出去，他去了姥姥的院子。

“咋回事？”张美军很生气很凶很大声地问自己的侄女。

芸香忽然哭成个泪人，她还不知道有这种事。

明华和那个叫黄小玉的大学生结婚是三月的事，这太出人意料之外。张美军带着芸香去城里找了一趟那个黄小玉。

“你一个大学生就愿嫁他一个烂农民？”说到后来，张美军对那个叫黄小玉的女子这么说。想不到那个叫黄小玉的女子笑笑说：“现在谁还户口不户口，你有钱能给我买电脑开一个‘打字房’，我就嫁给你。”

张美军不知道什么是“打字房”，只听那黄小玉说她从学校毕业连份工作都找不到，嫁给刘明华她就可以马上在市里开一间打字房，那么一来就比别的同学都好，而且明华也要搬到城里来住，房子已经弄好了。

这意想不到的明华的婚事让刘焕堂有说不出的兴奋，他逢人就说这事，很快，刘庄周围一带的人都知道了有个大学生给刘焕堂家当了儿媳妇。

“真说不来，明华才上小学五年级。”刘焕堂对人们说。

张美军和芸香的哥那几天怎么也找不到明华，明华像是一下子从地球上消失了。

刘焕堂给了芸香两万。芸香和她哥回河北是明华办事前几天的事。走那天，张美军很生气很凶很大声地对芸香说：“还哭，都怨你自己！还哭，两万也不算少了！”

春天又来了，刘宝堂这年春天没去种姥姥院子里那片小菜地，他让那两个小雇工去把地翻了翻,那两个小雇工翻地的时候发现院子里堆了不少木料,张美军已经把户口办了过来,准备盖房,刘焕堂没有亏待他。

“我就喜欢明白人。”刘焕堂对张美军说。

“还是您体谅人。”张美军说。

张美军现在还常去刘焕堂的家。只不过不再开口闭口地叫刘焕堂“亲家”。但有时还那么叫一叫,只是叫的时候在亲家前边加了一个“干”字。给张美军赶车的两个雇工一个是史小宝,一个是从右玉那边雇来的新手。

这个春天,刘宝堂常常挂在嘴上的一句话是:“学学我以前的那个雇工张美军,要想当东家就先学着当雇工。”

那个叫郭命好的雇工却在背后悄悄说:“那谁能学得来,咱们又没个好侄女。”

“他妈的烂农民,总有一天收拾你个狗操的。”忽然这一天,张美军喝醉了,哭得满脸都是泪,对史小宝说。

春天来了,刘庄四周的山都是绿的,虽然老天一直不给人们下雨,但刘庄四面的山还是绿的。

滑着滑板去太原

然后，他们就分手了。

现在就剩下王生自己了，背着包，用胳膊夹着他的黑色双翘滑板，他在想是不是应该坐长途大巴车回去，不像来的时候，一路滑来，五个人说说笑笑兴致有多高。他们都是滑板爱好者，他们是通过滑滑板认识的，前不久，也就是半个多月前，太让他们兴奋了，他们忽然决定要滑着滑板去太原，他们是一拍即合，他们兴奋异常，这实在是太让人兴奋了。一不坐飞机，二不乘火车，三不坐大巴车，四不靠越野自行车，他们要滑着滑板去创造一个大奇迹，滑着滑板去太原，雨季还没有来，正是滑滑板的好时候。如果这次成功了，他们下次要滑着滑板去更远的西藏。他们是从这个省份最北边的城市大同出发一路向南。路两边的杏花刚刚开谢，远山刚刚泛绿，也就是说，这个季节是出行的最佳时机。

也是拍照片的最好时候。郑生说他获得了一次难得的边走边拍的机会。

你不吃亏，回去就是一本画册。黄生笑着对郑生说。

你们将永远活在我的摄影画册里。郑生说，等着吧。

他们五个，都是城市青年，他们没有任何的乡村生活经验，他们之中甚至有人都没有到过郊外，他们是在城市里长大的，他们从小到大只在大城市间穿梭，他们有时会飞到国外去旅游，比如泰国、日本或是韩国，或者再远点的加拿大和美国。但现在出去玩对他们已经没有太大的吸引力了，又是核酸检查，又是刷人脸，又是检查各种证件，这让他们很烦。他们合计好了，带上滑板，带上可以放水杯和药品还有睡袋的大包，反正是，路上所需要的东西他们都带齐了，当然还有指南针和打火器、手机充电宝和电须刀，他们有人甚至还偷偷带了避孕套。他们希望自己在路上有艳遇，可以让他们做爱。他们带好了这一切，出发了。滑着他们“极限公社”牌子的黑色双翘滑板，这种滑板真的很牛逼，他们都喜欢这个牌子，可以说再也没有比这种滑板更好的滑板了。他们五个，风格简直是一致，都是狼尾头，留这个发型，他们最少要三个多月不理发才可以，狼尾头滑起滑板来很好看，脑后的长发会飘扬起来。用他们的话是有动感。而用有些人的话是性感。他们五个，对外介绍是“狼尾头五人滑板组合”，就这么，他们从山西最北边出发，像勇敢的候鸟，向南向南再向南。他们厌倦了城市的生活，他们希望体验一下乡村旅馆，或者直接住到乡下人的家里去，脏点乱点根本没什么关系，他们想多知道一些自己生活圈子之外的事，他们把路线图早就看好了，他们要努力避开高速公路，再说高速公路可以让人们滑滑板吗？好像是不行。他们一边研究路线一边抽着他们都喜欢的电子烟，这里要说一句的是，他们还都是电子烟爱好者，现在玩儿这个很时髦。别人都在戒烟，而他们却要开始抽了。他们总是这样。

但是现在，王生和他们分开了，不得不分开了。

王生犹豫不决的时候郑生对他说，回吧回吧，路上出点事对谁都不好。

就这么，王生不再随着滑友滑着滑板一路向南，他停下来了。

他们在一起快快乐乐地滑行了七天，走了几乎有一半的行程，现在却分开了，王生现在的心情真是很沮丧，太沮丧了，他觉得自己真不应该进到那个小庙里去，也不该去摇什么签，这下好，他要半途折返了。那个小庙也太诡异了。

别难过，回去见。郑生拍拍他的肩。

下次咱们去西藏。黄生说回去的路上多加小心。

王生站在路边，心里很难受，两眼泪汪汪地看着滑友们在公路上滑远了，看不清了，看不见了，然后他才在路边坐下来，他看着自己脚上的那双土黄色新鞋，这双鞋是他前几天在路边超市里买的，原来的那双鞋突然掉了底，这本来没什么，但让他心里很不安的是因为郑生，郑生说，咦，好好的怎么把鞋底掉了？这是什么兆头？这句话忽然让几乎是他们所有的人都有那么点担心，你看看我，我看看你，其实他们五个，都不迷信，又什么也不信，他们是天不怕地不怕，虽然他们看过大量的鬼片和别的什么片，他们真的是什么都不信。但那天，他们来到了河边的那个叫“骑洋马”的村子，并且在那里住了一夜，那一夜的经历他们五个人可能都会毕生难忘。那间让他们留宿的大屋子实在是太吓人了，那种感觉怎么说呢，是一进屋就让人感觉有什么地方不对头了。他们五个，都被吓得不轻，都几乎一夜没睡。

那是间坐北朝南的正房，一条大炕，够他们睡的，这样的北方大炕，即使是十个人也睡得下，炕的北面墙上贴了几乎有两张世界地图那么大用黄裱纸画的符，黄纸朱砂，简直是太怕人了。那天晚上他们睡在一起，他们五个人合盖了三条被子，这里没有多余的被子，但还算干净。但他们怎么也睡不着，郑生小声说墙上的这个东西就是符，城里这种东西可不多，村子里是用这种东西镇那种东西的。

那种东西是什么？王生问。

那种东西就是那种东西。郑生说。

是鬼吗？王生说。

你说有鬼吗？郑生说。

这种事，说它有也有说它没有也没有。王生说不好说。

反正这屋子有问题。“咔嚓”，郑生用照相机拍了一下墙上的那张符，小声说。

但这个叫“骑洋马”的村子再也找不出别的什么可以住人的地方。

也许晚上我们都会变成一块一块没有生命的石头。郑生小声说。

你别吓我们好不好。黄生笑着说。

滑友们都看着郑生，他们都洗了脚，准备睡了。

郑生说他有一个民间的办法。

我什么都不信。何生说，我可以睡在最边上保护你们。

那就是我们睡的时候把内裤都脱下来，郑生说，那种东西最怕的就是男人的家伙了，如果有那东西的话，这个办法应该是很灵的。

如果是女鬼呢？黄生笑着说，黄生一路上总是在喝酒，他自己带着白酒，刚才又喝了两口，待会儿睡之前他还会再来两口。

那不正好吗，你都不用戴套。何生开玩笑说。

那可不行，那可太危险。黄生是学医的，还有一年就要毕业了。

到了睡觉的时候，王生他们真的都把内裤脱掉了，他们都一丝不挂，王生睡在东边的边上，何生睡在西边的边上，他俩儿把边，其他人睡在中间，然后，他们熄了灯。然后，一切都静了下来，然后，他们听到了河水流淌的声音，然后，还有一些更远的什么声音也传了过来，像是鸟啼，那种会在夜里啼叫的鸟。叽里咕噜、叽里咕噜像是在说梦话，如果鸟会说梦话的话。

睡着了没？隔了一会儿，王生小声问睡在一旁的郑生。

别说话，睡吧。郑生说。因为是一丝不挂睡在同一个被子里，他们只好背对背。你听，什么声音？过了不一会儿，郑生把身子轻轻转了过来，把嘴附在王生的耳边小声说。其实这时候其他人也都还没睡着，说实话他们五个人根本就都睡不着，这不是他们的事，虽然他们白天滑滑板滑得都已经够累了，他们应该是一躺下就睡着了，但他们就是睡不着，这是屋子的事，这是他们谁也说不清是什么事的事，屋子里有什么？肯定有，但他们谁都说不出有什么。

你别不相信，我听到了。郑生又把嘴附在王生耳边小声说，其实别人也听到了，有人在动桌上的东西。啪啪啪啪、啪啪啪啪，我的天呐，听。郑生又小声对王生说。

睡在边上的何生把灯猛地一下打开了，五个人都一下坐了起来，头发都几乎竖了起来。屋里当然什么都不会有，但他们发现放在桌上的一个大纸盒子被挪了地方，那纸盒子现在在桌子旁边的椅子上。之后，他们又熄了灯，都连头带身子缩到了被子里，他们只好在被窝里看手机，互相发微信，这么一来呢，他们就更睡不着了，而且都被吓出了汗，之后他们是不停地又开灯，又熄灯，又熄灯又开灯。那个纸盒子像是有了生命，只要一熄灯就会跳到另一个地方去。王生突然又坐了起来，他觉得好像有什么伸进被窝猛地摸了他一把，凉凉的，王生惊叫了一声，他不敢再睡在边上，他跳起来，钻到了黄生的被子里，这么一来他就睡在了中间。他们五个人已经很累了，他们滑了一天的滑板，但他们谁都睡不着，用被子蒙着头，几乎一夜。

你说会不会是老鼠？王生在被窝里发微信给郑生。

老鼠能把盒子从桌上弄到椅子上吗？郑生的微信马上发过来了。

会是鬼吗？王生又把微信发给了郑生。

你自己说吧！郑生马上又发过来了。

他们把自己埋在被窝里，不敢说话，只能发微信，虽然他们一个挨着一个。

王生就这么和滑友们分手了。

王生准备吃点东西再上路，他会顺着来时的路向北向北再向北，路那边有个小饭店，小饭店的墙上写着“环球面馆”四个字，这真是有点滑稽。王生就是在这里和滑友们分的手，分手的时候郑生还给他拍了张照片，背景就是“环球面馆”那四个大字。王生已经注意到那个年轻胖子了，那个年轻胖子也在看他，那个年轻胖子可是真胖，目测够三百多斤都不止，头和肩膀之间简直就没有脖子，王生觉得这个年轻胖子可能有很长时间都看不到自己的鸡巴了，肚子已经挡住了他的视线，当然他也不可能看到自己的两只脚，这是肯定的，他要是想看自己的脚就必须用两只手把自己的肚子用力往回搂，用力再用力，王生这是第二次看到这个胖子了，王生心想他可能也是出来旅行的，或者他也许仅仅是为了减肥而出来步行的，这种人现在不少，他们相信身上的肥肉会通过不停地行走被甩在路上。但他怎么什么也没拿？这个年轻胖子，也站在路边，他是不是也不想再走了，也想在那家饭店吃完东西再上路。

刚才，王生已经进店去问了一下，那个瘦男人正在剥煮熟的鸡蛋，好大一盆，瘦男人对王生说十一点半才会有饭，他们现在正在做准备，准备先把鸡蛋给卤出来。王生已经闻到了那股味，很香，是油泼辣子的味道，王生很想吃一碗路边这种小店的油泼辣子面。这时那个年轻胖子也进来了，进门的时候身子在门框上不小心蹭了一下，他也他妈的太胖了。

年轻胖子也问了一声。是不是有油泼面？

十一点半。瘦男人把这话又说了一次。

王生朝胖子那边看的时候，正好和胖子的视线碰在了一起。

年轻胖子朝王生和气地笑了一下。

年轻胖子朝这边走过来了，看样子他想和王生说什么话。

王生听到咝咝的喘气声了，几乎是所有的胖子都有的喘气声。

年轻胖子过来的时候，王生在心里想，他这个块头肯定滑不了滑板，王生现在养成了一种习惯，只要看到一个人就总是在心里想这人能不能上滑板，就像以前上高中的时候只要一见女人就在心里想这女生能不能让他来那么一下，这么一想，他那地方就总是会马上顶起来。所以上高中的时候王生几乎都不敢穿短裤。

年轻胖子问王生，你抽的是什么香型，我透，真好闻。

王生还没来得及回答，年轻胖子又说，我可不可以试一下？

王生觉得自己是应该拒绝的，但还是把电子烟递给了胖子。

年轻胖子抽了一口，嘴真肥嘟嘟，说，挺好。随后就又把烟还给了王生。

年轻胖子又问，滑滑板可不可以减肥？是不是可以减肥？

王生不知道该怎么回答，王生看着胖子，觉得这人是不是有点儿傻逼。

我再来一口，几乎是紧接着，年轻胖子又把电子烟要过去抽了一口。

怎么样，滑滑板是不是可以减肥？胖子又说了一句。

王生本来想回答一下胖子的这个问题，但王生突然不想说这个话题了。因为王生觉得这个年轻胖子很蠢，再加上王生的心情并不是那么好。

年轻胖子是没话找话，他又说，吸电子烟是不是也可以让一个人瘦下来？

这次，王生回答了一句，你上百度。

我透，真热，我得脱件衣服。年轻胖子看了一眼王生，说。

当然你想不到会这么热。王生笑了一下。

别笑，我小时候本就没这么胖。年轻胖子说，问题是我小时候做了一个手术。

王生想问胖子做的是什么手术？这时饭店的瘦男人朝他们走了过来，真是看不出他是店员还是老板，他招呼王生和胖子再往里边坐坐。

差不多了，里边的桌子刚收拾过。瘦男人说。

王生说还不到十一点呢。不过当然还是早点吃为好。

那个瘦男人对王生和年轻胖子说，差不多了。

年轻胖子脱外衣的时候，王生也开始脱。

我以为只是我觉得热，其实这种天气穿短裤也可以。年轻胖子的话好像一半是对王生说一半又像是对饭店的瘦男人说。

穿短裤都可以，真的。年轻胖子又说，如果再热我就穿短裤，我带着呢。

瘦男人说你们不是一块儿的吧，你们是不是都来油泼？

年轻胖子说我现在吃饭都很注意，吃面条一小碗就够了。

碗都一样大，我们这地方不分大碗小碗，瘦男人进里边去了。

瘦男人很快就把面端了上来，用一个橘黄色的塑料大托盘，碗特别大，毫不夸张地说像个小洗脸盆，胖子说的那种小碗根本就没有，碗虽然大，里边的面却只有一半。饭店的瘦男人说咱们这地方吃面都这样，碗大了好拌，碗小了就没法拌。这样的半碗其实要比别处的一整碗都多。

我看你说的不错。王生比画了一下，广州的碗才这么大。

我透，还真是这样，太小。年轻胖子也说。

这样的半碗比别的地方一整碗只多不少。王生开始用筷子拌面。

你怎么和他们分手了？年轻胖子这时候已经开始“呼噜呼噜、呼噜呼噜”地吃面，声音真大，他突然问。

王生觉得这不太好回答，关于那座小庙，不是几句话就可以讲清楚。如果不是因为那座小庙，他和滑友们也许现在还在一起，像候鸟那样向南向南向南。王生太喜欢那种感觉了，五个人一起在路上滑行，狼尾头的头发飞扬起来，可真是性感。王生忽然很想把小庙的事情对这个年轻胖子讲一下，如果不是年轻胖子坐在对面，王生觉得自己也许都会对饭店里的瘦男人讲一下这事。这件事，也就是小庙的事，他不讲是不行了，这是一种欲望，他要把心里的欲望释放出来。那件事也太诡异了。他都相信这个世界上真有鬼了。

给咱们再来一碗。让王生吃惊的是年轻胖子这时候已经吃完一碗了，怎么这么快？这简直是让王生吃了一惊，王生的面几乎还没动呢。

王生看着年轻胖子，真是有点吃惊。

我吃饭很快。年轻胖子说不过这面真的很好吃。

瘦男人把又一碗面端过来的时候顺便又把油泼辣子拿过来了，放在了王生和胖子中间，这个你们可以随便加。

太好了太好了。年轻胖子的呼噜声马上又响了起来，声音可真大，他一边吃一边说，我透，太刺激了，这个可真是太刺激了。

我们这地方的辣子主要是香，是印度辣椒。瘦男人已经在旁边的椅子上坐了下来，他给自己点了一支烟，店里现在还没什么人。

可不可以再来点面汤？年轻胖子说。

瘦男人马上站了起来，当然有，他进厨房里边去了。

王生看着胖子，准备讲小庙的事了，王生觉得自己已经憋不住了。

我不得不跟他们分手，太诡异了，可吓坏我了。王生说。

嘭噜嘭噜，年轻胖子看着王生，什么吓坏你了？一句。

那个下下签吓坏我了。王生又说。

嘭噜嘭噜，什么签，你说什么签？年轻胖子又一句。

一连三次都是那个下下签。王生说。

嘭噜嘭噜，签是什么？什么签？年轻胖子又一句。

年轻胖子一边吃一边说一边嘭噜嘭噜。

签就是庙里的那种签，你连这个都没听过吗？王生说。

好像听过。年轻胖子想了想，算卦用的那种吧？

这时有条狗从外边进来了，又马上出去了，很奇怪的是它马上又进来了一下，然后又出去了。这时有车从外面过去，发出轮胎在路面上碾压的声音。王生吃好了，开始抽自己的电子烟。想不到，年轻胖子这时居然又要了一碗，这已经是第四碗了，王生有点被他唬住了，王生看见有汗正在从胖子的腋下流下来，背心那地方都湿了，王生站起来绕着年轻胖子走了一圈儿，这家伙的后背也湿了。

你可不能再吃了。王生对年轻胖子说。

我平时也不这么吃，我平时只来一小碗。胖子说，拍拍胸，又拍拍肚子，以后不会这么放开了，问题是我小时候做了一个手术，所以才这样。

加上这碗你吃了四碗了，你还喝了一碗面汤。王生走来走去。

你说你摇签的事，别说这。胖子说。

你需要减减肥，别吃这么多，我吃完饭习惯走走。王生说，这样对身体好。

问题是我小时候做了一个手术。年轻胖子说，也许是做坏了。

你说说你的事好不好。胖子又说。

那座庙那座庙那座庙……

王生坐下来，开始说自己的事。

我透，你慢点说，你别急。胖子说，我也可以慢慢吃。

这时候胖子的第四碗面其实已经又吃完了，他在喝碗里的面汤，他背心肚子那地方的汗也开始洇出来了，在扩大。

一般来说，乡下都会有庙，这个你知道，这座庙啊那座庙啊或者是其他什么庙，但你根本想不到那座庙会叫“大圣庙”。王生对胖子说。那座小庙其实是在一个小山坡上，从上边看可以看到北边的一些房子，还可以看到对面种的树，都是些小树，应该是树种吧。我们是滑着滑板从北边的水泥路那边一路过来，你知道滑板在这个季节的水泥路上会很不舒服，但要是到了夏天沥青路就更不行了，我们从北边一路滑过来，我们是雁式滑，也就是滑的时候要把两个胳膊抬起来摆平，像大雁的翅膀，太好看了，这样滑的时候技术不好千万别拐弯，但我们拐了，我们照样拐，拐过那个弯我们一眼就看到了那座小庙，我们都认为那地方发生了火灾，浓烟滚滚的。

我透，什么大圣庙？不对吧，应该是大雄吧，大雄宝殿。胖子说。

也许你说得对。王生说。

大圣可太难听了，还大圣，你知道什么东西才叫作圣。胖子说。

王生马上就明白了，这谁不知道，就是那个嘛，但不是那个字，只不过是那个音，音同字不同，不是下边有个月的肾，而是上边有个又的圣。

知道知道，胖子笑了起来，庙里供的什么？

待会儿我告诉你。王生说。

不过我不喜欢庙，我喜欢教堂。胖子又说。

不管怎么说你总是去过庙会吧，王生说，但我说的这座庙可真是座小庙，因为庙太小了，人就显得特别多，因为是赶庙会，也就显得特别热闹。远远看去，这座小庙真有点吓人，浓烟滚滚的，其实是烧香的人太多了，那座小庙的规矩是不烧香就不许进去，人们只好在一进庙门的那地方先把香买好了，但还是不停地有人出来，不停地有人进去。

浓烟滚滚的。王生又说了一句，站在远处看就像是火灾。

胖子闭了一下眼睛，然后又睁开。

真还想象不出来。胖子说，你继续说。

王生对胖子说碰上这种事最兴奋的就是我们那个郑生。郑生是一下子就兴奋了起来，开始忙他的，郑生有一个老古董莱卡相机，镜头都露出黄铜底子了，他是走到哪里拍到哪里，他经常喜欢把他拍的片子给旁边的人看。这一次出来，他的计划是一路拍下去然后出本画册，他算过了，这差不多要一百多个胶卷，现在胶卷并不像有些人想的那样很难买，其实在网上是很方便的，而且也不贵，只不过现在用胶片的人是越来越少了，其实网上还能买到那种古董级的玻璃底板，不过太贵了。王生对胖子说这些都是郑生告诉他的。王生说郑生不太喜欢用手机拍照，他也根本就不会用手机去拍。说那太不专业。郑生只喜欢用正经的照相机拍照片。他热衷这个，郑生还有一个小暗室，没事时他会一个人待在里边又是冲洗又是放晒，为此他还带了一个同学，女的，他有时会带她到暗室里去工作一会儿。郑生的专业水准还表现在他出来的时候总带着一个暗袋，就是里边是红布外面是黑布的那种暗袋，郑生用这种暗袋给相机换胶片的时候简直就像是个变魔术的。

平时他那个暗袋里就放着一些乱七八糟的碎东西，比如小茶叶筒。

现在谁还喝茶，我只喝咖啡。胖子说。

去星巴克吗？王生对胖子说，但你最好不要加糖。

你继续说你的。年轻胖子说。

王生就继续接着说，说郑生在小庙外边拍照片的时候别的滑友就都陆续进了小庙里边，外边其实也没什么好看的，不过是小庙的院墙上插了些各种颜色的彩旗，因为那些彩旗是庙会期间才会拿出来插一插，所以颜色就显得特别鲜亮好看，而且，旗子都是那种三角形的。

黄生和何生还有王生他们就都挤到里边去了，他们想看看里边供的到底是什么佛，因为进门的时候他们不得不买香，所以他们都准备把香在佛前烧了，这种东西不烧也不能扔，又不能交给旁边的人。黄生说，真他妈挤，待会儿挤上去的时候我要给我母亲磕几个头。他这么一说何生也就想起了自己也要磕几个，给自己的父亲，他父亲前不久病了，就这么回事，但人太多了，他们想看看跪在里边的人怎么磕头都看不到，磕头这种事也好像是个技术，手怎么这么一翻再那么一翻，怎么举起来，再怎么放下来，就像学校里的眼功保健操。做完这些动作人才能再伏在那个各种碎布缝的花花绿绿的垫子上许愿。小庙的佛殿里人真是多。黄生他们还是终于挤到了前边，是黄生第一个忍不住先大声笑了起来，他一眼就看到供在那里的佛原来是个孙悟空的像，立着，拿着根柳木棍子，也不大，像个小孩儿那么高，身上的彩绘有点脱落了。但他手里的棍子上挂了不少红布条子，像流苏，还有一条蓝色的哈达。

他妈的，原来供了个孙猴子。黄生马上就笑了起来。

我上初中读《水浒传》就认识他了。黄生已经把身子转过来了。

谁想烧谁烧吧，我是不烧了。黄生说。

站在黄生旁边的人都用那种多少有点惊恐的目光看着黄生，其中的一个人对黄生说年轻人这可不能开口胡说，可灵着呢。这人说话的时候黄生已经抽身从里边挤出来了，别的滑友也都紧跟在他的后边，都把滑板在手里高高举着，这样才不会碰到别人。从这个门好不容易挤出来之后，他们举着滑板往西边走，然后就看到了旁边的那间屋子，桌子上放着签筒，有不少人安安静静排在那里等着摇签。因为是小庙，也没有解签词的人，也不用用签上的号去对签条看自己摇到了什么吉言祥语，竹签的头上都直接写着，上上，中上，平中，平下，下下。下边就是那些词，合辙押韵的都是一些好听话，当然下下签上边的话就不好听了，还挺吓人的，那些签都是用比较厚的竹片做的，已经被人们放在签筒里摇来摇去弄得像古董。但写在签上的字还能让人们看得清，上边的字是用红油漆写的，一般都不会被磨损掉。

黄生他们就排在那里准备摇签了，这才发现这个摇签的地方倒是坐了一个像和尚又不像和尚的人，因为他没穿和尚的衣服，所以不能说他是和尚。等到黄生要摇签的时候，这个人却突然开了口，说，先敬香后摇签，要不不灵。黄生便把香点着插在桌上的香炉里，然后开始摇。他把签筒放在手里“哗啦哗啦”摇了好长时间，真是好长时间，之后才从签筒里跳出一根签来，“啪啦”一声，就是跳，一下子就跳了出来，据说有时也会跳出两根，如果两根，一根是上签另一根是下签，这两根就叫作阴阳签。黄生摇的这个签是平上，黄生想让坐在那里的人给他看一下，讲一讲，那个人说现在都是有文化的，你自己看，我只负责老人和盲人。

你自己看吧。那个人说。

其实我也不相信这个。黄生对那个人说。

不相信你就别摇。那个人说这种事不能开玩笑。

宗教还不都是骗人的把戏？黄生说。

那个人就不再说话了，看样子像是生气了。

县长和市长都来摇呢，还上布施呢。这个人又突然开了口。

那他们更是胡闹，只能说明他们没文化，孙悟空又不是佛，孙悟空不过是个小说里虚构的人物。黄生有点结巴了，黄生一急就结巴，我们第一学期学的就是这，古典文学没有不讲这的。

说这些做什么？你在外边等着我们。郑生拍了一下黄生。

黄生就笑着出去了，举着他的黑色滑板，往外挤，一挤一挤。

黄生摇完，该着何生来摇，何生也是个平上，何生摇完该着郑生，郑生欢天喜地笑得马上都合不上嘴，他是支上上签。他想让那个人给看一看，那个人说年轻人你自己看吧，上边那不是写得清清楚楚的嘛，你这个签好，上上还有不好的吗。那个人突然把他自己的手机掏了出来要想看详细的解释你就加一下微信。

十块钱加一下，回去仔细看，想怎么看就怎么看。那个人又说。

程生马上就加了一下那个人的微信，而且还把他刚才摇到的那支签用手机拍了一下，说要马上发到群里给朋友们看看。

签也是古老文化的一部分。郑生对那个人说。

那个人马上就高兴了，你一看就是高才生。

我明年毕业。郑生说。

大学吧。那个人说。

当然大学啦。郑生说。

年轻胖子一只手放在自己的肩膀上，另一只手放在自己的肚子上。他听得很认真，王生说话的时候他就一直看着王生，他微微有点喘息，轻微的咝咝声。

我手机里也有那支签的图。王生对年轻胖子说，你想不想看？

我还真没见过签是什么样。年轻胖子说，这都是什么时候的事？

昨天啊，是昨天的事。王生对年轻胖子说。

你摇的是什么签？怎么就把你吓坏了？年轻胖子说。

可吓坏我了，所以不能继续走了，毕竟是在路上。

你还真信了？年轻胖子说。。

一连三次啊！王生对年轻胖子说自己真被吓坏了，别人也被吓得够呛，就相信一回签上说的话吧，这种事，宁可信其有不可信其无。郑生这么说，黄生也这么说，何生有点发呆，说这种事真不可思议。

他们都劝我不要再继续向南滑了，所以现在就只剩下我一个人了。

你刚才说你一连摇了三次，不是说只能摇一次吗？年轻胖子说。

按规矩只许摇一次，但我和我的那些滑友当时都被吓坏了，紧接着就又摇了一次，摇完第二次就更吓人了，我就又摇了第三次，让任何人都想不到的是第三次摇出来的签还是前两次摇到的那支下下签，周围的人当时脸色都变了。

你是说你一连三次都摇了下下签？胖子说。

王生把手机打开了，他要把那支下下签的照片从手机上找出来让胖子看看。

一连三次，怎么会这么巧？胖子又问。

所以你必须要信，有些事谁也说不清，你信就行，你看。王生找到了，用手指在手机屏上放大了一下，又放大一下，递给年轻胖子。

有些事真是说不清，但说不清不等于不存在。年轻胖子把手机接过来。

一连三次都是同一支签，三次都是同一支，你说吓人不吓人。王生说。

所以你就退出了？所以你就不滑着你的滑板去太原了？胖子说。

太吓人了。王生说。

放签的那种筒里边有多少支签，年轻胖子问王生。

不等，有的也就十多支。王生说。

怎么这么不清楚，看不清。年轻胖子又把手机还给了王生。

我念给你听。王生说，王生已经把签上的那几句话背会了：三春一场黑雪飞，外出老少快自归，如若不听人相劝，病倒路上无人埋，性命人财一堆灰。

第一次摇出的就是这个？年轻胖子问。

是。王生说。

第二次摇出的还是这？年轻胖子问。

是。王生又说。

第三次又是吗？年轻胖子说这可真是不一般了。

你说怕不怕？一筒签，摇来摇去偏偏跳出这一支。王生说。

你说怕不怕？一筒签，再摇来摇去跳出来的还是这一支。王生说。

你说怕不怕，一筒签。第三次摇，摇来摇去它又跳出来了。王生说。

年轻胖子不说话了，他有点吃惊，他看着王生，这种事，他从来都没听说过，但他对这种事是既不怕又不那么热衷。他倒是对王生很感兴趣，他很喜欢王生留的这个发型，狼尾头真的很帅，这种发型能让整个人都显得精神起来。

年轻胖子对王生说，我爸在森林派出所当森林警察，要不我们去森林？

一筒签被我摇来摇去摇了三次，三次都跳出的是这同一支，你说怕人不怕人吧？但我现在不怕了。王生又说，我想过了，越想越怕还不如不怕。

对。年轻胖子说，虽然我不明白这是什么事，但你别怕它。

我现在已经不怕了。王生说。

回去的路上一定小心。年轻胖子说，其实你坐大巴更方便。

下午一点多的时候，王生和年轻胖子都已经吃好了，也歇好了，他们该离开这家小饭店了，王生把自己的包收拾好了，年轻胖子原来也有一个包，已经被从小饭店的角落里拿了出来。这时有人从外边进来了，是开大卡车的司机，满脸都是黑，他们进来吃中午饭。他们先洗脸，扑哧扑哧、扑哧扑哧、洗完这一盆，哗的泼出去，再来一盆，别人又接着洗，扑哧扑哧、扑哧扑哧、我可以陪你走一段，因为我也要朝北走。年轻胖子对王生说，他跟在王生的后边，王生走在前边，拎着他的黑色双翘滑板。他们从饭店出来。

王生上滑板的动作真是漂亮，他不知怎么就把滑板在地上一下就立了起来，不知他是怎么使的劲，立起来的滑板在原地转了起来，王生把身子又轻轻一蹲一纵，真是漂亮，人已站在了他的双翘滑板上了，王生不知又使了什么劲，让滑板和他的身体同时跳了起来，落地的时候，滑板又开始旋转，然后才是蛇行，蛇行出七八米然后再倒退着回来。王生踏着滑板倒退着回来的时候身子轻轻碰了一下年轻胖子，王生用一只胳膊搂了一下年轻胖子。

再见，以后千万要少吃点。王生说。

再见。年轻胖子也说。

再见，王生又说，挥挥手。

年轻胖子马上就叫了起来，那边南，你怎么朝南？

没错，我就是要继续朝南。王生说。

你不回家了吗？年轻胖子把两手放在了嘴边。

我要滑着滑板去太原，我现在什么都不怕了。王生也大声说。

路上小心——年轻胖子把双手放在嘴边大声说。

滑着滑板去太原、滑着滑板去太原、滑着滑板去太原——王生的声音远去了。

滑板此刻和王生是一体的，公路被太阳照得很亮，在这很亮的公路上王生滑出的每一个弧度都是那么优美，他的狼尾头在飘扬起来飘扬起来飘扬起来……

天堂唢呐

从早上到现在，一阵又一阵一阵又一阵的唢呐声就从没停过。

不能让他再吹了，再吹也许真要出事了，都快吹一整天了。宝树媳妇对宝树说。宝树媳妇有些担心，她望着上边，山坡上是竹丛，竹丛后边还是竹丛，她想自己应该上去看看。能劝他们下来就把他们劝下来，人们的耳朵里现在都是唢呐声。可别吹了。宝树媳妇又对宝树说。

宝树的车停在山脚下，天已经开始暖和了，道边的杏花早都谢了，已经长出了星星点点的嫩叶。有人在采茶，虽然很远，宝树能看出来采茶的是又瘦又高的李家梁，他是宝树的同学，在河南信阳那边当过几年兵，背着个竹篓正在那里采茶。李家梁对宝树说要采些新茶给宝树的伯伯喝。李家梁说这事光听着就让人伤心死了，六岁离家，四十年后回来，结果父母都不在了，这也太让人伤心了，所以说什么也得让他喝一点今年的新茶才是。说这话的时候李家梁的眼圈儿也红了，他现在正在那里采茶，然后就该回去炒茶了。现在炒茶都用电锅，很方便的。

从宝树站的这个地方可以看到山坡上的动静。父亲此刻正坐在那里抽烟，父亲的哥哥也就是那个瞎子在吹唢呐，背对着这边，所以只能看到他的背，有点驼，不知为什么瞎子的背都会有点驼。

宝树对宝树媳妇说，我真的想不起他来了，宝树说还是很早很早的时候听父亲说过这件事，他们昨天还算了一下，真的都有四十多年了，这可不能算短，谁都不会想到他会突然回来，怎么说呢，这事让几乎是所有的人都觉得有那么点伤心，得到信儿的亲戚们都三三两两地赶过来了，人们差不多都快要想不起他来了，突然间，他回来了，就这么回事。不少人眼睛都红红的。

站在宝树和宝树媳妇待的地方听唢呐声，一阵高一阵低，怎么听都像是在哭。

真够可怜的，远天远地的赶回来却没见上。宝树媳妇说。

我想他心里现在是要多难过就有多难过。宝树说。

听说瞎子的耳朵都特别好使。宝树媳妇说。

他是用唢呐在哭。宝树说，就让他哭吧。

其实那会儿找个人就说是你奶奶哄哄他也好。宝树媳妇又说了，他离开家都四十年了，村里找个岁数大的老奶奶，反正他也看不到，拉拉手，说说话，就说是他的亲妈，他就不会这么伤心了，再说，他也记不起小时候的事。

唉。宝树叹了口气。你说的也许有道理，反正他也看不见。

山坡上边现在没有什么人了，上午的时候，人们都跟着上了山去了坟地，都以为会像往常那样很快就下来，但到了中午的时候，人们又都陆陆续续地下来了，而且都随便吃了一些东西，先垫补垫补，到了晚上，人们才会好好吃一顿庆祝一下，庆祝什么？庆祝宝树的瞎子伯伯从外边回来。因为宝树的这个瞎子伯伯，因为这个时隔四十年才从外边回来的人，村里要办一次大宴，杀了两头肥猪，蔬菜和鱼还有别的东西也都买了回来，当然还有酒。做饭的是本村的李本希，把东西差不多都已经做好了，不少女人在那里帮忙，香味已经传出好远。这顿饭是宝树父亲操办，宝树对父亲说这花不了多少钱，好好操办一下，这些钱我都出了。

宝树说话的时候眼圈儿都红了，宝树父亲的眼圈儿也红了。

你奶奶活着该有多好，她等啊等啊。宝树的父亲小声对宝树说。

我奶奶真是应该多等几天。宝树也是想不起别的什么话了。

真没几天，她就等不下去了。父亲说。

鞋呢？宝树的父亲忽然想起那双鞋了，站起身忙去找鞋子了，这里翻翻，那里翻翻，那双鞋是宝树的奶奶给宝树的这个瞎子伯伯做的。鞋马上被宝树的父亲找到了，就放在柜子的顶上，用毛巾包着，鞋里放着一些枣。

早上上山之前，宝树看着瞎子伯伯把那双鞋穿在脚上了，还正好。

正好，妈做的鞋。宝树的父亲在一边说。

正好，妈做的鞋。瞎子伯伯用手摸着鞋。

宝树看见瞎子伯伯的眼里开始流泪，他不停地流泪，不停地用手摸鞋子。

村子里现在是很少办这种大吃事了，村子里把这种全村人参加的宴叫作大吃事。桌子也从祠堂里搬了出来，这些桌子平时都放在祠堂里边，漆了明漆，办大事的时候才会被搬出来。现在它们又被搬出来了，被放在河里洗刷干净了。在村街上被摆成了一排。这就让村子里有了某种过节的气氛。不少人都从外边回来了，除了宝树家的亲戚，远远近近的乡邻们也都赶了回来，其实他们都刚刚离家才不久，因为春节刚刚过去。虽然忙，但他们都想回来看看四十年前被人贩子拐走的天堂。

宝树的瞎子伯父名字叫天堂，这好像不是人的名字，但不少人还记着这个名字。天堂的名字是怎么起的呢？因为村子里原来有个教堂，天堂的名字是那个比利时神父给起的，比利时神父的坟还在教堂的后边，是个很大的土堆，不过教堂现在不在了，只有四堵高墙在那里立着，墙可真是太高了，上边平时总是落满了野鸽子。这个教堂的西边还有个石头砌的酒窖，神父的葡萄酒就放在里边。神父当年种的葡萄现在可是都没了，那片地荒着。

不息的唢呐声从山坡那边传了过来。

这会儿，宝树的父亲还陪着他的哥哥天堂在上边，陪着他在父母的坟前吹唢呐，宝树的父亲不说话，一根接着一根抽烟，天堂也不说话，他在不停地吹，有时会停下来擦一下眼泪。包括宝树的父亲，人们都不知道天堂怎么会变成了个瞎子，人们还都记着他小时候可爱的模样，大大的眼睛，水灵灵的招人喜爱。他怎么就瞎了呢？他怎么就瞎了呢？人们知道他身上肯定会有不少故事，一个人在四十多年的工夫里没有故事才怪呢。人们都想知道这些。都想知道他被卖到了哪里？那家人待他好不好？那家人除了他之外还有些什么人？河南那边的人听说都很好。天堂待的那家人家是开响器班子的，所以天宝从小就学会了吹唢呐。

还是在春节前，有人到家里来给宝树的奶奶采血，是两个公家人。宝树，还包括别的那些人都不知道公家人采血做什么？后来才知道是为了匹配，和什么人匹配呢？和当年被人贩子拐卖的一个人匹配，公家的人说，那个人也许有可能就是宝树父亲的哥哥天堂。公家的人这么一说，人们就再次想起了六岁上被人贩子拐走的天堂。但人们谁也想不到天堂过了春节竟然就突然回来了，人们去车站接他，一路上都发愁该怎么告诉天堂他娘刚刚去世的消息，谁也没主意，这太突然了，也让人太伤心了。

宝树对宝树媳妇说，他肯定还以为奶奶还活着，所以才急着往回赶。

当年，人们都知道天堂的父亲，也就是宝树的爷爷，为了寻找六岁上被拐走的天堂出了车祸，当时就没了命。那是十多年前的事了。而宝树的奶奶是年前才去世的，采完血，当人们告诉了她采血是为了找她六岁上被拐走的天堂，要是对，天堂马上就可以回来和家人团圆了。宝树的奶奶激动得当时就大声哭开了。并且开始着手打铺衬做那双布鞋。人们都说宝树的奶奶是不应该做那双鞋的，是累坏了，现在村子里谁还做鞋？而她一定执意要做那一双布鞋，做完鞋，她突然就去了，没病没灾也像是不难受，忽然就去了。鞋子就放在柜子的顶上，被一条干净毛巾包着，宝树还记着奶奶往鞋里放枣子的情景，奶奶一边往鞋子里放枣一边还说放几个枣在鞋里天堂就会早早地回来了。

回来吧天堂，你给娘赶快回来吧。宝树的奶奶对着那双鞋说。

那天，去车站的人们着实都吃了一惊，想不到从车上下来的天堂会是个瞎子。在此之前，没人告诉过人们天堂是个瞎子。天堂出现了，摸摸索索地在车厢门那里出现了，手里拄着根棍。摸摸索索，摸摸索索。

怎么回事？不知谁在下边说。

怎么瞎了？又有人小声说。

让宝树吃惊的是，他原以为自己的父亲不会哭了，因为他已经老了，虽然还不算太老，刚到五十。还因为他的哥哥天堂毕竟是六岁那年就消失了，宝树以为他们也许谁都不会记起对方了。但太让宝树吃惊了，那个叫天堂的人，也就是宝树的伯伯，当他被两个人搀着从车上摸摸索索地走下来，宝树看见父亲忽然就冲了上去，一把就把他的哥抱住了，而且，突然就爆发出了哭声。父亲的哭声从来都没那么响亮过，那是多么响亮的哭声啊，虽然火车站人声嘈杂。他这么一哭呢，不少人也就都跟上抹眼泪。

你眼睛怎么啦？你眼睛怎么啦？天堂你的眼睛呢？

宝树听见父亲在大声问，大声问，然后更哭得就更厉害了。

我真想不到他会哭。宝树对宝树媳妇说，这我真没想到。

你说，六岁的模样能和现在有一点点联系吗？宝树媳妇说。

宝树说这就是亲人，亲人与亲人之间有时候是很奇怪的，真的很神秘。

想不到你当时也哭了。宝树媳妇说。

宝树说我根本想不到我会哭，我怎么也一下就哭了起来，我都没见过他。

这么说话的时候，宝树的眼圈就又红了起来。

唢呐声，不停的唢呐声，被风从山坡那边哀伤地吹了过来，不绝的风，不绝的唢呐声让下边的人们心里都很难受，这是多么好的春天啊，不冷也不热，有几个还能记起天堂的老人在用很低的声音在说话，他们都在努力回忆他们小时候的事。他们小时候都跟天堂玩过。其实他们也都不能算老，也都才五十左右，是既能抽又能喝还能做点别的什么的岁数。他们知道，此刻天堂是在用唢呐跟地下的父亲和母亲说话，他有说不完的话。问题是，天快黑了啊，该吃饭了，吃完饭再说啊。

天堂根本就不应该回来，他还以为他娘活着。有人说。

就应该事先告诉天堂他娘也不在了。又有人说。

他两眼什么都看不到回来可太不容易了。

早知道这样应该找个人哄哄他，李家奶奶就可以。不知谁又在说，就对他说是他的娘，他又看不到，也许心上会好过点。

那边的人在说话，宝树和宝树媳妇站在这边也在说话。说实在的，宝树媳妇看看旁边，小声对宝树说，他跟你爸可一点儿都不像。

宝树说你什么意思？

宝树媳妇说没什么意思，就是长得一点都不像。

有的兄弟长得一点都不像但他们就是兄弟。宝树说。

这么多年他都做了些什么，是不是一直在吹唢呐？宝树媳妇说。

你说盲人还能做什么？宝树说，还能做什么？

宝树媳妇不再说什么，她跟别人一样，希望唢呐的声音马上停下来，希望宝树的父亲和天堂从上边慢慢走下来，亲戚们都等着呢，饭菜也都差不多做好了，天毕竟快黑了，当然天黑对一个瞎子来说和天没黑没什么两样。

他中午就什么也没吃，就这么一直吹。宝树媳妇说。

我得上去看看。宝树说。

宝树媳妇跟在宝树的后边。

他是太伤心了，出点什么事也不好。宝树说。

他眼睛到底是怎么回事，怎么瞎的？宝树媳妇说。

他也许会告诉咱们。宝树说我伯也真是太可怜了，六岁被拐卖，现在又都什么也看不见，人好不容易回来了，我奶奶又不在了。宝树停下来又不走了。

唢呐声从山坡那边传过来，不绝的唢呐声，嘀嘀哒哒，哒哒嘀嘀。

宝树的父亲和他哥天堂终于被人们从山坡上扶了下来，他们从上边下来了，人们这才发现天堂的背真是很驼，好像不驼他就不会走路了，好像不驼他就不会在那儿站立了。他的一只手里拿着他的唢呐，不吹唢呐的时候，他的脸上就挂着笑。有人想帮他拿一下唢呐，他坚持要自己拿，手把唢呐攥得更紧了。他的另一只手里是一根竹棍，是宝树的父亲给他在山坡上临时砍的，天堂原来手里那根光溜溜的棍子留在了宝树奶奶的坟上，天堂说，我把它插在这里就是我陪着我娘。和所有人的想象不一样的是宝树的伯伯天堂一点都不瘦，而且有点胖，但印象中一般的瞎子都应该比较瘦，胖瞎子一般还真是少见。人胖了就显得年轻，天堂和他弟弟也就是宝树的父亲站在一起就好像他比他弟弟还要小好多岁。瞎子天堂现在是满嘴的河南话，因为他六岁上就被卖到了河南信阳，他知道自己是四川这边的人还是前几天的事。

我是四川人吗？天堂像是很吃惊。

那两个公家人说，你当然是四川人，你还会是哪里的人？

现在，怎么说呢，天堂身周围的人都在说四川话，这是他的乡音，但他却听不太懂。不少和他小时一起玩过的这个那个都过来争着和他说话，他是一点都记不起来了，他不吹唢呐的时候脸上就笑得很灿烂。他说，在他的记忆里，是有一条河的，他说那条河的味道是腥腥的，在太阳下是亮亮的。这条河当然还在。有人马上就说了，河就在边上，比原来都宽了。村子呢，原本就是挨着这条河，那条前几年才修的村街也就紧靠着河，晚上的长桌宴就摆在这条河边。有人马上就牵着天堂的手要他去看看河了，其实他是看不见的，既然他说到了河，说到了太阳下亮亮的河，人们就都有些莫名的激动，就想让他看看河了，但天堂是看不见的，但人们还是把他带到了河边，河的两边，前几年政府都给修了石条砌的河坝，当然有台阶，人字形的。女人们会从台阶上下到河边洗衣服或洗菜。那些鸭子也都会从台阶上上来或下去。

宝树的父亲，拉着哥哥天堂的手把他带到了河边。

然后是宝树，站在下边，把伯伯天堂的手从父亲的手里接过来，退着，一下一下把伯伯天堂从台阶上带下去，就这样来到了河边。不少人都跟在后边，他们都想看看天堂到河边会做些什么。村边的这条河原是碧静碧静的，流淌的时候像是连一点点声音都没有，所以它才有了“哑河”这个名字，前几年有人说“哑河”不好听，才把它改成了“雅河”，此刻是黄昏时分，有鸭子在河里游动，白的，花的，还有黑的，黑的那种鸭是红脸红冠，毛真是黑，脸儿和冠子可真是红，所以人们都叫它们“红脸儿鸭”，它们刚才还在河边啄来啄去，现在来了人，它们就都忽然一下子游到对岸去了。一边游一边大惊小怪地“嘎嘎嘎嘎”乱叫。宝树把伯伯带下了台阶，带到了河边了，宝树两手搀好了伯伯让他在水边站定了，然后再让他慢慢蹲下来，河水沁凉沁凉的气息从水面上一下子就漫了上来，瞎子天堂的手已经探到了河水，河水是温暖的，它在太阳下流啊流啊，从很远的地方流过来，太阳的温暖就都在这水里了。河水从天堂的十指间哗哗流过，河水也好像是知道是天堂回来了，它们流着流着就把天堂的整个手都给淹没了，不是它们把天堂的手给淹没，是天堂把手整个都伸到水里了。天堂想起来了，想起自己小时候在这条河里游泳摸螺蛳的情景。天堂又用手摸旁边的石头台阶，几乎把每一级台阶都摸遍了。那些鸭子，此刻又都游了过来，这里啄啄，那里啄啄，态度像是极其专注极其认真，其实它们什么也没有啄到。这些鸭子，也都马上要从水里出来了，天黑它们是不会待在水里的，它们也要回家，它们也各自有它们自己的家。

鸭子？天堂说。

对，鸭子。宝树说。

谁家的鸭子？天堂又说。

咱们家也有。宝树说。

什么颜色的鸭子？天堂说。

白的花的黑的。宝树说。

我记着鸭子。天堂说。

宝树扶着天堂伯伯从河边的台阶上来了，有人这时已经接好了灯，长桌宴要有一长串一长串的灯照着才好看，那一长串一长串的灯有红有绿也真是好看。宝树的父亲，又把哥哥天堂的手从儿子宝树的手里接了过来，他要把他引到应该他坐的座位上去。而瞎子天堂却又突然说起了钟声。

我想起来了，我还记着钟声。天堂说。

那时候神父还活着，天天敲钟。宝树的父亲说。

我想起来了。天堂又说。

所以你才叫天堂，神父给你起的，你叫李天堂。宝树的父亲对天堂说。

天堂呢，是前几天才知道自己的真名叫李天堂。而他在河南那边的名字却是叫褚建美，这是他的大名，小名叫玉米棒子。

你叫李天堂。宝树的父亲对哥哥说。

我叫李天堂。宝树的伯伯说。

生你那天教堂正在敲钟，宝树的父亲说。

那你叫什么？天堂问弟弟。

我叫李主在。宝树的父亲小声说，我的名字也是神父给起的

宝树的父亲又把嘴凑近到天堂的耳边，小声说，咱们的名字都是神父给起的。

我要去看教堂。天堂说。

马上要吃饭了。宝树的父亲说。

我要去。天堂说。

天堂坐不住了，他摸索着站起来，他想要马上就去看看教堂，他说一定要看看看看，一定要看看看看。但他能看到吗？好在教堂就在村北边，走不多远就到了。宝树的父亲只好又拉着天堂的手，领着他往北走，先是经过了那个小邮电所，那个邮电所还是比利时神父的前任神父给建的，民国年间就有了，都多少年了，现在已经是一个让人们参观的观光点，过了邮电所是一小片一小片的菜地，有人正在地里做着什么，是在施肥，把长柄子粪水斗里的粪水一斗一斗地浇在碧绿的菜上，菜地里的人看到宝树的父亲了，他直起腰来，把粪水斗放下，他和宝树的父亲打招呼，他亲切地说。

你回来了啊，你回来了啊。

回来了回来了。天堂却抢先回答了。

你唢呐吹得好，你唢呐吹得好。这个人又亲切地说。

不好不好不好不好。天堂说。

这个人，放下了手里的粪斗，弯下腰，又直起来，递过来好大几棵菜非

要让宝树的父亲拿着。

吃吃家乡的菜，吃吃家乡的菜。

不用了不用了。宝树的父亲说。

拿着拿着，拿着拿着。

过了这一小片一小片的菜地，就是那个长方形石头砌的池子了，人们都知道这是过去神父游泳的池子，池子的底部是一头深一头浅。现在池深的那一头里边还有点水。过了池子，就是教堂了。此刻太阳已经落了下去，但天光显得就更红了，红红的天光照在教堂那已经没了顶子的四堵墙上，忽然间那四堵墙像是要放出光来。鸽子原已经落定在上边，此刻又一下子飞了起来，一只飞，其他的都跟上飞，几十只鸽子在教堂上空绕着圈子飞，鸽子在天上飞的时候总是兜圈子，往东飞，飞着飞着又转向了北，往北飞，飞着飞着又转向了西，转向了南。它们是要飞就都飞，要落就都落。它们现在又都落了下来，它们落在教堂那四堵墙的上边，它们居高临下地看着下边，咕咕咕咕不安地叫着，看着下边宝树的父亲和天堂在慢慢慢慢绕着教堂走，还有几个人跟在他们后边。一边走一边说着什么。

天堂走得相当慢，他一边走一边用手抚摸着教堂的墙，慢慢地摸，慢慢地摸，好像是，他要把教堂的砖一块一块都摸到。

走在天堂旁边的宝树的父亲小声告诉天堂，也就是告诉他的哥哥，那口钟，前几年，被乡里拉走了，现在还放在乡政府的院子里。

河边长街上的长桌宴开席的时候天已经黑了下来，天一黑呢，那些彩灯就显得更好看了，就像是，刚刚过去的春节又回来了。酒啊菜啊的香气已经弥漫开来。天堂呢，自然是被请到最最重要的那个位置坐下了。他虽看不见什么，但他的耳朵或许能感受到更多的东西，能感受到这远别了四十年的人情爱意，种种样样的欢喜和亲情在这一刻间像是一下子又都回到了他的身上。说话声和笑声，朦胧之中的光亮和稀薄的色彩，他好像又都感受到了。有人过来敬酒，这个过来，那个过来，都天堂天堂地叫着。天堂的眼睛虽看不见，但他的耳朵看见了，耳朵难道可以说看见吗？怎么不可以？

天堂站起来了，他是要向他别离了四十年的人们和这块土地敬酒了，按规矩，他是要先洒杯酒在地上敬一下生他养他的土地，然后再把乡亲们人人都敬到。但他的手举起来的时候，人们发现天堂举的不是酒杯，而是他的唢呐。是与他时时刻刻须臾不分的唢呐。唢呐声突然响起来的时候长桌宴上的人都一下子静了下去。人们都往这边看，坐得远一点的人都站了起来朝这边看，人们都看着这个六岁上离开这个村子四十年后又回到这个村子的天堂。

天堂用足了劲在吹着一支十分欢快的曲子，这曲子的节奏真是欢快极了，真是好听的曲子，是一个高潮刚下去，又把另一个高潮马上带了起来。有人知道天堂吹的这支曲子的名字原是叫“百鸟朝凤”。人们都听着，把杯半举着，都看着天堂，唢呐曲子真是欢快，但天堂的脸上却早已是泪流满面，满脸都是泪，天堂的泪水决了堤，从天堂那双什么都看不见的眼里流出来流出来流出来……

吊车还能派什么用场

这个聚会，怎么说呢，很早就约下了。

到了这天，朋友们都来了，鲍铁也烤好了他拿手的小点心。

鲍铁把前不久那件事已经告诉了几乎每一个人，但人们还想听他再讲讲。五年的时间不算短，春夏秋冬加春夏秋冬再加个春夏秋冬还要再加两个，时间可真够长的，怎么可能呢？一个死人一个活人，两个人关系再好，也不可能五年都睡在一起，“这事真会吓死人！”朋友们都说。

这样的聚会，一开始就讲死人的事像是有点不太好，那么就让我们先说说聚会的事吧。是这样的，人们都坐在鲍铁院子里的那棵桂花树下边喝茶，桂花的香气明显压过了茶的香气，这种聚会简单得很，在桂树下。人人都喝那么点茶，想吃就吃点鲍铁烤的那种小点心，还别说他的点心还真烤得很好吃，不是那么死甜。一般来说，只要鲍铁一招呼人们过来喝茶就一定有他亲自烤的小点心，而且他会一回烤许多，走的时候会给朋友们每人都带那么一点，用精致的牛皮纸袋装好。人们说一个大男人，当年踢足球的，想不到会烤这么好的点心，所以他根本就不需要找什么老婆。有人这么说了，不管是什么人说的吧，马上就有人跟着来了一句，“难道娶老婆就为了给你烤点心吗”？这话就说远了。有人马上就又说到性生活，说性生活这种事总离不开老婆吧？这话马上又招来人们的嘻嘻哈哈，说现在的性生活是多种多样，“这种事发展到现在已经不必非要女人参与”。大家这么说话的时候鲍铁就一直微笑着，鲍铁长了张四方脸，白白净净的，他一直在厨房里忙，一直没工夫坐下来跟大家说话，他用了最地道的西藏牦牛的黄油，所以远远闻着就很香。因为这是在他家，因为他还没结婚，所以他一般不跟人们在一起谈论关于性的事。现在有一个问题是，鲍铁要去西藏支教两年，去教美术，是工作让他非去不可，他屋子里的那么多花怎么办？一种主意是大家每人拿两盆，但这主意鲍铁好像觉得不那么合适。“我可受不了一进家门看不到我的花”。鲍铁说。他是太喜欢他的那些花了。他的屋子里，可以说到处都是花，甚至都有人担心他晚上睡觉会不会因此而缺氧窒息，就像煤气中毒那样。

“一个大男人如果被花毒死了。”米莉说，“你们想想那个画面。”

米莉说自己是个女诗人，但是她就是没时间来写诗，说实话也没人读过她的诗，再说人们对诗也不感兴趣。

鲍铁这时候端着一个很大的玻璃容器过来了，太满了，他走得很慢，但还是荡出来一些。那个玻璃容器可真够漂亮的，是意大利刻花玻璃，是上次米莉从国外带回来送他的，朋友们都很吃惊米莉是怎么带这么大一个玻璃家伙赶飞机场，这真是有点太夸张了。朋友们都知道她是鲍铁的干妈，虽然她只比鲍铁才大五岁，一开始人们都以为他们是在开玩笑，想不到他们是认真的。

“我可是认真的，这是我干妈。”鲍铁说，用一只手搂着米莉。

“我也是认真的，这是我干儿子。”米莉也用一只手搂着鲍铁。

“我们都很认真。”鲍铁和米莉又几乎同时说。

朋友们你看看我我看看你都不知道说什么好了，但朋友们都知道他们的关系非常好，米莉会经常给鲍铁织点什么，比如毛线手套或者是一条毛线围脖子什么的有时候还会是一双袜子，那种毛线织的袜子总是很厚，谁让鲍铁是户外活动者。

鲍铁把玻璃容器端过来了，里边是他给大家准备的西番莲饮料，西番莲的味道一般人都会接受。“够了够了”，米莉对鲍铁说你坐下来说话。“那件事怎么回事，听见怪吓人的，细想一下又怪温馨的，不过这温馨多少有点瘆人”。米莉站起来帮鲍铁把盘子弄好，米莉其实是搞电影的，个子很高，她抽烟的样子很好看。她过来的时候还专门给鲍铁带了一罐美国的海盐，微微泛着粉色的海盐。鲍铁说这么一罐可够我吃一阵子的。米莉说市场上的盐越来越不能吃了，吃了会得肾结石。米莉虽然只比鲍铁大五岁，问题是，米莉还没结婚呢，米莉也不打算结婚了。米莉十七岁的时候就开始谈恋爱了，二十三岁的时候她出了件事，他的男朋友在游泳池里游泳出了事，直接说吧，是淹死了，而且还不是在深水区，那水的深度在米莉男朋友的腰部，这真是不可思议，一个大男人淹死在游泳池的浅水区里。二十七岁的时候，米莉又出了事，那时候她正在跟一个比她小两岁的男朋友打得火热，这个男朋友也出了事，就是在高速公路上，车忽然起了火，人根本就不可能从车里爬出来，那辆车一边冒着呼呼的火苗子一边飞奔，结果是太怕人了，车里边的人被烧成了焦炭。米莉跟鲍铁认识的时候，其实那天也真是巧了，都后半夜了，米莉准备从这个城东边的第二座桥上跳下去，结果就被鲍铁从后边给死死抱住了。鲍铁一直把她送回到家里，一路上他们没少说话。米莉对鲍铁说自己什么都经过了，就是还没有孩子，一个女人是要生过一个孩子才算是个女人。这话让鲍铁吓了一跳。鲍铁也是有点慌了，结结巴巴对米莉说，那么就让我当你的干儿子吧。说话的时候鲍铁两只手都汗津津的。

“结婚没一点点意思。”米莉说，看了一眼鲍铁。

“是啊。”鲍铁给米莉杯里续水，看着盘里的点心。

米莉建议鲍铁不妨再讲讲那件事，“虽然那事真是有点怕人。”

“先说这茶香不香？也许，我会说点别的。”鲍铁在米莉旁边坐下来。

“还是香不过桂花。”米莉又说以后桂花开的时候可千万别再喝这个喝那个，什么都会显得没味儿，就喝白开水就行。

这时候有桂花落下来了，有风，桂花直接落到杯子里了。

“鲜桂花不会有毒吧？”米莉看着杯子。

“怎么会。”这时坐在旁边的乔爱民开口了，乔爱民在翻那本《培根访谈录》，里边的图都怪怪的，这是一本廉价书，里边的图都模模糊糊，而且是黑白的那种，看着让人不舒服。

“不会。”鲍铁也抬头看了一下桂树，“这个小区从来都不往树上打杀虫剂。”停停，鲍铁又说，“有毒我怎么交代。”

“你其实什么事都不用交代。”米莉说。

鲍铁说他待会儿真的有事要向大家交代，他想起了什么，又转身进了一下屋子，把特意给自己做的饮料也端了过来，鲍铁的饮料里从不加糖，鲍铁吃东西向来都很少。他这么一说话人们就都停了下来看着他，不知道他要交代什么。他要交代的事是不是和那件事有关？鲍铁笑了一下，他喝一口给自己做的不加糖的饮料，用餐巾纸擦擦手，又习惯性的用舌尖舔一下嘴唇，再看看左右，好像是他这么一看就把所有的人看到了，然后才说。“我得编一下，我要是不编肯定没人会相信有这种事，虽然这是真事，但说出来没人相信它是真的，都会觉得有些假事，而有些假事，人们却都会以为是千真万确的真事。”

“世上的事都是真真假假的呗，没有一件事是真的，也没有一件事是假的。”米莉说。

“比如说，可以编那天我又冷又渴，好不容易找到个有人烟的地方。”鲍铁看了一眼米莉，“还可以说天下着很大的雪，山上都是雪，山上的林子是黑的，要多么黑有多么黑，有老虎出现了，那老虎在不停地跑，在追他们。”鲍铁说到这儿停了一下，说，“我说我这是个梦行不行？好像是把它说成是梦就可信了。”

这时候电话响了。鲍铁看一下手机，到旁边去了。

“希望他这次去西藏能找到他的爱情。”米莉说。

“人们现在是逃避爱情而不是寻找爱情。”乔爱民笑了起来，说现在就是这么回事，一旦得到了性人们就不会再要爱情了。人们都知道乔西上小学的时候就和鲍铁在一起了，这都多少年了。

“我挺烦人们现在说爱情，因为根本就没有爱情。”乔爱民说。

“差不多。”米莉说，“爱情都是人们瞎编的。”

“有也是暂时的，一上床就没了。”乔爱民说。

“差不多。”米莉说看不出你挺老练的。

“我讲件别的事好不好？”乔爱民笑着说。

乔爱民便开始讲他的一件事，人们都知道乔爱民这几年开饭店开得很成功，已经开到了第四家分店，一般人以为他会很忙，其实他现在倒是很消闲。他会定期去各家店看一下或打几个电话。因为有时间，乔爱民前不久才去了一下九华山。他此刻想讲讲他的事，也就是一个梦，他在九华山做过一个梦，那真是一个奇怪的梦。那次去他原想画几天油画写生，东西都带好了。不少人说在炎热的夏天去南方的山上画写生最好是油画儿，因为蛇最怕油画颜料的味道，油画颜料的味道可以让它们躲得远远的。八九月的时候九华山上有不少蛇，它们像失业游民一样到处乱爬。

“首先是我自己觉得太奇怪了，在九华山上做那样的梦。”乔爱民说。

“有什么奇怪的，不就是一个梦。”米莉说。

乔爱民说这个梦和他几个死去的亲人有关，而他在梦里梦到的几个死去的亲人又肯定与九华山有关。乔爱民说到这里停了一下，说一般人肯定会梦到他们死去的亲人，但是所有的去世亲人忽然都聚齐了在同一个晚上出现在你的梦里这就不同凡响了。米莉打断了乔爱民的话，说他把“不同凡响”这个词放在这里不太确切。米莉这么一说乔爱民就忽然不想再说下去了，乔爱民觉得米莉今天有点儿不太对劲。

“问题是在九华山。”乔爱民不打算说下去了。

这时鲍铁又过来了，把椅子拉了一下，又坐下来，“是一个朋友要过来，我得给他准备一箱汾酒。”

“为什么非要汾酒？”乔爱民说。

“因为这个朋友就喜欢汾酒。”鲍铁忽然改变了自己刚才的想法，可以看出来，鲍铁有心事。“这个故事我不能虚构，我觉得我还是从头讲来更好。”鲍铁说，“然后，我把正经事告诉给大家。”

“会不会太长？”乔爱民说，“别太耽误大家时间。”

“我跟那边的朋友认识有十多年了。”鲍铁说。

这时候又有人过来了，提着什么，举着手朝这边乱晃。院子门口是很高的天竺葵，天竺葵是那种很淡的粉颜色。有点晃眼。鲍铁朝那边看了一下，马上想起来了，是送蛋糕的。鲍铁站起来去把蛋糕接了过来，他没开门，快递员直接从篱笆上把蛋糕递了进来。

“有点心了怎么还要蛋糕？”乔爱民说。

“今天需要蛋糕。”鲍铁说，看了一眼米莉。

“那我就先来块儿。”米莉看了一眼鲍铁。

“第一次去那个林场，已经是五年前的事了。”鲍铁再次坐下来，他把蛋糕切了切，他顺便还拿来了那种塑料小碟子和叉子，鲍铁把切好的蛋糕分别放在小塑料盘子里。大家开始吃蛋糕。鲍铁说你们不知道山里的林场是什么概念。“就是没人，就是一年四季根本见不到人，因为那个山一般人根本就上不去，太荒凉了。”

米莉说，“再给我来一块儿，吃了蛋糕准备跟着你上山，跟着你的讲述上一次山。”米莉接过来，把手里的蛋糕举了举。

“你儿子给你切的。”乔爱民笑着看了一眼鲍铁。

“谁也不知道是他想叫我干妈还是我想让他叫我干妈。”米莉说主要是我们创造了一个与众不同。头发遮着米莉的脸，她甩了一下，这下好了，露出了鼻子，再甩一下，露出了眼睛，米莉又说，“听鲍铁讲吧，他讲他的咱们吃咱们的，反正他又不吃甜的。”

鲍铁讲的时候米莉就不再吃，一动不动地看着他，因为鲍铁又把刚才的话重复了一遍，米莉可以看得出鲍铁心不在焉。

这时候有车从院子外边刹了一下车，尖叫了一声。

“讲得简短点儿，别把咱们这次聚会搞成故事会。”米莉忽然笑了。

“那场雪可下得真大。”鲍铁说，说下雪的日子就是打猎的最好日子，所以我们去打猎了，那时候的人们比现在要幸福得多，就是还能拿着猎枪去打猎，现在猎枪只是个传说。鲍铁说当年他用的那把猎枪是他父亲给他的，“枪托这地方有个小坑儿，我父亲，你们知道他是抽烟斗的，就这么，磕磕磕，磕磕磕，把烟斗放在枪托上磕，把烟斗里的东西磕到那个小坑儿里，然后再用它点下一斗烟。

“猎枪是双筒的，双筒猎枪。”鲍铁说。

“我父亲后来不再打猎是因为他太胖了，你们都不可能知道一个人会有多么胖。”鲍铁把两手张开比画了一下，他怕别人不明白，又把旁边的椅子拉了过来，两把椅子并在了一起，说，“这样的椅子要两把并在一起才够他一个人坐，再说。”鲍铁停顿了一下，“再说我父亲的手指，有这么粗，像一根哈尔滨红肠，那把猎枪的扳机他怎么伸得进去，所以他把那把猎枪给我了。”

“可真够胖的。”鲍铁说。

“你们不信问他。”鲍铁指了一下乔爱民。

“我从来都没见过像他父亲那么胖的人。”乔爱民说。

“你们不知道，我从小是多么怕熟人看到我的父亲或说到我的父亲。”鲍铁说，“我的父亲已经是我们全家人的心病。”鲍铁的脸红了起来，鲍铁说，“我今天把这话说了出来，我从来都没对人说过这话。”

“你怎么啦？”米莉说，“人胖没什么？”

“没什么？”鲍铁说，“一个人胖到无法想象的地步就很可怕。”

“你父亲胖人们都知道。”米莉说，她不知道鲍铁想说什么？

“那还是一开始，你根本就不知道他后来发展到有多胖。”鲍铁说，脸上出汗了，一张脸通红。

“后来连我也只能听人们说了，说他连门都出不去了。”乔爱民说。

“你们其实谁也不知道我和我的家人总是提心吊胆主要就是怕别人看到我的父亲，我觉得那么胖真丢人，人长得那么胖就是丢人。”鲍铁说，“你们不知道我父亲几乎是我们这个地方的稀罕事，人们会说，再胖，再胖就让你胖得像鲍警。这你们知道了吧，我父亲是这一带的片警。后来单位特许他提前退休也是因为他太胖了，人们在一起出去执行任务，总是能听到他“呲呲”地喘，人们站住了，他“呲呲呲”，人们坐下了，他“呲呲呲”，领导在那里讲话，他“呲呲呲呲”，他的喘全是因为他胖，因为他胖，所里都不能执行任务，因为他太胖了，喘还是小事，他只要一随着大家出警，行动马上就会被暴露了，因为他那个胖是绝无仅有。后来他不得不提前退休了。刚退休的那几年他有时候还会出来走走，比如晚上没人的时候去公园遛遛弯儿，后来他就不出门了，家里人想让他出门他也不会从家里走出去。”鲍铁说到这里停了一下，又说，“你们知道我家以前住在那个小区的顶层，后来我的父亲就只在楼顶上活动，他在楼顶上种了不少菜。谁也不知道他是怎么把那么多的土偷偷弄到楼顶上去的，他退休以后主要是晚上才会出来活动活动，那些土肯定是他晚上从下边弄上来的。他在上边种了不少豆角茄子葫芦什么的。那时候通向楼顶的那个门他还能出去，那个门是平推的两扇，这你们知道了吧，那门可不能算窄，因为顶层就我们一户人家，所以整个楼顶就等于是我父亲的了。”你们不知道，每当我父亲在上边走的时候，我们在下边都会看着天花板，一点都不说假话，我父亲只要在上边一走动那天花板就会一颤一颤，后来天花板上的粉刷层都裂得像茶叶蛋。就那么回事。但我的母亲从来都不许我们弟兄几个吱声，我母亲看着天花板对我们说，“你父亲够可怜了，他能走动走动的地方只有楼顶了。”

“胖真是可怕。”米莉说还没见过鲍铁的父亲，只是听说过。

“再后来他就胖到出不了门，他的身体比门宽出了许多。”鲍铁说，又比画了一下，“够这么宽。”

“不敢想象。”米莉看着鲍铁，鲍铁的脸通红，像小龙虾。

“根本就无法从门出去，一旦出去又进不来。”鲍铁说。

“所以你从来都不吃甜的。”米莉叹了口气。

“对。”鲍铁说，喉结动了一下。

鲍铁说话的时候朋友们都看着他，想象着鲍铁父亲的胖，其实这很不好想象，除非你真见过。

“我刚才讲到哪儿了？怎么讲到我父亲这儿了，其实我最怕人们提到我的父亲了。”鲍铁说，“不过我今天没办法不说他，因为……”

“后来呢？”有人问。

“后来他病了，后来他一直胖，他因为胖不能当警察，吃饭就更随便了，更能吃了，他已经不能在床上睡，他只能睡在地板上。鲍铁说。

“他现在还睡在地板上吧？”乔爱民说，看着鲍铁。

“你根本就不知道他现在有多胖？”鲍铁说，“我们弟兄几个坐在地板上围着他，我们只能看到对方的头部，我们的视线都被父亲躺在那里的身体挡住了。”鲍铁说话的声音有点变了，像是要哭了。

“你们不知道，你们不知道。”鲍铁有点语无伦次了。

米莉说，“你讲到了下雪打猎，下雪了，你去打猎，拿着你爸的双筒猎枪。”米莉说，那你就接着说你打猎的事吧，你就别说你父亲的事了，说打猎的事。

“我其实也没什么说的。”鲍铁站了起来，说，好像是在说梦话，“进了山，雪还下着，山上的林子是黑的，黑乎乎的。”鲍铁说，“打猎这种事就不能一个人出去，必须三四个人，最少也得两个人或带条狗，而我是一个人。到了天快黑我才明白我是迷路了，迷了路才懂得害怕。一个人迷了路特别的容易有饥饿感，其实倒不害怕走到什么地方会碰到什么什么，就是想赶紧吃点东西。十个迷了路的人有九个是这样。其实只要是一吃到东西心里就什么都不怕了。后来我们就发现了山里那边的房子，是烟筒里冒的烟让我们发现了那边有房子，我们就去了，我其实也没什么说的。”鲍铁把手里的饮料一下子喝了，朋友们都知道他的饮料里从不加糖，糖可以使人发胖，胖对鲍铁的打击可真是太大了。朋友们等着鲍铁往下说，说那个让人听了有点瘆的故事，一个活人和一个死人在一起睡了五年的故事。

而鲍铁却突然趴在桌上大哭了起来，他伸着两只手，把脸贴在桌子上，就那么哭，忽然又停止了哭，他把脸上的泪擦干净，旁边的朋友们都看着他，知道鲍铁肯定是有事了。

“我父亲前天去世了。”鲍铁说。

朋友们都不再说话，都看着鲍铁，这让他们想不到。

“问题是，我们都不知道怎么才能把他从屋子里弄出去，他太胖了。”鲍铁两眼红红的，他给自己点了一支烟，他是很少抽烟的，他把烟点着，手有点抖，他把烟放在嘴边吸了一下，手又抖了一下。“今天晚上。”鲍铁说，“消防队那边要开来吊车。”鲍铁又吸一口烟，手抖得更厉害了。“他们要把南边的窗子取下来，只有从那个窗口，把窗子全部取掉，我爸才能从窗口给吊出去。是这样的，外边的吊车把我爸事先吊好，我们会在屋里边用绳子拉住他才能把他慢慢慢慢送出窗子，然后再由吊车把他吊着一路送到火葬场。

朋友们都不再说话，都看着鲍铁，朋友们都想不到这件事必须要出动吊车。朋友们都不再说话。都看着鲍铁。

“昨天上午他去世的时候我母亲还以为他睡着了，不过后来发现不对了，怎么能睡那么长时间，过去推他才发现他已经去世了。”鲍铁说，我们真是没有别的办法，我们坐在父亲身边的地板上，我们只能看见对方的头部，你们想象不到他现在有多胖，所以只好用吊车……

鲍铁不再说，又伏在桌上哭了起来。

“吊车。”不知谁轻声说了一句。

朋友们突然都不说话了，几乎是，同时转过脸看南边不远处的那片工地，其实他们只能看到那三四座正在施工的高楼，楼上的吊车正在慢慢慢慢转动着，把一铁斗水泥沙子混凝土吊了起来，又慢慢慢慢转着，又把一铁斗水泥沙子混凝土吊了起来，一群鸽子，忽然飞成了很小很小的黑点，忽然不见了，忽然又飞了回来，忽然又飞成了很小很小的黑点，忽然又不见了……

感情怎么还会这么丰富

不单单是我和巴建国，许多朋友都知道齐哈十多年前把儿子小楚丢掉的事，当时大家都认为是齐哈刚刚和第二任妻子结婚，有许多事在忙，所以照顾不了儿子，但是有一部分朋友认为齐哈的儿子小楚不算小了，都十二岁了，怎么会把自己给丢掉？一个十二岁的孩子是不应该把自己给丢掉的，所以不少人都认为齐哈的儿子小楚是出了什么意外。那一阵子，派出所来人调查这件事，动静够大的，而且还对齐哈家周边的街道做了搜索，连城市地下新修的四通八达的下水道都去了。这都是多少年前的事了，人们现在都差不多把这件事给淡忘了。人们都说齐哈的妻命不好，第一个妻子得病去世，后来紧接着第二个妻子出现了，齐哈的第二个妻子长得可真够漂亮，开发廊的女人一般来说都会把自己收拾得看上去很漂亮。人们都说是这个女人给齐哈带来了倒霉运，她一出现，齐哈的儿子小楚就丢掉了。齐哈可真够可怜的，老婆病死，儿子丢掉，简直就像是做了一场大噩梦。

问题是噩梦醒后一切都还得从头开始，这可真够麻烦的。巴建国说。

没有比这更麻烦的了。巴建国又说。

确实如此，他妈的。我说。

齐哈那天打来了电话，说朋友前几天给他搞了些很好的牛肉，要请我和巴建国一起到他那里随便坐坐喝点什么，齐哈还在电话里说他只请我和巴建国，也没别人。齐哈说他正好还有两瓶 96 度的波兰烈性酒，这个度数可真够吓人的，但吓人的事又往往最吸引人。我和巴建国已经有好久没去过齐哈家了，我问巴建国齐哈这家伙会不会有什么事？

要不怎么会突然请我们去他那里喝酒？

我这么一问，才知道了齐哈和他第二任妻子离婚的事。

怎么了？我吃了一惊。我怎么没听说这事？

没那么简单。巴建国说其实不是离婚。

我看着巴建国，看着他抽了一口电子烟，这个烟的味道可真够香的，柚子加柑橘。

我接过来，想试着吐一个烟圈儿，结果没吐成，这需要技术。

听说是被抓起来了。巴建国说，仰起脸，也没吐成。

我问巴建国，为什么？我又大吸一口，还是没吐成。

巴建国说他也说不清楚，但巴建国说好像听人们说齐哈的女人是和人贩子搅到一起了。

巴建国又吐了一次，这次烟太大了，烟雾腾腾的。

现在做这种缺德事的女人很多。巴建国说，女人一般都要比男人心狠。

我说我们管不了那么多，我说我们应该给齐哈带点什么？

巴建国说就带白茶吧，他前不久刚从福鼎那边回来。白茶是最干净的茶。

我对巴建国说我可以带一打矿泉水过去，波兰酒太厉害，必须一边喝酒一边来几口矿泉水，就跟救火似的。

真让人想不到。巴建国说，会跟人贩子搅在一起。

这确实挺可怕。我说，人贩子不单单只会卖小孩，他们也贩卖人体器官。我就说起国外的一个白人富豪给自己换了一根黑人鸡巴的事，这件事差不多人们都知道了，人们当然也能想象到那个黑人后来会怎么样。

巴建国说，听说齐哈老婆还跨国了呢，把人直接卖到了国外。

多会儿的事？我想知道是什么时候。

不是现在。巴建国说。

什么时候？我想知道这是什么时候？透他妈的，这真够乱的。

巴建国说不是现在，只不过是前不久人被铐起来了人们才都知道了。

想不到吧？巴建国说，齐哈弄不好还得娶一个。

透他妈的，你看看这事。我说。

一个人过其实挺好，结过两次了，没必要再结了，女人这种东西娶一百个跟娶一个完全一样。巴建国说。吸了一大口，这次他又没成功。

我接过来也来了一口，也不行，我对巴建国说我要马上买一支，这就是我的性格。

结果我们马上就去了那家商场，那个卖电子烟的女孩认识巴建国，我挑了一支，因为便宜，我给齐哈也挑了一支。我喜欢黑颜色的那种，给齐哈也买了一支黑的，我买电子烟的时候有一个女的也在挑。我好像在什么地方见过她。我想问一下，但觉得没什么意思。我比较讨厌染指甲的女人，况且这个女人的指甲染过而且已经斑驳了，可真难看。

我当下就和巴建国在电梯上抽了起来，电梯下行，烟雾腾腾的，上行那边有人不停朝我们这边看。

我们去了齐哈家。

齐哈现在住在过去的奶牛厂那边，已经是冬天了，所以路两边的地里没什么可看，夏天路两边的地里会全都是玉米，那种专门给牛吃的饲料玉米，光长叶子和秸秆而不结什么棒子，要结也只有指头粗细，据说这种指头粗细的小棒子专门用来做玉米罐头，我可不爱吃这种玉米罐头，如果吃饭碰巧有这道菜，我宁肯不吃。因为是冬天，现在地里是什么都没有，不像以前，到处还可以见到一边慢悠悠吃草一边往回走的荷兰奶牛，不知道人们为什么总喜欢把那种黑白两色的花奶牛都叫作荷兰奶牛，其实它们和荷兰没有一点点关系。路两边树上的叶子现在也都落光了，车开到离齐哈家不远的地方我发现有不少灰喜鹊从树上一下子飞了起来，它们飞起来其实也没什么事，然后就又落下来了。鸟其实有时候也很无聊的，总是那么飞起来落下去然后再飞起来，除了这它们也没什么事可干，再就是它们会到处拉那种白花花的屎，是这样，它们要是晚上落在哪棵树上睡觉，第二天哪棵树的下边保证就都是白花花的屎，鸟其实都是一边睡觉一边拉屎，在天上飞的时候想拉它们也使不上劲，谁也没见过有什么鸟是一边飞一边拉的。动物啊人啊其实也一样，没有边走边拉这回事。

巴建国说，怎么都是些灰喜鹊？看看有没有乌鸦？

巴建国和我都是乌鸦爱好者，我们的共同喜好就是观察乌鸦。有时候我们两个会站在我家的露台上仰着脸一看就是老半天，夏天一般来说是看不到乌鸦的，只有在冬天，乌鸦才会成群成群地出现，一边叫一边飞，早上从东往西飞，晚上从西往东飞。它们也不嫌冷。

喝完酒咱们就回。巴建国把这话又说了一遍，说今晚咱们不能在齐哈那里多待。

我也没说多待。我说。

齐哈昨天在电话里对巴建国说，晚了就别回了，我这里七八间屋子。

巴建国连说不行不行。

咱们好好儿说说话。齐哈说，现在真是难得一聚，都多少年了。

巴建国想不起有多少年没见了，反正不短了。

都十三年了。齐哈在手机里说。

我们都沉默了一下，都不知道该说什么了，我和巴建国都不知道这十三年齐哈去了什么地方，他都做了些什么？十三年可真不能算短。

待一晚上又有什么？我们好好说说话。齐哈在电话里说道。

巴建国就告诉齐哈他家的那只老猫快不行了，已经走不动路了。为了这事巴建国这几天空前伤感。因为那只猫毕竟在他家都十六年了。那只猫的头部和尾部是深巧克力色，身子的颜色接近卡其色，这种颜色的猫真是很牛逼，这你就知道了吧，那是只暹罗猫，而且眼睛是蓝色的。巴建国家是复式结构，也就是上下两层。巴建国和老婆住下边，厨房和客厅当然也在下边，巴建国有时会睡在上边，如果他要熬夜他就会睡在上边。巴建国给猫准备的猫盆就放在楼上的卫生间里，所以那两只猫也习惯了，拉屎撒尿都会到楼上去。

这猫跟我都十六年了。巴建国很伤感，从昨天开始它就上不了楼了。

这话巴建国已经说过好几遍了。

前几天你还不是给它挂吊瓶了吗？我插了一句。

你根本就不知道，你听我说。巴建国总是喜欢把说过的话一遍遍地重说，这也挺让人烦的，关于那只老猫，他是说了一遍又一遍。巴建国这会儿又把这话重复给了齐哈。说想不到猫看病比给人看病还他妈要贵。光化验就他妈六百，输一次液四百。巴建国对我说本来可以输那种国产的液体，但宠物大夫说还有一种进口的是四百，要比国产的贵二百。

效果怎么样？巴建国问宠物医生。

进口的当然好啦。宠物医生说。

巴建国就决定给猫输四百一次的液体。

这家宠物医院所有人都穿着那种相同的护士服，只不过不是白的，而是淡绿的，上边的图案都是猫，各种姿态的猫，这让他们看上去都很年轻，都像孩子，这倒和那些猫猫狗狗很协调。他们除了给猫猫狗狗看病就是待在那里看手机。那些猫猫狗狗说来也怪，它们一来宠物医院就都变老实了，都会乖乖地待在那里接受输液，它们可能也知道自己病了。巴建国陪着那只老猫输了五天液，他坐在那里没事就和宠物医院的那几个人都混熟了。

二百就行了，输四百是不是有点白花钱？我那天对巴建国说。

因为它从来都没病过，也从来都没输过液。巴建国说。

因为老猫的事，所以巴建国在手机里对齐哈说，晚上一定要回，但可以晚一点。

你不知道我有多少话要对你们说。齐哈在手机里长长叹了口气。

它都大小便失禁了。巴建国又说。

我知道巴建国是在说谁，还是在说他那只老猫，这真没劲。

唉，都十三年了。齐哈又在电话里说。

这时前边来车了，过来一辆，又过来两辆，又一连好几辆。

他在开车，待会儿咱们见了说吧。我把巴建国的手机抢过来给关了。

我把巴建国的手机给抢过来关了，巴建国就好像有点不高兴，巴建国说你是不是不放心我开车，我的技术你又不是不知道。

十六年的猫，要是人，估计够八九十了吧？我觉得我有必要说一句关于猫的话，这有助于缓和我和巴建国的紧张。

什么八九十，够一百二十岁。巴建国说这事他问过宠物医生。

我不再说话，不再说猫的事，我朝车窗外看了又看，希望看到乌鸦，天渐渐黑了下来。车开到齐哈院子外边的时候，我和巴建国看到齐哈已经等在了那里。天已经彻底黑了，齐哈旁边还站着一个人，个子好像比齐哈还要高，进了屋才发现是个姑娘，二十多岁的样子，好像在什么地方见过，说来也怪了，只要是女的，我总好像是在什么地方见过，我透她妈的！现在的漂亮女人长得几乎都一个样。漂亮女人总是让我犯迷糊。

不会吧？是不是又找了一个？我小声对巴建国说。

我看说不定。巴建国也小声说。不过这个个头也太高了。

我好像在哪见过。我又小声对巴建国说。

漂亮姑娘其实都差不多。巴建国说。

我们跟着齐哈进屋，眼看着这个大个子姑娘去了另一间屋。

怎么回事？又找了一个？巴建国小声问齐哈。

一切都过去了，齐哈小声说，一切都过去了。

我和巴建国都不知道齐哈这话什么意思，我俩都看着齐哈。

十三年了。齐哈说。

什么意思？我和巴建国都不知道齐哈是什么意思，什么十三年？

先坐，先喝茶。齐哈说。

我和巴建国知道齐哈肯定有话要对我们说，齐哈换了拖鞋"吧嗒吧嗒"，红拖鞋，他妈的。齐哈去了厨房，他去张罗喝的。就喝红茶吧？齐哈在厨房里问。这时我就又开始抽我刚买的电子烟，这对我来说是件新鲜事。齐哈从厨房出来了，他把煮红茶的电壶放下，鼻子动了一下，又动了一下，说他也要试试。我这才想起我给他买的那支，我打开盒子给他装了一下，然后递给他，我告诉他盒子里是两种口味的烟弹，里边还有一根充电用的数据线。

齐哈吸了一下，又吸了一下，说这没什么味儿，不太像烟？

这个味道算是正常，巴建国说还有一种是精子味的。

你瞎说。巴建国朝那边看了看。

我马上知道巴建国接下来会做什么，他的那个放烟弹的盒子已经被他从口袋里取了出来，巴建国的电子烟是上次出国买的，和国内的不太一样，人们叫巴建国抽的那种电子烟叫"小烟杆儿"，盒子上边的说明都是英文。巴建国把盒子递给齐哈。

齐哈看了一下，我操！还真有这种。

你老土，巴建国说这不算什么，还有一种香水也是精子味儿的。

你加糖不加糖，要不来点儿？齐哈说，又朝那边看了一眼。

我也跟着朝那边看了一下，放低了声音问齐哈，是不是又找了一个，也太年轻了吧？

齐哈又朝那边看了一眼。别瞎说，找什么找，女人没一个好东西。

我也来点儿，巴建国说想不到这种红茶放糖味道还真不错。

我对齐哈说我再要一个杯子，我要对比着喝，一个加糖一个不加糖，或者再来一个加盐的，我就喜欢这么喝。

齐哈站起来，穿着他的红拖鞋，他妈的，真刺眼，红拖鞋。他去了一下，回来的时候一只手拿着两个杯子，另一只手便拿着两张照片，好像是照片。齐哈把照片放在沙发前的桌子上，他也没说让我们看，但我想他是准备让我和巴建国看的，我朝那两张照片瞅了一眼。

齐哈说我想给你们讲个故事，都十三年了。

齐哈又侧过脸对我说，你完全可以根据这个故事写个小说。

这时我们都听见了脚步声，我想应该是那个女孩儿，我看了一眼齐哈，其实我不太想听他讲什么故事，我突然觉得我们应该开始吃东西了。

齐哈好像猜到了我在想什么，说牛肉已经拿到旁边的那家餐馆让朋友去做了。

一会儿就好。齐哈说，清了一下嗓子，这是他的毛病，这说明他要开始讲他的故事了。但他的话马上就被巴建国给打断了，因为巴建国站起来去接了一个电话，电话是巴建国老婆打过来的。巴建国老婆说那只老猫可能不行了，你快回来吧。

真不行了？巴建国几乎是大叫了一声，声音都变了。

巴建国的老婆又在手机里说了句什么。

怎么就这么快。巴建国又说。

我家老猫恐怕不行了。接完电话，巴建国一屁股坐下来，对我和齐哈说。

都有这一天。齐哈说。所有的生命无一例外。

十六年了。巴建国说，问题它跟了我有十六年了。好像是，巴建国马上就要哭出来了，这么一来，我和齐哈就不好再说什么。巴建国这人真的有可能哭。

巴建国就把他老婆的话对我们复述了一遍，就这会儿，老猫满嘴都是白沫子。

都是白沫子。巴建国又说。

这就说明它光有出气没有进气了。巴建国又说。

我和齐哈就都不再吭声，我们都能看得出巴建国挺激动的。

也许没事吧，猫的命都很长，猫有九条命。齐哈烟雾腾腾连吸了几口才又说。齐哈说完这话我明白我也应该说句同样安慰的话，但我明白我只要是一说，巴建国也许就会停不下来了，我就不说，看着巴建国，巴建国眼泪汪汪的。

别那么激动，还没死呢。齐哈说。

它跟了我十六年，你不知道这只猫有多乖。

巴建国停不下来了，开始讲述这只老猫给另一只小猫接产的事，这种事对一般人说保准人家不会相信，当然巴建国家的另一只猫我也见过，就是那只圆球样的虎斑猫，这只猫现在几乎就像一个大号的篮球，事实上这只篮球猫是巴建国家那只老猫的老婆。当年是我开着车拉着巴建国去一家宠物店买的这只猫，当时这只猫才五个月。宠物店的那个女人可能正当更年期，我和巴建国也没说什么，我基本不怎么说话，因为有一个巴建国就够了，他也只是不停地问怎么养这种虎斑猫的事。

那开宠物店的女人不知怎么突然就不高兴了，突然来了一句，我的脾气可不是好惹的。

当时我就火了，但我火了我有收拾她的办法。我根本就看不上这种女人。

我对巴建国大声说，你挑好了没，你知道不知道我约好炮了，我马上要去透一盘，也许透三下，连着透，一直透到晚上！

那宠物店的女人吃惊不小，马上就老实了，不说什么了，她手里好像正在做什么，谁知道她在做什么，好像结账，手边一大堆票据什么的，但宠物店会有那么多票据吗？我至今都想不明白。

我好长时间都没透了，我太想透了。我又来了一句。

宠物店女人就更不敢说话了。

巴建国就笑了起来，我知道这让他很开心。

其实我当时很想让巴建国再去几家宠物店，但巴建国这家伙鬼迷了心窍就看准了那只篮球猫，当然这只猫是后来才变成篮球猫的，滚圆。关于这只猫的故事其实很简单，紧接着就是这只篮球猫怀孕了，才五个月的小猫，本来不应该让它怀的，应该再让它长长个儿。巴建国说他也想不到家里的那只老猫怎么一见这只小猫就不行了，马上就发情了，叫，追着楼上楼下跑，当然它很快就干成了，而且是干了又干，基本是十分钟来一次，篮球猫的肚子就大了起来。

巴建国继续说他的，他的关于猫接产的话其实我听过不止一次，但肯定一点是齐哈没有听过，因为我们跟齐哈有很长时间没在一起待过了。我的天哪，巴建国说，那天我根本就不知道小母猫会下小猫。但因为觉得小母猫有可能快下小猫了才把放衣服的橘色大塑料篮子放在了一进门鞋柜的后边。当巴建国意识到小母猫在下小猫的时候已经是晚上的事了，其实当时已经有一只小猫生了出来。只不过被压在小母猫身体下。巴建国马上就拉了一把椅子坐在那里看小母猫下小猫，也就是努，小母猫下小猫的样子有点像是在拉屎，一个劲地弯着身子在那里努，到了后来，巴建国说最让他感动的是一直在看老猫在给小母猫接产。小母猫每生一只，老猫就帮它把这只小猫的胎衣马上给吃了，吃得干干净净，还帮着小母猫把刚出生的小猫的身体舔干净。而且，到了后来，照顾小猫的事好像老猫也都包了下来，小猫拉的屎它都会给吃掉，而且还会给小猫用舌头清理屁眼儿，也就是往干净了舔，每一只几乎都会舔到。老猫不但会给小猫清理屁眼儿，而且还会给小母猫清理，追着舔它的屁眼儿。

我看着巴建国，明白他接下来还会说什么。

唉，直到后来那些小猫一只接着一只离开那只母猫。

但你们并不残酷。我笑了一下，说。

巴建国喝了一口水，是的，我们可没有那么残酷，我们给小母猫留下了一个孩子，巴建国又喝了一口水，就是那只黑猫。我们把它留了下来，让它和小母猫做个伴，其实是我自己一直都希望能养一只黑猫，所以我和我爱人决定把它留下来。

黑猫避邪。巴建国说，真黑，一到黑夜你就会看不到它。

巴建国说话的时候我已经不再抽了，电子烟让我有点口渴，我开始喝我那杯水，我一边喝水一边想我应该说点什么才好，我想我应该打断巴建国，这样一来就可以让齐哈有说话的机会了，但我不知道应该说些什么。这时候送餐的人来了，这是餐馆的人，因为他穿着餐馆服务员才会穿的那种衣服，还戴着挺高带许多褶子的那种白帽子。他手里提着两个大塑料袋子，里边是一个一个的塑料食品盒，香气已经散了开来。我闻到了孜然和香菜的味道。

可以吃了可以吃了。齐哈把桌上的东西拿开，一个很大的银锭型的大漆盒，里边放着齐哈的手串和零零碎碎的小古董。一个放水果的洗脸盆那么大的瓷盆，盆里放着两个干了的佛手，还有那个老大的瓷花瓶，里边的花也早就干了，但很好看。齐哈没动那两张照片，就让它们放在那里。

巴建国还是停不下来，他叹了口气，想不到这么好的一只老猫说不行就不行了。

真香，我对巴建国说，你刚才不是饿了吗？先吃吧。

我都没胃口了。巴建国说。

小楚——齐哈把酒拿过来了，他对着楼上喊了一声。

我和巴建国马上都吃了一惊。我们当然知道齐哈的儿子才叫小楚。

小楚——齐哈又喊了一声。

我和巴建国都看着齐哈。

那姑娘下来了，但看样子她不准备在下边吃，她好像不怎么爱说话，她也不怎么看我和巴建国，她不知从什么地方拿了一个很大的盘子，太大了，她夹了一块牛排，取了两三块切成了三角形的那种软饼，可以用这种饼卷牛肉吃，还有一杯粥，还有炒的青菜。她一直不怎么说话，这么一来我和巴建国就不好意思问她什么或盯着她看，我虽然不好盯着她看，但我看她还真是很眼熟。她端着东西又上楼去了，因为楼梯不在一进门这边，而是要拐一个弯，所以我们也看不到她是上了楼还是去了别的房间。我们开始吃饭，我希望吃饭的时候巴建国不再说猫的事，说实在的，我真是听够了。我们应该听听齐哈说什么？比如说说他的第二个妻子，看看她到底是怎么回事？一般人贩子都有许多让人心惊胆跳的事，当然到后来这些故事都是让人伤心欲绝地流泪，这种电视节目总是能赚到大量的眼泪。

我们开始吃牛排，每人弄了一份放在自己的盘子里，吃牛排的时候巴建国总算是安静了一下。齐哈说咱们每个人先吃一块牛排再喝，九十六度不吃点东西胃可受不了。我把牛排在盘子里先切成一小块一小块儿，我喜欢这种吃法，我还喜欢在上边多搞点粗胡椒粒儿。我问齐哈有没有胡椒棰子，齐哈起了一下身，从壁柜上取了过来。齐哈说他也喜欢这么吃。这时候巴建国已经在开始吃，他是切一块儿吃一块儿。我切的时候说了一声，还是五成熟的好，你看有多嫩。巴建国也跟着说了一声，真好。那瓶九十六度的波兰酒放在桌上最显眼的地方，巴建国把它转了一下，让酒瓶的商标朝着自己。

还真是九十六度，巴建国说，这酒能一举两得。

什么一举两得？齐哈说。

既可以喝又可以消毒。巴建国说。看样子他想要倒酒，他站了起来。

我来，你们是客人，我来倒。齐哈说给我。

这时我已经吃光了盘中的牛肉，我把手放在腿上，我习惯把餐巾放在腿上，我擦手，又擦了一下嘴，我说，这牛肉真是不一般。其实我的心里还在想着那个姑娘，我觉得齐哈应该喊她过来跟我们一起吃。你怎么不喊她过来一起吃？

小楚吗？齐哈说，声音非常小。

她怎么也叫小楚？我对齐哈说。

巴建国停下了手里的刀叉，他已经又往自己的盘子里弄了一块儿，也看着齐哈。

她就是小楚。齐哈说，不过我还没想清该怎么办？

我有点吃惊，我看着齐哈。

他在泰国待了十三年。齐哈小声说，刀子用力一划，盘子“吱”的一声，又一声。

这可真是够让人懵逼的，我和巴建国都有点懵逼。这是个女孩儿啊？

我不该说，我还没想明白怎么办。齐哈说，“吱”的又一声。

我往自己的盘里夹牛肉的时候，看着齐哈，你是不是不知道自己在说什么？

我也不知道自己该怎么办。齐哈说，我想说，但你们想想看，我能不能说？我怎么办？

我说那得看是怎么回事？我看着齐哈，希望他说。

决定了再说，我们喝吧。齐哈端杯手有点抖，这我注意到了。

你们能来真是太好了，太好了。齐哈说，咱们先干了这杯。

你不说我们怎么能知道你该不该说。我说

决定了再说，太复杂了，我现在还不能说。齐哈说。

我和巴建国对视了一下，也都把杯里的酒都干了。这时上边有脚步声，从这边到那边。我和巴建国都很注意上边的动静。我们不知道齐哈到底发生了什么事？

我给齐哈把酒再次倒上，齐哈又一口干了。

论喝酒我们谁也比不上你们蒙古族。我说。

这你们就知道了吧，齐哈是蒙古族，只不过他从小就到了内地，但他还是能喝，真他妈能喝，我没见过有谁比他能喝。

周丽环真不是人，应该把她毙了。齐哈突然说，用拳头砸了一下桌子。

我看了一眼巴建国，我不知道周丽环是什么人？但我和巴建国马上就明白过来周丽环是什么人了。我们也明白齐哈马上就要开始了，开始讲他的事。但齐哈又停了下来，不说了，他把拳头张开，五指伸展，用力，然后又攥成拳头，又伸开，又攥紧，不是所有的人都能够把手关节攥出声音的。

我看了一眼巴建国，齐哈也许要开始了，开始说他的事。

巴建国捅了一下我，我不知道他是什么意思，我觉得有点儿上头，我把杯子再次倒满，我把桌上的那两张照片拿过来看了看，小一点的照片上边是个男孩儿，应该是小楚。

我一看照片，巴建国就跟上也看。

我指着那张小照片对巴建国说，我觉得照片上应该是小楚，我觉得照片上的小楚应该跟楼上的那个姑娘有什么关联？怎么回事？到底是怎么回事？这时齐哈又去了厨房，他去取另一瓶酒。我趁此小声对巴建国说，咱们少说点儿，听听齐哈怎么说，他有话想对咱们说，这里边肯定有故事。

巴建国真是个混球，齐哈从厨房提了酒再次坐下，还没等他开口说什么，巴建国的手机就响了，是他老婆打过来的，这次厉害了，我和齐哈都看着巴建国，他几乎是跳了起来，一下就激动了起来，因为他老婆说那只老猫已经没气了。

已经没气了吗？巴建国大叫了一声，站起来。

真没气了吗？巴建国的声音真大，他又坐下来。

巴建国的老婆在电话里好像是说了句什么，好像是说你快回来吧。

我家老猫死了！巴建国这次是对我和齐哈大声说，其实他不必用这么大的声音，我们都已经听到了，问题我们都不是聋子，问题这只不过是一只猫。

我侧过脸盯着巴建国，看他会不会哭。我觉得他会哭。果真他就哭了起来，是抽泣。

死就是把痛苦给结束了。齐哈说，想安慰他一下。

你还要不要再喝？我问巴建国，想提示他不要哭，不就是一只猫。

巴建国抽泣着又往自己的盘里夹了一块牛排，牛排有点凉了，他又用胡椒棰子往牛排上拧了不少胡椒粒。我看着他，希望他只管吃他的牛排，希望他不要再说什么，他哭也可以，但只要不说话就行，我真得很想听听齐哈说说齐哈的事。其实我知道齐哈请我和巴建国来也不单单是为了让我们来吃牛排。但是巴建国把事情整个弄砸了，他抽泣着又开始吃，一边吃一边流泪，一边不停地说老猫的事。

你们是不是不想听？说到一半的时候巴建国还问了一声。

想听想听，你说吧。齐哈说。

其实巴建国真的是说出新的内容来了。关于这只猫是怎么从北京带回到家的事。他这个细节以前没跟我说过。他说那次去北京他还带了一个鸡，晚上他们在一起，他们在一起当然是要做事的，那只老猫当时才三个月大，巴建国和鸡做事的时候那只猫不停在叫啊叫啊，是一刻不停，一刻也不停，结果是他和鸡都找不到感觉了。

那时安安还小，才三个月。巴建国忽然又开始抽泣。

我这才想起来巴建国的那只老猫名叫“安安”。

齐哈站起身去了厨房，往厨房走的时候齐哈把电视开了一下，“轰”的一声，电视像是要爆炸了，挺吓人的，声音也太亮了，齐哈又返身把电视音量往小调了一下。

我拿起杯子又喝了一口，这时候这个波兰酒喝到嘴里已经让人感不到它有九十六度了。我看了一眼巴建国，我不知道自己应该说点儿什么，但我什么也没说。这时楼上又响起了脚步声。

再接下来就是我也去了厨房。

齐哈靠着冰箱站在那里，脸上毫无表情，只能说毫无表情。

我和齐哈碰了一下，其实他的杯子里已经没酒了。我把我杯里的酒给他倒了一点。

他没什么新鲜事可说，他就这样。我对齐哈说。

就让他说吧。齐哈说。

我也不知道为什么要提小楚的事，我说你怎么叫楼上那个姑娘叫小楚？

她就是小楚。齐哈的眼圈儿一下就红了。

怎么会？怎么回事？我说。

齐哈蹑手蹑脚，他过去把厨房门关了。

希望小楚别听到，齐哈用手指指上边，事情还没定下来，我还不能对任何人说，我也不知道该怎么说，他在泰国被人动了手术，这你明白了吧，他现在已经不再是男孩儿啦。

齐哈蹲了下来，我跟着也蹲了下来，我把一只手放在齐哈的肩膀上。

让我想不到的是，齐哈突然哭了出来。

怎么回事怎么回事，你别哭。我拍拍齐哈。

“我自己也不知道这是怎么回事了。”齐哈说。

他这么一哭，我看得出来他比刚才放松了一点了。

十三年前，小楚就是被周丽环卖到泰国的。齐哈说。

这真让人吃惊，我吃了一惊，真吃了一惊。

周丽环这个贱人！齐哈说我真想给她几刀。

我看着齐哈，明白自己是吸了口凉气，真是吸了口凉气。

老天保佑老天保佑……齐哈还想说什么，但他的脸已经被自己的眼泪弄得一塌糊涂。

我和齐哈从厨房里出来，齐哈擦了一把脸，这样就显得好多了，我们重新坐下，想不到巴建国又开始说他老猫的事，他真是喝多了，这一点巴建国真是够让人讨厌的。他又开始说，不停地说明天该怎么埋那只老猫，埋在哪里？埋在院子里的树下还是埋在河边的地里？用不用给老猫洗一下？他问我和齐哈，我和齐哈真不知道该怎么回答他，我们只能面面相觑。

其实是应该洗一下的，再给它把爪子剪一剪。巴建国说。

也许应该这样。我说。

我要像对待人一样对待它，你们不知道，它除了不会说话什么都知道。巴建国再次有点不对头了，声音不对了，再说下去也许又要哭了。

我真是不敢相信。齐哈看着巴建国，看了好一会儿，突然说。

巴建国不知道齐哈要说什么？他看着齐哈。

想不到你的感情还会这么丰富。齐哈说。

巴建国点了点头，真不知他的脑子里在想什么。

这个夜晚真是很不一般，我对齐哈说我不想再吃什么了，一点儿也不想吃了，也吃不进去了，这时要做的事就是叫一个代驾把车开回去，巴建国肯定是不能开车了。

他肯定是不能再开车了。我对齐哈说。

真想不到你的感情还会这么丰富。齐哈又对巴建国重复了一句。

巴建国不再说话了，但也只是静了片刻。

你想什么呢？我对巴建国说。

唉，巴建国叹了口气，我想明天应该把老猫埋在什么地方？

我不敢再说什么，我笑了一下，对着齐哈摇了摇头。

还剩不多了，我摇了摇酒瓶。

还想再来一杯吗？齐哈对巴建国说。

巴建国长叹了一口气，说，十六年了。他把杯子伸给齐哈。

我把酒瓶从齐哈手里一下子夺了过来，我觉得这是我应该做的事，我把瓶盖拧好。

我听见我在笑着说：酒的好处就是可以让一个人的感情丰富起来。

我和巴建国离开齐哈家的时候，那个代驾已经到了，他居然还戴着一个头盔，我们从屋里一出来他就把头盔从头上摘了下来。齐哈出来送我和巴建国，那个姑娘也从楼上下来送我们。我只犹豫了一下，然后，轻轻抱住了她，我小声对她说：

老天保佑，我以前抱过你，你那时还是一个小男孩儿。

有什么在齐哈的脸上闪闪发光，他凑过来了。

有什么也在小楚脸上闪闪发光，但她什么也没说。

我想了想，我觉得我应该再说句什么，但我确实是不知道该说什么了。

感情怎么还会这么丰富。我听见我在说。

电影院轶事

情人节这天，电影院发生了一件事。

这个小城一共有两家电影院，一家在西门外，一家在市中心，还有一家剧院，在北门那一带。小城呢，也就是这么个普普通通的小城，四个城门，东南西北各一个，四条大街，分别叫作东街南街西街北街，中心地带是一座鼓楼，鼓楼那一带的街叫作“大十字”，因为它本来就是条十字街，是四条街交汇的地方。因为这样，这地方就特别热闹，这里还开了一家金店，金店是卖金子的地方，但却叫了“银星金店”，不少人看了那块大招牌会在心里想，你就是叫“金星金店”也不会有什么问题啊？怎么偏偏叫了个“银星金店”，这是怎么回事？金店对面是这个小城里边的最大一家超市，超市为了吸引顾客还特意修了一座观光桥，站在观光桥上，这个小城就可以一览无余了。站在观光桥上的人有时还会看到银星金店那个老头儿在喂小鸟，他在窗台外边放了一个很大的碗，每天定时会在碗里放上小米，然后对着窗外树上的小鸟一边挥手一边说，你们都来吃啊，你们都来吃啊，你们肯定都饿了。这个小城的东边，是条河，因为这条河，城市就只好向着北边发展，北边呢，是山，现在是冬天，站在观光桥上还可以看到北边山上的积雪，雪还皑皑的没化，而小城东边的那条河却已经是流水汤汤了，水鸟也已经飞了回来。已经是六九了，春打六九头，春节说来就来了，春节一来，小城里照例是热闹，腊月和正月本来就是一年四季最热闹的两个月。腊八，人们腌腊八蒜吃红豆粥，小年，人们吃麻糖送灶王爷，之后便是春节到了，春节的讲究就更多，初一怎么过吃什么，初二怎么过吃什么，初四一直到初五吃什么做什么都有各种讲究。再之后呢，忽然情人节就来了，中国人原是不过情人节的，情人也不是什么好听的词，情人节一来，电影院可就热闹了，情人们最爱去的地方之一当然是电影院，在电影院里看电影的好处首先是黑，谁也看不清谁，黑咕隆咚，这样一来呢，情人们就可以有小动作，或者是大动作，反正是谁也看不清谁。情人节这一天电影院放的电影又都与爱情分不开。广告是早早就打了出来，电影院内部关于在情人节放什么影片都认真研究过，女主任王桂英说找那些有接吻的，或者是有床上镜头的，这样的镜头越多越好越吸引人。其实电影院的女主任是自己跟自己研究，电影院因为日子不好过现在只剩她一个人了，她既是主任又是电影院里唯一的工作人员，她既负责卖票，又负责把门打扫卫生，这真够她忙的，但一般情况是，放电影的时候她男人会过来帮一下手，帮她放放电影。

就这样，情人节闪闪发光地来了。

怎么说呢，电影院是个好玩的地方，别说是里边，就是电影院外边，也与别的地方不太一样，很是热闹。有人在那里卖水果，各种水果，花花绿绿，卖水果的对路过的人说她们的水果最好，世上再也没有比她们的水果更好的水果了。还有人在那里卖饮料，大桶小桶，冰激凌和雪糕，冰激凌和雪糕的颜色真是艳丽，卖饮料的对前来吃雪糕和冰激凌的说她们的雪糕冰激凌保证没有任何色素和添加剂。除了卖水果和卖饮料的，电影院门口还有一个卖香烟的，不是整盒整盒地卖，而是一支两支地零卖。各种牌子的香烟都放在那里，你想抽哪种都可以，你买一支也可以，买两支也可以，随你买什么牌子的。这真是让那些喜欢吸烟的人们高兴。他们根本就不用在口袋里鼓鼓囊囊地放一盒烟，喜欢吸什么烟来这里买一支吸吸就行，两毛钱一支的“紫云”，一毛钱一支的“大婴孩”，最贵的“中华烟”也就五块钱一支。这可太好了，太方便了。卖香烟的那个年轻人，白白净净，喉结很大，一说话一动，一说话一动，手指像是格外地长，没事的时候他总是在那里安安静静地织毛衣，这就显出了他与别人的不同，像是有点娘，他的毛衣织得真他妈好，针法好，变化也多，特别粗的针加上特别粗的毛线，凭空就有了一种粗粝的美。他只织男人穿的毛衣，半个月织一件，据说一件卖两千都有人抢。有人认识这个年轻人，知道他们家里原来就都是织毛衣的，是织毛衣的世家。人们知道他的父亲就是靠织毛衣把他的两个孩子拉扯大的。他父亲织的毛衣在这个小城特别出名。这个年轻人，也是从小就跟了他父亲织毛衣，织毛衣是个安静活儿，坐在那里织就行，但他却不肯安静，他在网络上开了“快手”，专门展示他怎么织毛衣，网名就叫了“毛衣哥”，有时候还会来个直播，这无疑是给他做了很好的宣传，他现在的事可真不少，卖香烟、织毛衣、上快手，三件事同时做。冬天天气太冷的时候，他会偶尔不出来，会在家里睡个懒觉，算是给自己放一天假。他会从晚上一直睡到第二天的中午，用他的话说是“睡透了，这下可睡透了”。但平时他几乎是天天都出来，偶尔一天不出来还会有人问他是不是生病了？是不是有什么事了？

昨天怎么没出来啊？有人问了，发短信。

天太冷了呀。毛衣哥也发短信，说出去也不会有什么人。

你可以到我这里坐呀。发短信的是个开镶牙馆的，比毛衣哥大。

在家里我还可以织织手里的活儿。毛衣哥在短信里说。

起吧起吧，该起来了，别老勃在床上。镶牙馆牙哥用了一个“勃”字。

能睡懒觉就是我的幸福了，让我再幸福幸福吧。毛衣哥的短信。

好羡慕你啊。牙哥的短信。

那你赶快过来，我把被子撩开啦。毛衣哥的短信。

那我过去了，你可得小心，我可不是一般的厉害。牙哥的短信。

来，来钻，看看咱们谁厉害。毛衣哥的短信。

在这个小城里，人们一般都习惯把镶牙馆的人叫师傅，镶牙师傅或拔牙师傅，但当着面就不好这么叫了，都医生医生地叫。而毛衣哥却有他自己的叫法，他叫他牙哥。就这个牙哥，其实比毛衣哥大不了几岁，刚刚结了婚，他经常会跑到毛衣哥这里吸支烟说说话，他俩像是特别合得来，总有说不完的话。牙哥长得和别人不太一样，是一字眉，眉毛几乎通了，所以他经常要把眉毛刮一刮，好让它们分开，不让它们连在一起。他从医学院毕业出来，大医院进不去，只好自己开了一家镶牙馆，除了镶牙，牙科的病他也都能对付得了。他的镶牙馆就在电影院南边。是去年，就这个毛衣哥和那个牙哥，他们两个，不知怎么就约好去了一趟西藏，他们是骑着自行车出发，为了去西藏，他们各自买了一辆山地车。他们先是去了成都，然后从成都再进藏，他们每人还背了一个睡袋，尼龙面料军绿色的那种，他们商量好了，一个睡袋是单人的，另一个是双人的，这样一来呢，平时他们可以各自睡各自的，要是天气实在太冷他们就可以钻到同一个睡袋里去相互取暖。他们还准备了“红景天”，当然还有些别的必需品，比如午餐肉和压缩饼干还有奶粉什么的。帐篷却只有一顶，晚上他们会睡在同一顶帐篷里边，这样安全一些。他们去西藏，一路上总是期待着发生点什么事，比如碰到狼，或者是雪豹，或者是棕熊，但他们什么都没碰到过，一切都很正常，一切都很平静，他们在拉萨的酒吧里喝啤酒，一喝就喝到后半夜，还去蹦迪，一蹦就蹦到天快亮。他们在西藏待了差不多有一个月，转山磕长头敬香转经筒几乎什么都做了。后来他们还是恋恋不舍地回来了，直到回来，他们才明白自己这次出去最大的收获其实就是明白了两个男人在一起也会很快乐。回来之后，他们各自忙各自的事，有好一阵子没见面，虽然他们都住在同一座城市，虽然他们离得不远。忽然呢，怎么说呢，他们居然都很想念对方，这种想念简直是来势凶猛，他们都想着赶快见面，其实他们离得真是不远，走路十多分钟就到了。而忽然他们又都有那么点害羞，为什么害羞？这只有他们自己知道。而一见面，他俩马上明白自己的所有快乐居然就是想和对方在一起。而且，他们都喜欢上了喝奶茶。还是奶茶好喝。牙哥说。奶茶真好喝。毛衣哥也说。他们喝奶茶，吃一点从西藏带回来的牛肉干，那些在西藏待的日子就好像又突然回到了他们的身边，这真是让人激动。所以他们马上又制定了再次出去的计划，这次他们要去新疆昌吉，他们在那里有一个共同的朋友叫马昌生，他们计划先去看他一下，然后再去奇木，他们把路线都已经看好了。最关键的是他们都想去看一看那个胡杨林。

每一棵据说都够他妈几千岁。毛衣哥说。

那咱们还不赶紧去。牙哥说。

六月咱们就行动。毛衣哥说。

好，我听你的。牙哥说。

毛衣哥虽然比牙哥小几岁，但牙哥事事都听毛衣哥的。

毛衣哥，我们就叫他毛衣哥吧，虽然他看上去多少有那么点娘，但他特别有主意，他现在已经是这座小城的一个名人了，许多人通过快手认识了他，好像是，他现在想做别的什么事也都不可能了，他不能改行了，他只能这样也乐于这样，坐在那里一边织一边直播一边一支两支卖他的香烟。他现在的收入也不错，事实证明他把卖烟的地方选在电影院门前是对了，看电影的人们，在进电影院之前差不多都会抓紧时间过来抽那么一两支，电影散了场，人们从电影院里一出来，又都会急匆匆赶过来再抽那么一两支过过瘾。所以他的生意好极了。

情人节到了，闪闪发光充满欲望的情人节到了。

因为过了情人节马上就是元宵节，电影院对面的群众文化馆也热闹开了，元宵节要闹元宵，闹元宵就要扭秧歌，所以要把人集中起来排练，怎么走，怎么跳，怎么扭，整天地练，锣鼓喧天地练，每人每天还能得到五十块钱的补助，其实不少人是抱着减肥和打发时间的念头来这里玩儿的。会扭秧歌的这些人一般都上了岁数，描了眉，抹了红嘴唇，穿红着绿，两手各拿一把红绿扇子，这么一翻，那么一翻，想着法儿让自己无比妖娆，远看花花绿绿，近看却像是一群活妖精。

情人节来了，情人节不像是别的什么节，没什么大动静，好像这又不是什么节日，是半隐秘，半地下的，有那么点神秘兮兮，还好像有那么点见不得人。钟点房在这一天也都普遍降了价，花店也比平日热闹，玫瑰是单枝单枝地卖，星巴克也会热闹一阵子，推出了情侣咖啡和情侣份儿的蛋糕，也不过是两个心形的蛋糕，被一支巧克力做的箭洞穿着。而最热闹的地方还应该是电影院。电影院里边的黑咕隆咚，最适宜情人们的各种花枝招展和各种的胆大包天。

因为过情人节，电影院里安排了两个日场，上午一场下午一场，再加上一个夜场，这个夜场是通宵，一晚上不停地放片子，而且都是爱情片，观众看累了可以靠在那里睡一下，醒来了再迷迷瞪瞪接着看。放电影的当然是王桂英的男人，王桂英专门负责卖票把门，他们俩儿也真是够拼的，带了饭，一人一个大饭盒，米饭，红烧肉，还有那么几片绿菜叶子，还烧了两暖瓶开水，这整整的一天一夜他们根本就不能回家。电影院的事，其实也没什么好说，不过是收票把门倒片换片。因为是情人节，按理说来看电影的应该是成双作对，但今天却恰恰相反，竟然都是一个一个地往电影院里边走，手拉手的很少，勾肩搭背的也不多，一个一个地进去，找到座位坐下，副片演过，灯一黑，人们才会活动开，该做什么做什么，波澜起伏地抱在一起。电影院的习惯，正片放映之前是一定要放副片的，好让人们有个心理准备，都赶快坐好，放完副片，人们也差不多都坐好了，副片都是动画片，上边都是些漫画人物，宣传不要随地吐痰，宣传要注意火灾，宣传人人都要绿化，宣传计划生育，宣传怎么用避孕套，总之是上边让宣传什么他们就宣传什么，那些副片都是王桂英的男人亲自手绘的，王桂英的男人的正式工作其实是美工，专门画电影广告，那种很大的广告，现在早已经看不到这种手绘的电影广告了，人们不需要了。放副片之前，电影院里照例还要放音乐，音乐无一例外都是广东音乐，《步步高》《彩云追月》《采茶扑蝶》，都是十分欢快而又老掉牙的曲子。上年纪的人听了这种曲子一时会有不少感慨，年轻人听了这曲子只觉得鼓点和节奏都不对，很别扭。

王桂英此刻正坐在电影院的门口，人进得差不多了，她也该歇一歇了，如果可以，她想自己应该迷糊一会儿，白天两场，晚上又是个通宵，不睡会儿不行，她想好了，要是犯困，她就靠着椅子迷瞪一会，但她现在不困。茶缸子里边的水有点凉了，凉就凉吧，她喝了几口水。又打开了手机，现在许多人都离不开手机，王桂英也一样，是一会儿也离不开，看一会儿，关上，才关上，又打开，打开，又关上。不像以前，在电影院门口把门找本书看看就行，把时间打发了就行。电影院把门这个工作其实是最烦人了，又不能把门锁上走人，有一年，有人这么做过，电影一开演，他就把门锁上去干别的事去了，结果电影院里边失了火，关于那一次失火，到现在都查不出是怎么回事，里边的人想跑跑不出来，结果死了二十多个人。据说烧死的人里边还有个年轻神父，关于这件事，在小城里还引起了不小的争论，争论的焦点是神父可以看电影吗？一部分人认为神父可以和普通人一样看电影，一部分人认为神父和和尚都不许看电影。人们还记着那天放的那部电影，是个印度片，主人公叫什么拉支，电影的名字是《流浪者之歌》，电影的那首歌直到现在不少人还会“拉吧拉咕”地唱。出了那件事之后，电影院内部立下了铁打的规矩，那就是电影院把门的在放电影的时候一刻都不能离开，不许离开。

王桂英坐在那里看手机吃瓜子，对面群众文化馆还在锣鼓喧天地练扭秧歌，这倒让人不寂寞，其实让人不寂寞的是手机而不是对面的锣鼓声。手机真是个好东西，既可以和什么人说说话，又可以让人看到不少新鲜事，比如什么工地挖出了一条大蛇，光蛇尾巴尖儿就有三米长，比如什么地方发现了外星人，已经和当地的一个男人发生了关系，可能过几年会在不知道哪颗星星上生下人类的孩子，比如有一百零三岁的老太太靠拾破烂养活着她的残疾儿子为社会减轻负担，还有没有手用脚吃饭的奇人，吃饭的整个过程像演杂技。反正是各种新鲜事手机上都有。就在女主任王桂英看手机的时候那个女人出现了，这是个年轻的女人，衣着很入时。一件米黄色的很厚很短的那种呢子上衣，下边的黑色裤子看上去也是高档货，问题是她手里拿着一把菜刀，这可真是十分少见而且让人害怕。

王桂英被这个手里拿着菜刀突然出现的女人吓了一跳。

这个年轻女人要往电影院里冲，能看得出她是相当激动，脸色都变了。

王桂英站起身，她当然要把这个女人拦住，她不知道这个女人要做什么？但肯定不会有什么好事，刀这种东西一般来说和好事没什么联系。

这个女的就那么明晃晃提着把菜刀，要进电影院。

你不能带刀进去。王桂英很和气地对这个女的说。

气死我了。这个女的说。

那你也不能进，你带把刀算什么？

王桂英在心里有点怕，她怕弄不好这个女人会给自己来一下子，她又怕这个女人是个神经病。王桂英想问问这个女的出了什么事？王桂英说，你这样带把刀弄不好会被保安把你给弄起来。王桂英在那一刹那脑子转得很快，但她忘了今天是情人节，人一急就会忘掉许多事，她只想知道这个女人是不是遇到了什么事？所以才带着把刀来了，这可不是好玩儿的，一是也许她真会砍人，二是她也许是要吓唬吓唬谁，但这总不是什么好事，王桂英知道只要自己大声一喊，附近的保安和公安就会跑过来，但王桂英知道自己一喊也许就会被这个女人砍那么几刀。

你进去干啥？王桂英听见自己小声问这个女的。

进去砍了他。这个女的说。

谁？砍谁？王桂英不知道她要砍谁？她想知道是怎么回事。

这个女的也是乱了方寸，她说要砍她的男人，还有跟她男人在一起的那个骚货。砍了那个骚货！

王桂英还是没反应过来，脑子有点蒙了。

把他们两个都砍了，让他们过情人节！这个女的又说。

王桂英算是反应过来了，也想起这天是情人节了。心里也不那么害怕了，这种事，在电影院算不得什么稀奇事，发生过也不是一次两次，有家室的男人带上女朋友来看电影，被老婆发现打了过来，或者是有家室的女人约了另外的男朋友来电影院，被自己男人堵在电影院里大打出手，这种事太多了，但一般都是当事人进去找，找到了，把人拉出来恶吵一顿或者动手把对方抓个满脸花，很少见到手里提着把刀的女人。电影院这样的故事很多，电影院里边的故事还不仅仅是这些，还有更怕人的故事，据说有一年，一连好几个晚上，一到后半夜电影院里自己就演起电影来了，电影院里空空荡荡没有一个人，但人声不绝，放映机会不停地自动换片，还会自动倒片，但就是没有一个人，这可真是太吓人了。

我进去把他们砍了。这个女的又说。

那你就更不能进去了。王桂英对这个女的说，里边那么黑，你进去一时也找不到人，就是找到人，他们就那么好让你逮？里边那么黑，你还不是抓瞎？你从外边进去，你看不到他们，他们可是能看到你。

气死我了！这个女的说她不想活了，活着没意思！

你进去还不是抓瞎？又不能给你开灯照着让你找。王桂英又说。

这女的不说话了，看着王桂英。

你说是不是，你进去还不是抓瞎？王桂英又说。

这个拿着一把刀的女人也许觉得王桂英说得对。她往旁边走了走。王桂英紧跟在她后边，她想再劝她两句，回去吧，有什么事回家好好说。

我不回，我等他！让他们过情人节，什么情人节，流氓节！这个女的说。

我等他，等他们一出来我就劈了他们。这个女的说，让他们再过流氓节！

电影院门口现在没什么人，王桂英忙给这个女的从里边拿了一个凳子要她坐，电影才演了半场，离散场还早着呢。王桂英突然有主意了，她回到门口坐下，用手机给她男人发短信。她男人此刻正在上边放电影，一边放一边嗑瓜子喝茶。她通过短信把门口的事告诉了她的男人。发完了短信，做好了安排，王桂英的男人也马上回了短信。说他马上就下来，他不放心，他要和她对换一下，他下来把门，让他爱人王桂英上去继续放电影，他是个大男人，出点什么事也能抵挡得了。王桂英回了短信，说这就上去，上去前她会把那个西边的安全门打开，好让那两个人悄悄溜出去。那两个人真要是被在电影院里砍了，往后谁还敢再来电影院看电影。

王桂英工作的这家电影院，是坐南朝北，电影院的正门朝北，正对着群众文化馆。从正门进去，是一左一右两个门，单号座在左边，双号座在右边。再进去，当然是一排又一排的座位，正面呢，当然是挂幕布的舞台，电影院里边右手有一个门，是男女厕所，也就是东边，左手还有一个门，是安全门，朝西，平时锁着，散了电影才会开一下让人们从这里出去，安全门西边是一条大街。这条大街往南通向人民公园，往北通向火车站。往西又是一条大街，是这座小城最繁华的商业街，一家商店连着一家商店，街名还挺好听：永宁街，据说这地方原来有座很大的寺庙，名字就叫“永宁寺”，但现在这座寺庙早已荡然无存了。就在这个电影院西边的安全门门口，有一个两米来高的大石头狮子，还有一棵挂满了红布条的老槐树，那棵老槐树真是很粗，要三四个人才可以合抱过来。据说人们当年扩修马路，修到这棵老槐树的时候，有人看到了这棵老槐树在后半夜的时候忽然在街上乱跑，跑来跑去，跑来跑去，后来又回到了原来的地方，居然开口说话了，说，还是我这地方好，我什么地方都不去！而又有些人说，在街上跑来跑去的不是那棵老槐树而是那头石狮子。我什么地方都不去！有人说听见这个石狮子在大声说。

王桂英安排好了，知道自己男人接下来会怎么办了。王桂英又看了一下坐在那里的那个女的，然后进到里边去了，她去里边，直接就到了安全门那里把安全门的插销打开了。然后上了楼，把她的男人换了下来，让他男人下去把门，她在上边继续放电影。而且，她男人已经把那个字幕卡片写好了，她会把这个字幕打在银幕旁边的墙上。这个字幕卡是这样写的：

大家注意了，门外有一女子，手里拿着菜刀在找她老公，说她老公在陪情人看电影，请这位先生尽快从西边的安全门离开，不得延误。

王桂英希望自己男人下去的时候那个女人不见了，她不见了最好，但那个女的还在那里坐着。王桂英的男人又很快给王桂英发了一条短信，说这个女的原来是镶牙馆的，她男人就是那个镶牙哥。

原来王桂英的男人到那个镶牙馆镶过牙，一颗牙差不多花了一千多。

我透，是他女人。王桂英的男人在短信里说，钱挣多了就没什么好事！

离她远点，她手里有刀。王桂英发短信说。

其实这也太正常了。王桂英的男人忽然又在短信里这么说。

这条短信让王桂英突然很不高兴。

那你也去找个相好的！王桂英在短信后边加了几把刀，一刀一刀又一刀。

王桂英和她男人互相发短信的时候，他们并不知道电影院里边发生了什么事，王桂英在放映室里根本看不到下边观众席，王桂英她男人在电影院北边的正门那边当然也看不到西边安全门那里的情况。那个字幕一打出来，电影院里好一阵骚动，这会儿离电影散场差不多还有三分一的时间，但不少观众已经从西门拥了出去。不是一个两个，而是一下子拥出许多人，这些人一出门就马上消失掉，他们没有成双作对，也没有勾肩搭背，他们好像谁跟谁都不认识，他们保持着距离，又好像谁都跟谁不相关，他们从电影院的西门一出来就马上消失了。好像是秋天里的落叶，被风一下子吹散了，被风一下子吹得无影无踪。

因为过了情人节马上就是元宵节，电影院正门对面的群众文化馆的院子里还在锣鼓喧天，那里边的人也不知道电影院这边发生了什么事，他们正随着鼓点扭得很高潮，一上一下地舞动着手里的红绿扇子，而且互相挤眉弄眼放出她们自认为很妖娆的妖娆……

生死契阔

1

怎么说呢，你根本就不知道我和皮兔子的关系有多好，因为太好了，所以我们才总是吵，而我们又是谁也离不开谁，无论干什么事我们都喜欢在一起。我们都住在公安局后边也就是公园东边的那个大院子里，那个大院子四四方方的，鬼才知道为什么大门会开在了北边，这么一来，到了冬天，院子北边和西边树林子里的落叶会被“轰隆隆、轰隆隆”吹得满院子到处都是。早晨有人在那里拣落叶，拣了一麻袋，又拣一麻袋，拿回去生炉子。拣树叶的人是姚姥爷，胡子和头发都白了，冬天的早上，总是见他在那里拣落叶。

我们那个院子，是一进门右手五排房，左手两排，因为左手只有两排，前边就空出了一大片，这一大片空地的东边是公共厕所，右手是男厕所，左手是女厕所。有时候足球会给不小心踢到厕所里，我们总是“剪刀石头布”猜大小看谁进女厕所去取足球。白天我们在院子里的空地上踢足球，到了周末的晚上，工会就会组织人们在那片空地上跳交际舞，一二三、一二三、一二三、一二三，咚恰恰、咚恰恰、咚恰恰、咚恰恰，一串一串的彩灯拉得明晃晃的，好像是节日来了。跳舞的时候，许多不是我们院子里的人也都会来，大肚子工会李主席也会过来跳，他的肚子那个大啊，一跳就上下抖，我们都看见他的肚子把他的舞伴姚阿姨顶得都快要搂不住了。哈哈哈哈，这真是好笑。过年的时候，工会组织的高跷和秧歌也会来这里又是扭又是跳，“二两酒”扮的那个丑媒婆手里拿把大蒲扇耳朵上挂着两只大红辣椒，简直是笑死人了。

再到后来，不知怎么回事，人们开始在院子里的空地上种菜，那时候人们开始吃不饱了，吃粮凭供应，吃油凭供应，吃什么都凭供应，人们就想起了种菜，菠菜和芹菜、葫芦和豆角，有的人家还种上了甜菜，我是那时候才认识的甜菜，一个很大的菜头，披纷的大叶子，叶子可以吃，吃不了的晒干到了冬天再吃。人们把甜菜头切成薄片放锅里熬，熬很久才会熬出那种棕色的糖稀来，人们会把熬好的糖稀都装在一个一个的瓶子里，那时候糖也要供应，棉白糖、砂白糖、黄糖、黑糖都要供应票。熬糖稀的时候，连院子里都是那种甜不叽叽的味道，我很不喜欢那种甜不叽叽的味道。

自从空地上种了菜，我们踢足球就没了地方。到后来，我们都大了，我们对踢足球也没了兴趣，再说我们也没地方可踢了。我们那个院子的外边，东边是护城河，人们都叫它“城壕”或“壕沟”，很深。院子西边是一大片空地，但那空地上有一座盖完了地下室就不再继续盖的楼，是苏联专家们留下的没屁股营生，为什么不接着盖？没人知道。我们没事就总是去那边玩，在地下室的墙垛子上比赛跳来跳去，但好像谁也没掉下去过。那时候我们每顿饭差不多都能吃饱了，所以精神头也就来了，那一天，天都快黑了，我和皮兔子在上边跳来跳去，我突然就看见了我家的那只大黄猫，“嗖嗖”地跑，嘴里叼着什么，像是只耗子。我就和皮兔子追我家的大黄猫，一直追到了地下室最东边那个拐角的地方，那地方我们从来都不去，我和皮兔子就突然看见了建国，他和一个人在下边，他们叠在一起动动动、动动动，动得简直是让人眼花缭乱。

我实在忍不住，尖叫了一声，像被蛇咬了。

建国吃了一惊，回头看到了我和皮兔子，但他那时好像不动不行了，他继续动，一直动完。

第二天，建国把我和皮兔子叫了去，他站在窗前看着外边好蓝的天，好一会儿，才转身给了我们每人五块大白兔奶糖，然后用很严肃的口气对我和皮兔子说你们根本就没看清楚我是在给彭大眼弄他的腰呢，“他腰出毛病了。”

彭大眼和我一个班，就在我们前边住，但我们不知道他腰出了什么事？再说我们也不关心他的事。这个院子里的人都知道彭大眼的母亲出身很不好，后来就上吊死了，她把自己吊在绳子上不说，还把她三个月大的小儿子，也就是彭大眼的弟弟吊在自己的脖子上，两个人都在那里吊着。有人说她是先把彭大眼的弟弟吊死在自己的脖子上然后自己才上的吊。出这事的时候彭大眼的父亲被关在谁都不知道的地方，在我们大院里，根本就没人搭理彭大眼，只有建国跟他好，建国走到哪里他就跟到哪里。

建国说，看着我和皮兔子又说，“昨天彭大眼和我从上边下来时不小心把腰给扭了一下，所以给他压压，腰那地方扭了，压压才会好。”但建国没说他们到下边去做什么？

“所以你们以后也别去那种地方了。”建国又说。

我对建国说没事谁会去那种地方？我是去找猫的，我不知道我家那只黄猫下到那里去做什么？关于这个问题，建国也说不上来，他又说，“反正那下边不好玩儿，有蛇。”

建国知道我最怕蛇了，接着就说他在那下边看到过蛇。

“有这么粗，这么粗，这么粗。”

我的眼睛都被建国吓直了，“那么粗？”

“这么粗！”建国又比划了一下，更粗了。

又过了不久，我们才知道我们家的黄猫是在那下边下了一窝小猫，黄的，黑的，一共四只，眼还没睁开，到处乱爬。我爸说，“操它个祖宗八辈子，还下在外边，还不把小猫下到家里。”我父亲，那天戴了厚帆布手套，拿了个放工具的大帆布袋子，和他的山东朋友张逢贵下去把小猫都放在袋子里带了回来，那只大黄猫紧跟在他们后边，寸步不离地叫叫叫，不停地叫，好焦急，又好像是好生气。回到家，大黄猫才停了叫，先喝了一气水，然后把小猫一只一只都叼到了桌子下边。那时候，家家户户的桌子上都有桌帘儿，院子里的女人们没事就坐在一起绣桌帘或者是别的什么东西，要不就用勾针打脖套。我家的桌帘上绣着一朵一朵的小兰花，大黄猫把它的孩子们都叼到了桌帘后边，它们在里边做什么谁也不知道。

我妈把桌帘里边的地方叫“桌肚子”，我知道我家的桌肚子里边放着腌鸡蛋的小坛子，放茶叶的那种带盖子小缸和放米的小瓮，还有一个铜佛像，那时候不让供佛了，我妈说佛像这东西不让供也不能乱扔，“就把他暂时放在桌肚子里边哝，委屈委屈老佛爷哝。”母亲用一块儿红布把铜佛像包了包放在了桌肚子里边。母亲还很小声地念了两声“阿弥陀佛，阿弥陀佛”。后来，我和皮兔子开始喜欢了钓鱼和打猎。

皮兔子住在西边的那排房和我家是并排的，这你就知道了吧，我是住在东边这一排，那时候我没事就总是去皮兔子家，他的家里总是有一股子消毒水味，这你就该知道了吧，是来苏儿。皮兔子的妈妈是医院里的护士，长得可真漂亮。他爸爸是大夫。我和他做的一件事就是在他家里到处找那种东西，拉开每一个抽屉，抽屉里都是些乱七八糟的东西，有皮兔子他妈做头发的那种铁夹子，好多，上边的漆皮都掉了。我经常看见皮兔子他妈的头上卷满了那种铁夹子去了厕所，然后又从厕所出来，我们对这种铁夹子不感兴趣，我把一个铁夹子拿在手里放在鼻子下边闻了闻，也没闻出什么。我们乱翻，只找那种能够让我们感兴趣的东西，但只有一次让我们给找到了，是避孕套，这真是让人够兴奋的，我和皮兔子当时就喘不上气来了，我们都不知道这东西应该怎么用？但这东西一下子就让我们硬了，我们便同时开始，一下一下一下，一下一下一下，一下比一下快，用手，越来越快，一直快到不能再快，看着射出去，一朵一朵又一朵，一朵一朵又一朵。皮兔子气喘吁吁还小声对我说要我先不要想那种事，到最后再想，如果想早了，那就没办法控制了。这一般是在夏天天热的时候，但后来我们对这个也不感兴趣了。我们感兴趣的是一起去城东的那条河里去钓鱼，一般都是骑着自行车去，天真是够热的，我们每人用输液瓶子灌两瓶子白开水，里边再放点糖精，路上喝。

我们先是骑着自行车到了十字路口那边的运输公司，那里总是停着不少解放牌大卡车，地上都是煤渣子，天上是烤人烤人的太阳，天可真够热的。我们会猛地把自行车一蹬穿过运输公司的门房，马上就听见有人在我们后边“噼里啪啦”追过来了，是看门的干巴老头“二两酒”，我总忘不了他扭秧歌时扮的那个丑媒婆的样子，所以一看到他我就总是想笑。他总是天天要喝那么二两，天天坐在那里喝，就着手里的一块豆腐干。也不知为了什么，他见着我们就要骂。因为我们要穿过这个院子，从院子东边的一个豁口出去，这样一来我们就抄了不少近道。运输公司东边就是皮鞋厂的那条臭水沟，有一阵子我们经常去那里游泳，那水可真是够他妈臭的，我们都不知道皮鞋厂里怎么会流出那么多的水？后来我们就不在这条臭水沟里玩了，我们宁愿多走点路到城东的那条河里去玩儿，但那条河里像是永远也不可能有大鱼。河边的菜地里的蔬菜散发着一股子精液的味道，我们一致认定就是那种味道，那会儿我们已经知道了那是一种什么味道的味道。我们都不太喜欢那种味道。

而且我和皮兔子一致认为那种味道是彭大眼给留下的，因为他也来游泳，他总是和建国在一起，总是离开我们老远，我们在南边，他们就去北边，我们要是去了北边他们又会到南边。我们那会儿游泳都不穿裤头，彭大眼的怎么就那么大呢？透他妈的！所以水沟里的味道肯定是他给留下来的。

夏天的时候，我们都给晒得要多么黑有多么黑。而到了冬天我们想找乐子就得走很远很远，顺着那条结了冰的河"咯喳咯喳"一直往北走，然后再朝东，去上东山，东边那一带的山上都是积雪，真他妈耀眼，然后再"咯吱咯吱"往上走。"咯喳咯喳""咯吱咯吱"一路都是响动，这就是冬天。

冬天到了最冷的时候，人站在那里，会猛地听到"啪啪啪啪"几声，是地裂了，我和皮兔子都看到过几回，我们的脚下，"啪啪啪啪"响过后突然裂了一条一指宽的缝，你说这天冷不冷？可真他妈够冷的。天到了这么冷的时候，学校里基本就不上体育课了，体育课改成了手工课，不管男生女生一律都坐在教室里学习打毛线，一人一团线两根针。镶了一颗金牙的陆老师说："都好好儿打，一开始是两根针，到你们能用到四根针你们就学成了！"

冬天出去玩儿的时候，我和皮兔子都还忘不了带洋火柴，那种白头洋火柴，在手指甲盖上都能划着，取一根，在大拇指甲盖上轻轻一划，"叶"的一声就着了，蓝色的火苗可真好看。我那时候就是没事喜欢划火柴玩儿。就那个运输公司看大门的干巴老头儿"二两酒"，有一次喝醉了，迷迷瞪瞪地用白头洋火掏自己的耳朵，结果"叶"的一声把洋火给掏着了，把耳朵眼都给烧了，据说二两酒掏的是左耳朵，结果连他的右耳朵那边也往出冒青烟了，这可真是吓人，他可真是个老酒鬼，我透他妈的。

再后来，建国不见了，人们都说他去了林场，其实他是到山里当了道士，关于当道士的事，建国像是很早就跟我和皮兔子说过，他那天不知为了什么事把眼睛给哭得红红的，他很伤心地对我和皮兔子说人待在这个社会上真没有意思，他说他想飞，飞离这个社会，想飞就得去当道士，当然当飞行员也可以，但他当不了飞行员，就他那出身，掏大粪大粪都嫌他臭。后来他就不见了，再后来人们说他真去当了道士，再后来，有人说他都能从树下飞到树上了，是身轻如燕，而且飞到树上后能盘着腿在树梢上一坐就是老半天，再大的风都吹不动他。人们都这么说，都说再练几年建国也许都能飞到云朵上去，我们这座小城可算是出了一个名人了。以前人们不让建国姓毛，可现在人们一说到建国就叫他“毛道”，“毛道”长“毛道”短。

我们那个院子，不但是建国不见了，许多的人都不见了，连彭大眼也不见了。我的嗓音也变粗了，再照镜子的时候，好家伙，我他妈的这个喉头可真是牛逼，比皮兔子都大。一晃十年就这么过去了。

这十年，我和皮兔子都没见到过建国。但我们都知道他在什么地方，就在东边的山上。我们总说要去那边找找建国，找找这个毛道，“毛道——”，这么叫他真是有点怪怪的，但我和皮兔子都想看他往树上飞一次，飞一次就行，但不知道他肯不肯给我们飞。但我们同时还想去套兔子。再说了，我们住的那个大院子也被拆了，因为西边要扩路，这条路通火车站，车那么多，不扩不行了。院子没了，院子里的老邻居就谁也见不到谁了。可人们又能见到彭大眼的老爸了，他又当了市长，经常在电视里露面，人猴瘦的，比以前还瘦，还总是打嗝，平均每说两三句话就要打一下嗝，吃饭的时候也停不下来，吃两口打一个嗝，吃两口再打一个嗝，搞得旁边的人都没了胃口。人们就都在背后叫他“嗝市长”。都多少年了，我还记着小时候他拿糖给我们吃，那时候彭大眼的妈妈还没有死，我们去彭大眼的家里写作业，家里真是安静，一只苍蝇在飞来飞去，窗台上的那盆醋浆草开得真好。彭大眼的爸爸看看我们的作业，然后拿黄油球给我们，每人只给一粒。黄油球挺好吃的，他那会儿还不打嗝，说话整齐响亮。

皮兔子那天对我说别看他当了市长，人可太可怜了，女人死了，两个儿子死了一个，彭大眼据说现在还不认他。皮兔子的这话太让人不解，什么意思呢？为什么？我看着皮兔子，说那为什么？

我说：“皮兔子你别老眨眼好不好？彭大眼为什么不认他爸？”

皮兔子说：“他说他妈和他弟都是给他爸害死的，所以他不认。”

我想了想，彭大眼的妈和弟弟可不是就是给他爸害死的，要不是他爸她们也不会死。但好像这也不能怪怨他爸，他爸也够可怜的，生生被打断了五根肋骨，这种事，谁也不能怨谁，要怨就怨王八蛋吧！这事我忽然就想通了，心里忽然有了近似于历史感的那种东西，很悠远，又很让人难受。但问题是，我们谁都不知道彭大眼现在去了什么地方？没人知道。就好像这个世界上原来就没这个人似的。

皮兔子又对我说，彭大眼他爸还不算最可怜，工会李主席比他还可怜。

我吓了一跳，忙说又怎么了？他女人也上吊了吗？皮兔子说那哪会，现在哪还会有动不动就上吊的人？现在人要死，一般都跳楼，一闭眼，一跳，什么麻烦事都没有了。我说你说到底是怎么回事？工会李主席怎么了？皮兔子说还能怎么样，他没了一只眼。是工会食堂里煮鸡蛋，正好工会李主席去食堂检查工作，手里拿着个铝饭盒。结果一颗鸡蛋就在锅里爆炸了，从锅里一下子跳出来就炸在了他的左眼上，一只眼就没了。

这简直是太神奇了，鸡蛋从锅里跳出来？我吓了一跳。

“是闹鬼吧？”我说。

“谁也说不清，就这么回事。”皮兔子说。

“鸡蛋自己从锅里跳出来，我操，真怕人！”我说。

“你嘴张这么大干什么，想让我透你一下是不是。”皮兔子大笑起来，手里的一串钥匙“哗啦哗啦、哗啦哗啦”。

“他那眼睛呢，是不是给从眼眶里炸出来了？”我问皮兔子。

“人们都这么说。”皮兔子说。

这我就知道了那个工会主席为什么后来总戴着副黑眼镜了。

2

“怎么样？准备得怎么样了？”那天皮兔子在电话里问我，外边风很大，天阴着。我从窗里朝外看了看，看到了一个塑料袋被风吹上了天，无论什么东西，一旦上了天就都很牛逼的样子，飞啊飞啊，还不就是个破塑料袋子。我透他妈的！

“怎么样，收拾好了没？”皮兔子又在电话里问。

“星期五、星期六、星期天，星期一咱们回来。”我对皮兔子说。

“对，咱们在外边就住三天，”皮兔子说。

“对啊，三天，不能再多了。”我说。

“要下雪了，下雪才会套住兔子。”皮兔子在电话里说你就等着吃麻辣兔子吧，又麻又辣的兔子，到时候先让建国吃。

我就在电话里笑得东倒西歪的，他问我笑什么，我说你自己想吧，这你不要问我，你去问麻辣兔子。

皮兔子居然没想出来我为什么笑，他有时候真是有点蠢，他说也许山上还会有狐狸，这谁也说不定，或者是野猪，要是碰到野猪就坏事了，因为我们手里都没有枪，枪都给没收了。就是不知道那些被没收的枪现在都放在什么地方？

“据说被没收的枪里边还有建国他爸的德国双筒，我透他妈的！德国双筒都能打飞机了。”皮兔子说。

我说：“透他妈的，不可能每次都能让你看到一架飞机从咱们头上飞过，哪有那么巧的事。”

那一次，我和皮兔子快爬到山顶的时候看到一架飞机从我们头上“嗡”的一声就过去了，那真是让人头皮发麻！我们都觉得那是一架军用飞机，但那确实是一架很大的飞机。这已经是好久以前的事了。我和皮兔子，都认为山那边肯定会有个机场，但我们谁也没去过山那边，问题是这边的山上也太他妈荒凉了，是荒无人烟。一般来说，下雪天上山，因为有指南针，一般不会迷路。但我们总是怕在山上碰到虎和豹子，虽然我们都知道这种事大概不会有。但那边的山里真是没有人家，一户也没有。你一直走一直走也不会看到一户人家。虽然我们不会一直走一直走，我们都知道一个人要是一直走一直走就会又回到原地，但那得走多长时间？那得经过多少地方？一路上也许还会遇到印第安人和玛雅人，也许都会被吃人族做了晚餐。我读过儒勒·凡尔纳的《八十天环游地球》，我们可没那么傻逼，我们不会走那么远。我们只想去套兔子，在雪地里套兔子，到山里去套兔子。实际套兔子也只是个借口，我们是想去找建国，因为我们想去看他盘腿坐在地上往树上飞，这对我们的诱惑可真是太大了。

经常和我们一起玩儿的周纪委还给我们画了一张图，他对我们说，顺着山沟一直往里边走，一直走一直走就会找到那个地方，建国就在那地方。当然那地方除了他还有别人，都是修道的，但他们谁跟谁都不挨，都离得很远。他们那些人一天都不会有一句话，那些人都是些不想在社会上待的人，他们也不想让人们看到他们，所以他们才在那里修行，修得好的人会在有月亮的晚上对着月亮吃月亮的那种光，他们叫“月华”，所以他们根本就不用吃饭，没月亮的时候他们会站在山顶上吃风，吃一肚子清风，一般也是在晚上站在山顶上吃，张开嘴，面向西方，据说那种风是直接从昆仑山那边吹过来的，是他们的专供，然后再喝点早上树叶子上的那种露水，最好的露水应该是松针上的那一滴一滴的露水，据说要比汽水好多了。

“其实下雪去也不好玩儿。”我对皮兔子说。

“咦，怎么又不好玩儿了？你妈个逼。”皮兔子说。

我说，“咱们要是真找到了建国，你想想，树上有雪，地上也是雪，让他怎么飞，到时候咱们让他飞还是不让他飞？”

“肯定得让他飞。”皮兔子说我们去找他就是为了这事。

“下雪还不知道能不能飞？”我说，“是坐在地上盘着腿往起飞。”

“手还要这样。”皮兔子说，比画了一下。

说这话的时候我们已经在山里了，山里的雪下得可真不小，我们在雪地上划拉着走，那样子就像是在蹚水。我们进山了，为了不让雪灌到脖子里，我和皮兔子都围了大围脖，我的围脖是灰格子的，皮兔子是个爱吃屁的人，我做什么他也做什么，他的围脖也是灰格子的。我们俩头上都戴着那种用毛线织的可以把头套住的小圆帽，我的是深蓝色的，你猜怎么着，皮兔子的小圆帽也是深蓝色的。我们就是这样的装扮，又是小圆帽又是灰格子大围巾，所以我们都像极了以色列人。这次去，我们给建国带了些吃的，毕竟有十多年没见了，其中有一只红通通干巴巴的烧鸡，烧鸡干巴了才好吃，才能用手撕，那才香，一丝一丝的肉。道士好像是可以吃这种东西，除了烧鸡，还有十多颗熏鸡蛋。道士除了可以吃这些东西，之外好像还能透女人。我们在网上把这些都查明白了。我还知道明代有个叫朱耷的古人就是为了能让自己透女人而不当和尚去当了道士的。

“如果能透女人，我也去当道士。”

皮兔子还对我这么说。说当道士的福利可能也就这个了。

这次出来，我和皮兔子还带了几束热干面，我很喜欢吃这种热干面，还带了一瓶猪油，还带了一个户外用的煤油炉和可以煮两碗面的那种锅。我很喜欢这些，但就是不知道会不会用得上。会不会有机会在雪地里煮面吃，当然还有酱油，在煮好的面条里放点猪油再倒点酱油有时候也很好吃。而实际上我想皮兔子和我一样都在心里想着见到了建国后他会拿什么东西给我们吃？这么一想我就又想起建国给我们吃的大白兔奶糖了。这么一想我就又摸出一颗口香糖放在嘴里，也就是说，这次出来我还带了口香糖，晚上睡觉的时候我和皮兔子都得吃口香糖，这样离得再近也闻不到对方的口臭，虽然我和皮兔子的嘴都不臭，离得再近也不臭。

我又想起小时候的事了，“哈哈哈哈、哈哈哈哈”，皮兔子张大了嘴让我看他嘴里的那颗虫吃牙，我趁机就往他嘴里吐了口唾沫，这可真是够恶心的，但这是我们小时候的事，他就追着我不放，我跑不过他，被他仰面朝天按在地上，我被他压着，告饶也不行，反抗也不行，他说你要是再不张嘴我就把你给透了！我只好张开嘴让他给我嘴里也来那么一下子。

除了口香糖什么的，我和皮兔子每人还带了一个睡袋，我那个睡袋是双人的，军绿色的，我喜欢军绿色。要是实在太冷，皮兔子就会钻过来和我一起睡。我们从小就这么习惯了。皮兔子睡觉总爱趴着，后来，我还是忍不住告诉了他，那次是我们一起去洗澡，我的比他大多了。他吃了一惊，说咦怎么你的那么大？小时候咱们其实是一样的，怎么回事？我就忍不住告诉他以后睡觉千万不要趴着，那东西压着就不长了，女人也一样，女人要是压着胸上那两块肉也就不会再长了。我告诉皮兔子我睡觉从来都是面朝天，从来不压，但皮兔子就是改不了，一睡着了就趴过来了，还打呼噜。

皮兔子的脚可真凉，没什么事我才不愿意和他睡一个睡袋。

在雪地里“咯吱咯吱”地走着。我忽然又想起来一件事，也是关于吃的事，我们都知道建国最爱吃回锅肉，大片大片的回锅肉，一口一大片，嘴角的油就流下来了，谁让他是湖南人，湖南人都好那一口，再说，湖南人的腊肉也真是好。

“就是不知道他当了道士后还能不能像以前那样吃回锅肉？”我对皮兔子说，“鸡蛋好像可以，鸡蛋可以鸡肉就也没问题。”

“你还说？”皮兔子说他这会儿真有点饿了，再说就更饿了，“说点别的好不好？这时候说这些越说越饿。”

我对他说如果再走一个小时还找不到地方的话咱们就在雪地里煮热干面吃，结果，我们立马就看到那红颜色的山头了。

我们都仰起脸来，雪都扑到了我们的脸上，但我们不得不仰脸，那个红颜色山头好像已经朝我们压过来了，雪在飞，山在动，在朝我们压下来。我和皮兔子都看清了，山头的左边是一条路，其实就是石头上的一道缝，右边还有一条，但一般人根本就发现不了右边那条。周纪委给我们画的那张图太好了，红蓝铅笔都使上了，圈圈点点的。所以我们一下子就找到了，要是没这张图我们绝对是抓瞎，那地方可真是太隐秘了，你根本就不会想到那上边还会有这么一座小道观，当然是小道观，不能再小了。

“他妈的到处都是烂树林子。”我们开始钻树林子了，我一边往里边钻一边对皮兔子说，“要是咱们杀了人就来这里当土匪。”皮兔子用那种眼神看我，说，“你不会杀我吧？”我说，“你个屁，武侠小说看多了是不是？再说小心我透你。”我又对皮兔子说，“这树林子到了雨季肯定会有不少蘑菇，各种蘑菇。”

我和皮兔子钻过一片树林子之后紧接着又是一片树林子，我们只好又猫下身子钻，我又对皮兔子说了一次，“这样的树林子就是出蘑菇的好地方，但就是不知道会不会长榛子蘑和牛肝菌？”

皮兔子就“哈哈哈哈”笑了起来，说，“操你妈的，还牛肝菌。”

我们“哗啦哗啦”往里边钻。好不容易“哗啦哗啦”才钻了出来。然后，一抬头，我们就看到了上边石头下的门和窗，我们就知道到地方了。上边的门和窗上红红的是什么？雪下得也真是太大，什么都看不太清。但我和皮兔子还是明白那门和窗上红红的是去年贴在上边的对联儿。再往上走，我们看到房顶了，房顶上是草，谁知道是什么草，很长的草，黑乌乌的，都被树棍子压着，可现在都给下白了。再往上走，我们就又看见屋前的盆子，一排溜陶盆子，那种红陶盆子，都挺大的，里边都是些枯秧子，但肯定不是人参什么的，好像是茄子秧？

“是不是呢？管球它是不是。”我对皮兔子说。

“这可能是建国种的菜。”皮兔子说。

上边的风可真大，打着旋儿地刮，一个旋儿，又一个旋儿，从地上旋起，到了天上就不见了，紧接着又一个旋儿，又从地上旋起，一直往上旋往上旋，旋到天上就又不见了，紧接着又来一个。

我和皮兔子都站住，面对着那门和窗，那好像根本就不能算是一间房，更别说它是一座小道观了，那只是一个门一个窗，再加上一堆烂石头。我和皮兔子站在那里，我大吸一口气，开始大声咳嗽，这是我们商量好的，皮兔子也跟上咳嗽，我们又不能喊，我们只能大声咳嗽，我们一咳嗽屋里的人就知道是有人来了。我和皮兔子站在那里好一阵子咳嗽，几乎把一辈子的咳嗽都交代在这里了。

一个道士模样的人，终于从屋里出来了，门是从里边朝外一下子被推开，里边的人可能原想只开一条缝朝外边瞅瞅，但风把门“啪”的一声完全吹开了，好像是门把里边的这个道士带了出来，不是带，是拽，把里边的这个道士猛地拽了一下，“出来啵，你给我出来啵！”风好像还这么说，一下子，把他从屋里给拽了出来。

这道士模样的人一出现雪才是雪了，如果没人，雪像是不存在，人一出现，雪就像是横着来的瀑布。

我的嘴张老大，看着那边，发不出声来了，真是建国。

我看看旁边的皮兔子，皮兔子脸上飞雪茫茫，两眼眯着。

“是建国。”皮兔子小声对我说，他也认出来了。

“建国——”我终于喊，声音是虚虚的，像是一下子就没了底气。

“建国——”皮兔子也喊了一声，还他妈带了一句：“我是皮兔子，我是皮兔子。”

眼前那个道士模样的人，也就是建国，忽然像是飞了起来，雪下得真是大，山顶的雪要比山下的雪大得多。这你知道了吧，无论是谁，站在这样的雪里都像是飞，横着飞，我知道这个人肯定无疑是建国了，建国一下子飞过来了，是飞，两条腿在雪里一点一点，我的手已经被他一下子握住，软软暖暖。

我有点慌了神，我听见我自己突然小声说了句，“我是叫你建国还是叫你毛道？”这话好像不是对建国说的，也不知是对谁说的。在那一刹那，好像是天地间什么也都没了，时间也都没怎么过，好像十多年时间只是刚才的分分秒秒，我们都还在过去。

我，当然还有皮兔子，真真切切听见建国在说：

“老果子、皮兔子，真是你们俩儿？”

待我又喊一声“建国”，声音从嗓子眼里迸出，水花四溅的很。

“老果子。”建国叫了我一声，脸上都是动的雪。

“皮兔子。”建国又喊一声皮兔子。

“建国，不，毛道。”我又说。

我们三个人紧紧抱在一起了，我胸口那地方忽然紧得不行，我仰了一下脸，张了一下嘴，好容易用一口气把那紧憋的一团打松了，又忽然觉得自己浑身有些软，我这才听见我自己的声音是人的声音了：

“建国，想不到你真在这里。”

“快进来。”建国已把手松开。

建国在雪里一跨，一跨，又一跨，雪真厚，人像是飞，在雪上飞。

我和皮兔子也跟着一跨一跨一跨一跨，却是在从雪里往出拔脚，雪可真他妈深，山下就没有这么大的雪。

我们跟在建国身后几跨几跨几跨地进了屋，我走在最后边，我用了力，风真大，好像根本就不同意我把门拉上，我用力把门拉拉拉拉，好容易才拉上了，只觉自己在那一刻忽然变作了古人，在拉一张千斤的弓，把风雪总算是关在门外了。我们都在屋里了，屋里真黑。我们把身上的雪拍了又拍，脚下都是雪了，倒映得屋里亮了几分。

我说，“建国，你真不像是一个老道。”

“怎么选了个这天气来？”建国说。

“外头雪好大。”皮兔子也说，这实际上是句废话。

被关在了外边的风和雪此刻像是生了气，风卷着雪，“突突突突、突突突突”不知道是不是要把建国的这间小房子摇倒，是这个感觉，屋里亮起来，建国把个灯点着了，屋里马上有了模样，什么什么都能让人看清了。我又说了句极其扯淡的话，我对建国说，“这么多年我们也没来看你。”建国就笑起来，笑声和过去没有两样，根本就不像个道士，道士的笑声是什么样我们也确实不知道。

建国说，“我就是想让人们找不到我才好。”

建国说话的时候我的眼睛才慢慢适应了，这个屋子太小了，一条炕就占去了整个屋的一大半，屋里乱糟糟到处都放着各种烂东西，那个乱真是没法说，炕上的被子也不知道有几条，乱堆着，而且像是纠缠在一起，我这才发现，好家伙，还有一个人在炕上头朝里睡着，只露着一个后脑勺。脑勺旁边黄黄放着一个橘子。炕上的被子像是有几年都没有叠过了。建国刚才可能就在这个人旁边躺着。小屋的墙上钉了不少木橛子，密密麻麻，几乎每个橛子上都挂着一个塑料袋，每个塑料袋上都贴着一张纸条，上边还写着字。

“好家伙，还有一个人。”我小声对建国说，“不是女的吧？”

"男的，他跟我做个伴儿。"建国迟疑了一下，说。

"不是女的就行。"我说。

"你们坐你们坐。"建国说。

"小点声小点声。"我说，又回头看了一下那个头朝里还在安睡的人，这个人的睡功可真是好，我们说话的声音并不小，他一动不动地还在睡，是一动不动。

"饿坏了吧？"建国说。

"不饿不饿。"我说。

"待会可以喝点酒，我这里还有酒呢。"建国说。

"喝点就喝点。"我说。

"我看你们也饿了，先吃饭吧。"建国说。

建国开始忙着给我们做饭，那个土坯垒的灶在窗下，此刻像是要灭了，建国蹲下来，把嘴尖了对着灶口吹，又往里边加了柴，一把松毛，又一把松毛，地上堆了好大一堆松毛，建国又抓了一把松毛，刚被吹起来的火一时又给闷住，建国又吸足一口气，身子往后又一仰，再往前一倾，腮帮子鼓起，"轰"的一声，火光一闪，"噼噼啪啪"一时烟起，那烟亦是怪，一团，往上，又往下，紧在一起也不散，然后兜个圈子，一团地随着建国出去了。建国又出去了，不知去取什么东西。再进来时，建国手里多了几个山药和几根胡萝卜。我这才想起把带给建国的那些吃的东西赶紧掏出来。我一边掏一边对建国说这是烧鸡这是熏鸡蛋。当然，我还给建国带了点木耳和蘑菇，都用报纸包着，还有一包红糖，也用报纸包着。

建国说好久没吃到烧鸡了，"好，烧鸡。"建国说。

建国已经扯了一条鸡腿，还没吃，又说，"好吃。"

我忙回头看看，那个人还在睡，这人的睡功可真好，我想问问建国炕上那是个谁，别吵着人家，我还没问，皮兔子抢先问了。

"下雪天就数睡觉好，他怎么还睡？"

"是不是也是道士？"我小声说。

"你们猜？"建国说。

这让我们怎么猜？这个人头朝里，整个身子都给大被子盖着，只露出个后脑勺，这怎么猜？不过也该吃饭了。

“喊醒他吧，一起吃饭。”我对建国说。

“喊不醒的。”建国说。

“还有喊不醒的人？在这个世界上只有睡不着的人，哪还有喊不醒的人？”我看着建国。建国把身子往炕里探了探，把那条鸡腿轻轻撂在那个人的枕头边了。

“永远喊不醒的。”建国又说。

“哪会有这种功，这叫什么功，跟死人一样了。”我说。

“喊不醒，他睡了五年。”建国看着我和皮兔子，两眼忽然亮起，像有光从里边闪出来，声音也像是忽然一下子飘到很高很高的地方去，但我和皮兔子还是听到了，“喊不醒，永远也喊不醒。”

我不懂一个人怎么会一睡就是五年？我真是一个天字号大傻逼，我还问还问，“怎么能一睡就是五年？这是什么功？”这可太好玩儿了，这是不是要比飞还有意思？一个人要是碰到了什么麻烦事，干脆一睡五年就好了，这么一想，许多人的脸就从我的眼前一闪一闪闪过，我爸和我妈，毛工程师，彭大眼的妈和他爸，工会李主席，还有姚姥爷陆老师，还有“二两酒”和更多的其他人，如果他们也能这么一睡就是五年就好了。

“一睡就是五年，当所有的麻烦事都没了，他们又会醒来了，那多好。”我对建国说。我痴着，两眼看定了建国，想问问这是不是道家炼的另一种功？

“他是彭大眼，死了五年。”

建国的声音像是一下子就飘到更高的地方去了，再飘就要听不到了。但我和皮兔子同时都听到了，我俩都大吃了一惊，都回过头，想不到彭大眼在这里，想不到躺在那里的人是彭大眼？睡了五年，不，死了五年，怪不得他躺在那里一动不动。

“是彭大眼？”我说。

“对，彭大眼。”建国说。

“睡五年了？”皮兔子声音也不对了。

“是死五年了。”建国说。

“你就这么和他睡在一起？”我说。

“那怕什么，我们从小在一起，他人都干了。”建国说。

“你就不怕？”皮兔子站起来了。

“那有什么怕，他是彭大眼，就这么睡我旁边，已经五年了。”建国说我一点都不怕这有什么可怕。

“他一直就这么躺着？一直躺了五年？”皮兔子的声音有点抖。

“对，我们在一起，他也不孤单，我也不孤单……”建国的声音飘到更高的地方去了，我们的耳朵里，一时只剩下外边的风雪之声，门被吹得“突突突突”响，窗被吹得“浮浮浮浮”响。

外边的风可真大，打着旋儿地刮，一个旋儿，又一个旋儿，从地上旋起，到了天上就不见了，紧接着又一个旋儿，又从地上旋起，一直往上旋往上旋，旋到天上就又不见了，紧接着又来一个旋儿。我们要离开建国了，我们没提出要他坐在地上往起飞，往树上飞。我把几束热干面，还有猪油和酱油还有黄花木耳什么的都留给了建国。

下山的时候，我和皮兔子紧紧地抱在一起，我们忽然都没了话，天地间，忽然像是什么也都不复存在，我和皮兔子紧紧抱在一起，雪还没有停……

训　练　课

下了一场雪，到处湿漉漉的。

老大卫认为事不宜迟，不能再等了，鲍宇的爷爷一去世，老大卫就认为这件事已经落在了自己的身上。老大卫那天在电话里对女儿也就是鲍宇的妈妈说他不能眼看着自己的外孙变成一个只会在城市里生活的人，老大卫认为自己必须要把外孙鲍宇教成一个可以在荒野里活下去的人，“以后的世界还说不定是什么样呢，他必须马上学会生火做饭，必须能把自己锻炼成一个敢一下子脱光衣服跳到雪地里去的小伙子，不能再等了，在他去意大利之前。”

鲍宇的爷爷，去世得也太突然了，那天老大卫接完电话就急匆匆赶到了医院，那家医院在河的东面，已经是晚上了，医院走廊里的灯光显得特别惨白，现在想想，其实那就是一次告别，虽然在那之后鲍宇的爷爷变成了植物人又活了三年多时间，但植物人其实就是死人，只会出气。鲍宇的爷爷和老大卫是很好的朋友，他们在一起总是有说不完的话，鲍宇的爷爷坐在靠窗子的那把椅子上，老大卫坐在电脑桌这边的椅子上，窗台上的那颗南瓜可真红。他们一边喝茶一边说着永远也说不完的话，说这个小镇里最近发生的事情，说灰蒿雀又从南边飞回来的事，讨论猪肉怎么会一下子涨到四十块钱一斤？但突然，鲍宇的爷爷，那天，去车站接一个从利物浦回来的老朋友，他在家里先做好了饭，摆好了酒，其实他在出门的时候应该多少吃那么几口，谁都知道鲍宇的爷爷是低血糖，动不动就头晕，但只要是从口袋里摸出一块水果糖就没事了。但这天鲍宇的爷爷去车站接人是既没吃东西口袋里也没放糖，他接了朋友，和朋友一起上了出租车，还来不及说话，头一歪，人就失去了知觉。

老大卫赶到医院的时候正赶上医生们在急救室里做抢救，天已经黑了。那个心脏起搏器在老大卫的眼里简直就是个打夯机，太可怕了老大卫看着鲍宇爷爷的那两只脚，起搏器每击打一下，鲍宇爷爷的那两只脚就会猛地抽搐一下。那是两只苍白得不能再苍白的脚。鲍宇的爷爷去世是在他成为植物人的三年之后，也就是前不久的事，这次，老大卫又急匆匆赶到了医院。让老大卫想不到的是鲍宇的爷爷突然醒了过来，居然认出了围在他身边的人，眼睛居然还会动并且转来转去。但时间很短，十多分钟，然后人就不行了。从医院出来，老大卫满眼都是泪，“鲍宇，鲍宇”，“鲍宇，鲍宇”，老大卫能听见自己在心里呼喊小鲍宇。在那一刻老大卫觉得小鲍宇是那么可怜。

老大卫觉得不能再等，他急匆匆赶来了，在鲍宇去意大利之前他要把鲍宇接到老地方去教他一些事情，住几天，抓紧锻炼锻炼。老大卫喜欢把那个地方叫作“老地方”，其实那只不过是一处红砖砌的老房子，房子的东边是一大片林子。过了林子就是山，房子的西边是一个湖，很大的湖，冬天的时候，不少人会到湖上凿开冰捕鱼。那老房子，还是老大卫父亲留下的，老房子特别好玩的地方是有个地下室，那个年代，人们特别喜欢在自己家里挖地下室，好像不挖就吃了亏似的，地下室的好处就在于到了冬天可以把用来过冬的东西储存在里边，圆白菜啊，土豆啊，胡萝卜啊。老大卫记得有一年地下室里放了很多南瓜，那一年冬天老大卫吃了不少南瓜。

老大卫的名字叫黄大卫，但人们一直都在叫他老大卫。

老大卫觉得自己不能再等了，因为那天晚上，也就是不久之前，老大卫和朋友喝了酒，是他喜欢的“黑龙江”牌子的白酒，好多年了，他都没见过这个牌子的白酒了，老大卫还以为这种白酒不生产了。因为这个牌子，老大卫喝多了，结果晚上就犯了病。是心绞痛，后半夜两点的时候他被疼醒了，疼得不停地在床上翻滚，老大卫明白是心绞痛，他挣扎着给自己找了药片，小药瓶就在床头，吃了药，好像是好了一点，但过了一个多小时，心绞痛又来了，老大卫又吃了一片。老大卫做心脏支架已经快一年了，长得实在是漂亮的小陈大夫对老大卫说就先放一个吧，另外那根 V 字形血管不能放，要是同时放支架，恐怕会互相影响。老大卫觉得自己不能再等了，他来了，没把心绞痛的事告诉任何人。

“许多事情鲍宇都得必须学会，既然他爸爸教不了他，那么就由我来教他吧。”老大卫在电话里对女儿说。

鲍宇十七岁了，鲍宇长得跟他父亲一点都不像，也不像他的母亲。

“他到底像谁？”老大卫问女儿。

“我怎么知道他像谁？”女儿笑着说。

老大卫来了，像往常一样从外边进来，换了鞋，大声喊了一下鲍宇，鲍宇马上就从他的屋里走了出来，手里拿着手机。他们都站在客厅里，你看着我我看着你，还好像，他们都有点激动，他们每次见面几乎都是这样。其实不久前他们刚刚见过面。“你又长高了”，老大卫对鲍宇说。然后他们就坐了下来，老大卫马上又对鲍宇说，“你不要用手指抠这地方”。鲍宇的脸上，鼻子那地方长了两颗小疙瘩，有一颗已经被抠破了，老大卫不说还好，他这么一说鲍宇的手就又抬了起来。老大卫告诉鲍宇，“鼻子，再往下，包括嘴一直到下巴，这个三角区一旦感染就会有危险，千万不能用手去抠。”老大卫用手轻轻打了一下小鲍宇的手，因为他的手又抬了起来。小鲍宇笑了一下，想说什么，但没说，他站起身，对着客厅墙上的镜子看了看自己，又摸了一下鼻子上的那个小疙瘩。这时候，鲍宇的父亲，也就是老大卫的女婿正在院子里给那几棵树浇最后的一次水，从窗子里可以看到他手里举着一根粉红色的胶皮管子，那是几棵海棠树，树上的果实还在，红红的很好看。院子里的珠颈斑鸠经常会来啄食这些果实，虽然它们不是多么喜欢这种果实，但冬天一旦来临，它们别无选择。

鲍宇转身找出了两个杯子，鲍宇把茶递了过来。

老大卫端着茶杯一动不动看着小鲍宇。

“喝吧姥爷。”鲍宇说。

“许多东西你都要学会。”老大卫说你既然一个人去意大利。

鲍宇不知道姥爷在说什么，鲍宇还在看他的手机，几乎是，从老大卫一进家开始鲍宇就一直在看手机，鲍宇不知道老大卫说的许多东西里边都包括了哪些东西。

“什么许多东西？”鲍宇说。

“许多东西连你爸都不会了，所以他更不可能教你，但我能教给你，必须教给你。”老大卫又说现在的孩子就是缺少这种……老大卫不知道是应该说“教育”这两个字还是应该说“锻炼”这两个字，但老大卫很快就明白是应该用“传授”这两个字。

“现在的孩子就是太缺少这种传授。”老大卫说。

鲍宇还在看他的手机，突然小声叫了一下：“看这双鞋子。”

鲍宇把身子凑过来，老大卫把身子偏过去：“什么鞋子四千多？”

鲍宇的手指在手机上动动动，又让老大卫看另一双鞋，老大卫更吃惊了，这双鞋子的价格居然是一万三千四百。

“还有这么贵的鞋子？”

“我没钱买。”鲍宇说，“我刚换了手机。”

“为什么要买这么贵的鞋子？”老大卫看着鲍宇。

“我会慢慢攒钱。”鲍宇说。

“宝贝，你什么意思？”老大卫说。

“我会慢慢攒。”鲍宇又说。

在那一瞬间，老大卫觉得自己是不是太不了解鲍宇了？是不是该给鲍宇一笔钱让他去买那双鞋子，老大卫看着鲍宇，鲍宇虽然没看老大卫，但他知道老大卫正在看着自己。

“我会慢慢攒。”鲍宇又说。

鲍宇的素描画得真好，他经常把自己的画儿发给老大卫看。

吃饭的时候，外边天已经黑了，对面楼的灯光很亮。老大卫的女儿也就是鲍宇的妈妈用烤锅烤了几个土豆，她只不过是想试试那个看上去又厚又重的烤锅，那个锅是楼上的邻居登门向她推销的，楼上的邻居从去年就下岗了，可她的儿子还在读大学，生活可真够困难的，为此，鲍宇的妈妈向她买了一口烤锅，这口锅可真够重的，但烤出来的土豆真的很好吃。吃着土豆，鲍宇的爸爸也就是老大卫的女婿突然笑了起来，说，“老爸就要开始他的训练课了。”这话是对鲍宇的妈妈说的。鲍宇的妈妈和爸爸同时笑了起来。也许是他们都觉得自己不该这么说也不该这么笑，他们忙给老大卫搛菜。

老大卫“呃”了一声，又“呃”一声，“够了够了。”

鲍宇站了起来，也给老大卫的碗里挟了一筷子菜。

老大卫又笑着说：“够了够了，这次真够了。”

鲍宇说他已经吃饱了，其实吃饭的时候他一直不停地看手机。这时他拿着手机离开了饭桌。

“鲍宇——你吃得也太少了。”老大卫回过头对鲍宇说。

“就这样，一直这样，别管他。”老大卫的女儿鲍宇的妈妈说。

“吃饭的时候不能看手机。”老大卫对女儿说。

“那边，生活用品都有吗？”老大卫的女儿说。

女儿这么一说老大卫想起了去年夏天放在那地方的粮食，好像是有一袋大米还有面粉还有挂面，还有半桶食用油什么的，好像还有两颗南瓜，还有方便面。

“也许，早就生虫子了。”老大卫说。

“我估计那些东西也不行了。”老大卫的女儿说。

“我想还要再给鲍宇带几袋奶粉。”老大卫说，“要在以前，一定还要带上猎枪，双筒的，弹药，靴子和厚袜子，现在不行了，谁的手里都没有猎枪了。”老大卫停停又说，“要下雪了，天气预告有雪。”老大卫朝窗外看了看，因为是晚上，根本就看不到外边的天色。“估计有雪”。老大卫又说，听见鲍宇穿过了厨房，开冰箱的声音，鲍宇从厨房出来，回他的房间。手里一瓶牛奶和一个汉堡。

“离上冻还有一段时间。”老大卫说，“湖上了冻就可以凿开冰抓鱼了，多吃鲜鱼对身体有好处，这几天的鱼很肥。

“你给你外孙好好儿抓几条鱼吃吃。”老大卫的女儿说。

“会的。”老大卫说，用手捂了一下胸口。

“有事吗？”鲍宇的妈妈问老大卫。

“没事。”老大卫说也许自己吃得太多了。

天真是要下雪了，老大卫和鲍宇到了老地方，他们开车用了两个小时。车把城市甩到了后边，又把他们带到了黑色的林子旁边，那林子是一个狭长的带状，在冬季的时候看上去是黑色的，而湖水在这个季节看上去也在由蓝慢慢转黑。秋天的时候，会有许多人来到这里收林子里的那种又小又硬的山核桃，然后再把它们卖给喜欢这种山核桃的人。

“这地方能听到流水声。”一下车，老大卫就大声对鲍宇说。

鲍宇说，“那边不是个湖吗？又不是河？怎么会有流水声？”

老大卫说，“你说得对，应该不是流水声，应该是水声，湖里的水声。”说话的时候，鲍宇已经跳下车进到了院子里，他把用铁条焊的院门用力“哗啦哗啦”推开，老大卫把车开进了院子里。鲍宇此刻已经进了屋，屋里还很干净，就像是刚刚有人住过一样。屋子里很冷，但实际上真正的冬天还没有来。

鲍宇说，“怎么没有暖气？冷死了。”

老大卫说，“有炉子，炉子可比暖气好多了，你要学会生炉子。”

“床单不脏，枕巾也不脏，真好。”鲍宇说。

“上个星期我来过。”老大卫说，“来给后边窗子安玻璃”。老大卫又说，“后面的玻璃不知道怎么坏了，窗台上发现了一只死老鸹，可能是那只老鸹撞坏了玻璃。”

老大卫从门后拎出把斧子，“你明天就用这把爷子劈柴”。老大卫放下斧子，又坐下来。他想给鲍宇讲讲钓鱼的事，十多岁开始，老大卫就在旁边的湖里钓鱼，那时候鱼很多。鲍宇已经知道了这个地方以前是农科所，也已经知道了老大卫的父亲，自己的外曾祖父是农科所的技术员，但鲍宇对这些都不感兴趣，他的兴趣在手机上。一进屋他就又开始看手机。

“你现在是一刻也离不开手机了。”

老大卫这么一说，鲍宇就马上把手机放到了一边，但过不了一会儿手机又在他的手里了。“我在看照片。”鲍宇说。来的时候，他们路过那个湖，老大卫带着鲍宇先看了看湖，老大卫对小鲍宇说就在那座桥下自己钓到过一条两尺多长的大鱼。说话的时候他们站在桥上，这是一座很老的木桥，桥栏曾经刷过绿颜色的油漆，只不过现在都掉光了。鲍宇趴在桥栏上看看桥下的水，水是一丝不动，水底铺满了金黄的树叶。“这地方根本就看不到鱼”。鲍宇又用手机往下边看，“但是景色可真够美的”。鲍宇拍了照片，并马上把它们发到朋友圈里去。鲍宇在朋友圈的照片上标注了一句话：景色可真够嗨的。

“明天早上起来你先劈柴生炉子。”老大卫说这是鲍宇的第一课。

“可真够冷的。”鲍宇说我会劈的。

“晚上可能要下雪了，下过雪天气才会冷。”老大卫说。

鲍宇的头发立着，嘴唇有点发紫。

“够冷的。”鲍宇又说，打了个哆嗦。

“晚上你和我躺一起就不冷了。”老大卫说。

“不。”鲍宇说。

“为什么？小时候我老搂着你睡？”老大卫说。

“我大了。”鲍宇说。

“那就两个被子你睡你的我睡我的。”老大卫说。

“那条鱼足够两尺长。”老大卫又想起钓鱼的事了，“也许不够两尺，但我觉得够了。”老大卫用手一下一下量了一下胳膊，“有我的胳膊这么长，这么大的鱼，不算小了。”

鲍宇把胳膊伸直了，“其实这么大的鱼也不能算太大。”

这时候天上有飞机轰鸣的声音，有飞机飞过去了。老大卫忽然想起了别的什么，说：“以前还有送信的，天天往这边跑，现在估计没人了。这个地方现在太安静了。”老大卫说话的时候鲍宇又开始看手机，“睡觉吧，明天你早起劈柴生炉子。”老大卫说，“煤就在厨房，煤这种东西就是好东西，有了木柴和煤就不怕冷了。”他还想说什么，但他想不起来自己要说什么了。

老大卫出去了，他想出去看一下。

“下雪了，好大的雪。”老大卫在外边大声说。

从外边进来，跺跺脚，老大卫又拍拍自己身上的雪，他觉得自己还想跟鲍宇说些什么。老大卫对鲍宇说你不要再看手机好不好。老大卫忽然又说起这地方当年种南瓜的事来。说外边这一大片地原先种的都是南瓜，南瓜太多了，都把人吃怕了。

“最大的南瓜这么大。”老大卫看着鲍宇。

“南瓜可以做南瓜蛋糕。”鲍宇头也不抬。

“主要还是鸡蛋。”老大卫说。

“好家伙，看这双鞋。”鲍宇看着他的手机。

“你怎么总是看鞋？”老大卫说外边雪下大了，明天也许会打不开门了，到时候要从窗子里跳出去，“脱光，跳出去。”

“脱光跳出去？”鲍宇抬起脸，“太夸张了吧？跳到哪里去？”

“跳到雪里去。”老大卫说我们小时候都这样，一下雪就这样，我父亲会让我们把衣服脱掉，会像赶鸭子一样把我们从屋里赶出去。你明天也要这样，洗个雪澡，一冬天就不会感冒了，你必须来这么几回你才会变成一个男子汉，你必须脱光衣服让自己直接跳到雪里去。

“我会的。”鲍宇说不过也许我受不了。

“我其实早就该教你这些了，现在也许都有点儿晚了。”老大卫说。

“我跟你说，姥爷，我跟朋友来过这里你信不信？”鲍宇突然说。

“我才不信呢。”老大卫看着鲍宇，想听他往下说。

“夏天的时候，我和女朋友。”鲍宇不看手机了。

“你才多大啊，还女朋友。”老大卫笑了起来。

“不信你看看那个床垫子下有什么。”鲍宇指了指床垫。

老大卫看着床垫，这不费什么事，一伸手，老大卫把床垫翻了起来，老大卫“呃”了一声，床垫下边有两片树叶。

“怎么回事？”老大卫说到底怎么回事？

“是她放的。”鲍宇说。

“你说说，是怎么回事？”老大卫有点兴奋了。

“我们来游泳，过来看了一下，就这么回事。”鲍宇说没了，“这地方我很喜欢，我都可以长期住在这里。”

老大卫看着鲍宇，笑了起来。

“那是夏天，现在是冬天，外边下雪了，你要洗个雪澡，脱光衣服洗个雪澡。”老大卫很高兴鲍宇把这种事都告诉自己。“像我小时候那样脱光衣服一下子跳到雪里。”老大卫嘴里说着这话，心里其实想着别的，想着鲍宇带女朋友过来的事，想着鲍宇的女朋友，长什么样？怎么回事？都发生了什么？

“我该铺被子了。”鲍宇说咱们钻在被子里说话。

“什么说话，你就看你的手机吧。”老大卫说。

鲍宇三下两下把被子铺好了，一床被子是被头朝墙被脚朝外，一床被子横着铺在另一床被子的脚下。“这么样可以了吧”？鲍宇说我横着睡在你脚下你的脚就不冷了，脚不冷你身上就都不冷了，你老了。

“鲍宇。”老大卫说。

“姥爷。”鲍宇说。

屋子里确实很冷，他们站在那里互相看着，外边是雪的声音，下雪是有声音的，“沙沙沙沙、沙沙沙沙”，是这个声音，只要静下来，这声音就像是从很遥远很遥远的地方传来。

躺下后，老大卫突然又叫了一声，“鲍宇。”

手机把鲍宇的脸照得很亮，鲍宇的脸很好看，少年的好。

“鲍宇，你告诉姥爷你和你女朋友的事。”老大卫说。

“我和她什么事都没有，主要是我不想。”鲍宇说。

“鲍宇。”老大卫又叫了一声，但不知道自己要说什么了。

“你老了，这样你的脚就不会冷了，脚一不冷，身上就都不会冷了。”鲍宇用手触摸了一下老大卫的脚，说，“我听见下雪的声音了。”

两个人都静了下来，外边是雪的声音，下雪是有声音的，“沙沙沙沙、沙沙沙沙”，是这个声音，只要静下来，这声音就像是从很遥远很遥远的地方传来，很遥远很遥远的地方是什么地方呢？这是谁也说不清的事情。

“睡吧，好好睡一觉。”老大卫轻声说。

“老大卫，你也睡。”鲍宇说，鲍宇喜欢这么叫姥爷。

“鲍宇，鲍宇。”隔了一会儿，老大卫又小声说。

“睡吧，老大卫。”鲍宇又说。

“睡吧，好好儿睡一觉。”老大卫说。

鲍宇那边没声音了。

……

鲍宇的父亲和母亲还有鲍宇哥哥赶来的时候已经快中午了，雪下得实在是太大了，高速公路都封了，没办法鲍宇的父亲只好从另外一条路往过赶。他们从来都没这么急，就像这场雪，多少年了，从来都没下过这么大的雪。鲍宇把电话打过来，电话里，鲍宇像是被吓坏了。鲍宇早早就起来了，起来后的第一件事就是他轻手轻脚把柴给劈了，鲍宇怕把老大卫惊醒，所以他去了另一间屋子，鲍宇在另一间屋把柴劈了，然后生着了炉子，生炉子用学吗？鲍宇一边生炉子一边还在心里说。但还真让鲍宇碰上了，那个炉子就是点不着，那黑色的煤块儿怎么也点不着，鲍宇用打火机引着了几张旧报纸，但炉子就是点不着。鲍宇从来都没有生过炉子，鲍宇把煤块儿先放在了炉子里然后才放的木柴，也就是说，煤块儿在下边，引火的木柴在上边。

鲍宇没了办法，他又轻手轻脚回到卧室，他不想惊动老大卫，他想让老大卫多睡一会，既然他睡得是那么香，睡得一动不动。鲍宇又轻手轻脚钻到被窝里去，又去看他的手机，又去看他的鞋子，鲍宇是太喜欢鞋子了，为什么喜欢连他自己都说不清。鲍宇现在脚上穿的那双鞋子居然会变色，在屋子里是白的，但只要一走出屋子，只要一走到太阳下边，鞋子就变色了。鲍宇继续看他的鞋子，继续玩儿他的手机。看着看着，鲍宇又困了，又快睡着了。但是，是什么，好像是什么猛地推了一把鲍宇，一下子又把鲍宇推醒了。鲍宇毕竟不小了，他觉出不对头了，他一下子坐了起来，但一切都晚了。老大卫在床上静静地躺着，他那样子真像是睡着了，但要是仔细看能看到老大卫的下嘴唇有那么一点往下耷拉，就一点点……

院子里终于有了动静，鲍宇的父母亲和鲍宇的哥哥出现了，还有别的什么人。纷纷的雪中，人影渐次清晰过来。纷纷的雪下个不停，好像是，鲍宇一直在睡梦中，一直就那么呆坐着。只有当鲍宇的父亲和母亲还有他的哥哥出现在了屋子里，鲍宇才清醒过来，才明白过来。

鲍宇本来已经穿好了衣服，此刻他却突然跳起来开始脱衣服，上衣，脱了。裤子，脱了。内衣，脱了。身上只剩下一条小裤衩了。鲍宇光着脚，赤裸着全身，朝屋外跑去，屋外是纷纷的雪，这是天上，地上也是雪，是没膝的雪。

鲍宇喊着："老大卫，老大卫。"

鲍宇朝屋外跑去，鲍宇跳到了雪里，整个人跳到了雪里，鲍宇又跑回来，浑身沾满了雪。

鲍宇再次喊着："老大卫，老大卫。"

鲍宇的脸上都是泪，再次朝屋外冲出去。

天上是纷纷的雪，纷纷的雪，纷纷的雪……

狮　子

怎么说呢，三年前，人们就相信那是一条狗，而且还都相信那是一条十分名贵的狗，要不罗非也不会养它。其实小峰那天不是去看狗，而是去看罗非新买来的摩托车，那辆进口摩托车可太不一般了，小峰还是头一次听说三百万的摩托车，小峰简直就是给吓了一跳。

小峰对电话那头的罗非说："你说什么三百万？"

罗非说："比这贵的摩托车还有，这有什么大惊小怪。"

小峰在电话里能听出罗非有些激动，罗非在电话里对小峰说："你怎么不马上过来看看我的新摩托车？你马上过来。"

小峰说："你那么多摩托车怎么还要买？而且，你平时又不开？"

罗非就在电话里说："你知道不知道什么是爱好，就像有人喜欢表，你见过谁在胳膊上同时戴两块表，但有人一买就是几十块儿世界名表，这就是爱好。"

罗非这么一说小峰就不说话了。好半天小峰才说："这是你们有钱人的玩儿法。"其实小峰原来是想说，"这是你们煤老板的玩儿法。"但话到嘴边就变了。

"有钱是坏事吗？"罗非说。

小峰忙把话岔开："你这次又买了辆什么牌子的？"

罗非在电话那头说了个牌子，但小峰根本就没听清，小峰对摩托车不感兴趣，他对车啊摩托车啊电脑啊高级手机啊从来都不怎么感兴趣，小峰的兴趣就是买书，所以家里就到处是书。

"马上过来，看看我的新摩托车。"罗非在电话里说。

小峰进罗非家的时候就看到了那条奇怪的狗，黄黄的一晃就跑了过来。这条狗很大，虽然大，但还是能看出它只是一条小狗，是一条与众不同的小狗。小峰在罗非这里经常能看到一些稀奇古怪的东西。比如身上同时长着男女生殖器的非洲木雕啊，白鳄鱼标本了，纯黑的玳瑁标本了，还有虎皮，还有整个的大象牙什么的。反正是什么东西贵什么东西就会出现在罗非这里。小峰和罗非是从小的朋友，小峰对罗非说："你现在可真是太有钱了，有钱有时候也不是什么好事，你得小心，你家里不能让那些滥人随便出出进进。"罗非知道小峰说的滥人是指哪些人。罗非那一阵子特别热衷于户外活动，跟罗非经常待在一起的都是些有钱人，他们的钱都是从哪里来的？小峰知道罗非的那些朋友几乎都是搞煤的，现在人人都明白最能挣钱的就是搞煤，煤是黑的，金子是黄的，煤待在地下的时候是黑的，但一旦被煤老板从地下弄上来后它们就都变成了金子。罗非没上过几天学，这一点他不如小峰，小峰是金融专业，毕业后就去了银行。但他们是从小的好朋友，这一点真没得说。

在许多的日子里，怎么说呢，小峰总是和罗非待在一起，直到后来见到了罗非的那个女朋友，那天，罗非的女朋友还在，只不过她出去接电话了，罗非把身子凑过来，小声对小峰说："她有了。"

小峰一时还没听懂，说："什么有了，有什么？"

罗非说："还能有什么，有孩子了。"

小峰说："是你的？"

罗非就笑了，说："当然是我的，别人的我会说吗？

小峰说："你怎么办？你老婆知道了怎么办？"小峰希望听到罗非让这个女朋友去做流产，虽然那有些残酷。但罗非很让小峰吃惊，罗非说他准备给他女朋友先买套房子，然后把她的母亲也接过来。

"买套房子什么都解决了。"罗非说。

"没这么简单吧？要是你老婆知道了呢？"小峰说。

"问题是个男孩儿，我儿子。"罗非说。

那天的话就说到这里，罗非的女朋友又从外边转了回来，她接完了电话。她看看罗非，对小峰说："我现在不能喝酒，我用茶敬你一下，因为你是罗非的好朋友。"

"她以前很能喝。"罗非看着小峰，笑着说，"只不过她现在暂时不能喝了，你也不问问她为什么不能喝。”

小峰就不知道该说什么了，他觉得自己有点尴尬，小峰站起来，对罗非说要去下洗手间。罗非掉过头朝身后吐了口唾沫。

“以后在我的面前不要说到‘煤’这个字。”小峰听见罗非在自己身后突然来了这么一句，小峰回头看了一下，不知道罗非这句话是说给自己还是说给他的女朋友听。小峰回头看罗非的时候，罗非又冲他说了一句，“以后无论在什么场合都不要说到‘煤’这个字。”因为罗非是看着小峰说的这句话。小峰就觉得罗非这句话是对自己说的。

“别对任何人说起我与煤的关系，我跟煤没关系。”罗非又说。

“你是说我吗？”小峰说。

“‘煤老板’这三个字可太不好听了。”罗非说。

小峰去了卫生间，他在卫生间里待了很长时间，心里觉得很别扭，从洗手间出来，小峰直接就出了饭店，他是用手机告诉罗非自己走了。罗非在电话里停顿了一下，电话里一阵椅子响，小峰猜测罗非是从那个雅间里出来了。

小峰听见罗非在电话里说：“你是不是生气了？我其实是在对她说，是要告诉她。”

小峰说：“你要告诉她就直接告诉她，你别说话的时候看着我。”

“你看，你还真生气了。”罗非在电话里说，“我那句话真是对她说的，她喜欢跟她的朋友说我是搞煤的，说我是煤老板，我最不喜欢听这句话了。”

“那你就对她直说。”小峰说，“你跟她都有孩子了这话还不能直说吗？还至于对着我说。”小峰是真生气了。

那之后，小峰有好长时间没去罗非那里。直到听别的朋友说罗非在家里养了一头狮子，小峰这才明白那天看到的那条看上去很特殊的狗其实是头狮子。这简直是要把人吓一跳。小峰把这事告诉了自己的女朋友，说：“想不到罗非在家里养了一头狮子，你说把狮子养在家里会不会出事？”

“家里怎么会养狮子？”小峰的女朋友说不会有这种事吧。

小峰说：“我当时看那条狗就不太像狗，想不到居然是头狮子。”

“那怎么会？狮子就是狮子狗就是狗，那还能看不出来？”小峰的女朋友说。

“问题是小狮子嘛，当时罗非也没告诉我。”小峰说当时就觉得奇怪。

“我要你带我去看看。”小峰的女朋友笑着说，“看看家养狮子。”

“动物园里有。”小峰说，“在动物园看狮子还安全。”

话虽这么说，小峰还是带了女朋友去了罗非那里，其实小峰自己也想看看那头被罗非养在家里的狮子。

“问题是罗非从什么地方弄来的狮子？”小峰对自己的女朋友说：“狮子可不是藏獒，狮子也不是小狗熊，狮子也不是一只猩猩或别的什么，这些动物都可以在中国找到，而狮子的老家却在非洲。”小峰又说，“这可不是一件简单的事，这头狮子到底是怎么来的？”

“也许是在动物园出生的小狮子，也许是马戏团？”小峰的女朋友说“反正不可能是从非洲那边弄过来的，因为狮子肯定是不能上飞机，狮子的个头可太大了。”

小峰对女朋友说：“你说得不对，不是个头大小的问题，是任何动物都不能上飞机。”

还是前几年，小峰带着西藏的那只猫想上飞机，但最终还是退了机票，因为机场有规定，任何动物都不得上飞机，不管是什么动物，更不管个头大还是个头小。

小峰带着女朋友去了罗非那里，那天，他们还在罗非那里吃了晚饭，那时候那头狮子还不能算大，虽然已经长出了一些鬃毛，但也只是在屋子里晃来晃去，黄乎乎的，这里闻闻那里闻闻，然后就静静地卧在一边，小峰和女朋友坐在那里吃饭的时候，那头小狮子忽然过来了，是一晃一晃地走到小峰的女朋友那里，把鼻子伸过来闻了一下小峰的女朋友，然后一跃，是一跃，也只能说是一跃，一跃就站立了起来并且把两只前爪子放在了小峰女朋友的腿上。紧接着就是小峰女朋友的尖叫。

“下去下去。”罗非对着小狮子挥挥手，一边对小峰的女朋友说，“其实你这么一尖叫也许就会刺激了它，它其实是喜欢你，我知道它是喜欢你，你看看它那样子，其实只是想跟你亲近亲近。”

这时候小狮子已经把它的两只前爪收了回去。那真是两只柔软的爪子。罗非过来，蹲下，把小狮子的爪子用手拉起来让小峰和小峰的女朋友看，小狮子的爪子的掌部是深黑色的，爪子背部的毛是金黄色，而爪子尖又是粉红色的。

“再大一点”，罗非对小峰说，“我也许会带着它去野营，晚上就让它和我睡一个帐篷，也许我会带它去西藏。”

“去和西藏藏獒战斗，有好看的。”小峰笑着说。

“这可要比带一条藏獒出去牛逼得多。”罗非说。

这时候那只小狮子就又朝小峰的女朋友凑过去了，真不知道它想做什么。

“去去去。”罗非对那头小狮子挥挥手。

“来来来。”罗非又对那头小狮子摆摆手。

罗非站起身把那头小狮子往那间屋子里带的时候，小峰的女朋友对小峰说：“你没问问狮子是从什么地方弄来的？”

“最起码不会是从非洲那边来的，又不能坐飞机。”小峰说。

小峰的话被罗非听到了，他把门拉上，掉过头朝身后吐了口唾沫：“你们全错了。”罗非说，“这只小狮子恰恰就是从非洲来的。”说这话的时候小狮子已经被关到了另一间屋子里，小峰和女朋友都能听到“喳喳喳喳、喳喳喳喳”的声音，是那头小狮子在用爪子抓门。

“它想出来。”罗非说，“它一想出来就抓门，让它抓去吧。”

“你喂它什么？”小峰说狮子肯定不会吃素食。

“牛肉。”罗非说它很喜欢吃牛肉，那种进口牛肉。

小峰听见女朋友“啊”了一声。

这时候那只小狮子又开始抓门了，“喳喳喳喳、喳喳喳喳。”

“牛肉用生鸡蛋拌一下，一次还要吃十颗鸡蛋。”罗非说。

“猫粮其实也可以给它吃。”小峰的女朋友说狮子也是猫科动物。

罗非忽然笑了起来，说，“你们猜猜这头小狮子最怕什么？”

小峰和女朋友当然说不上来这头小狮子害怕什么。

“我表演给你们看。”罗非就又站起身，把小狮子从那间屋里又放了出来，小狮子黄乎乎的一晃一晃又过来，但这次小狮子没再往小峰的女朋友身上跃，小狮子轻轻一跃上了沙发，看样子它不想再回到那间屋子。它兴奋得直摆尾巴。

“去，洗澡！”罗非忽然猛地一抬胳膊。

这次该轮到小峰和他的女朋友笑了，罗非一说“洗澡”这两个字，小狮子立马从沙发上跳下来，是逃，逃一样又回到了那间屋子。

“它就怕洗澡。”罗非说可能非洲的狮子就从来都不洗澡。

“问题是非洲人也很少洗澡，非洲缺水。”小峰说。

那天小峰他们吃饭吃到很晚，小峰和女朋友临离开罗非家的时候罗非说：“你们不想再看一下小狮子吗？”其实是到了罗非出去遛小狮子的时候了。罗非给小狮子带上了脖套，拉好了，然后送小峰他们出来。出院子的时候，小峰回头看了一下站在院子里的罗非，印象是罗非牵了一条非常大的狗站在那里，院子里的路灯把他和小狮子的影子拉得很长。

“你怎么不问问他狮子是怎么从非洲运回来的？”小峰的女朋友说这可不是一件简单的事。

“我问了。”小峰看着女朋友，想起来了，刚才问这事的时候女朋友去了洗手间。“罗非说狮子是乘军用飞机和军火一起运回来的。”小峰忽然笑了起来，“罗非这家伙的话没一句是真的，他居然会说他这头狮子是军用飞机运回来的，和军火一起，跟你说他说话一点都不靠谱。靠谱的是他真的是挣了很多钱，他到底有多少钱可能谁都不知道。”

“那活佛又是怎么回事？”小峰的女朋友问小峰。

“这事我不知道。”小峰说我只知道他的狗都在吃进口牛肉。

“听说飞行员只吃牛肉。”小峰的女朋友说。

“现在超市一斤熟牛肉都六十多块钱了。”小峰说。

“我该去做做头发了。”小峰的女朋友说。

罗非养狮子的事后来朋友们几乎都知道了，不少人都去罗非那里看过狮子，但据说那头小狮子现在已大到让人害怕的地步，有时候连罗非都拉不住它，这就很让人担心，担心会出什么事，比如把家里的什么人咬了或者是从家里跑出去闹出什么事。但再到后来人们就对这件事没那么大兴趣了。但还是有许多关于罗非和他的狮子的事零零星星传来。罗非给小峰打电话要小峰去他的新居是最近的事，罗非说这可能是他在同城最后的一处新居，因为他很快就要去西藏了，那边有许多事情等着他去做。小峰已经从朋友那里听说罗非又搬了一次家，但小峰对这种事没什么兴趣。

“这次的房子更大，不但前边有院子后边还有个院子，地下室比你住的那套房都大。”罗非让小峰过来，非要让小峰过来看看房子。

“我们好长时间没见面了，来喝喝酒。”罗非说，然后才在电话里小声对小峰说，“也许这是咱们最后一次在内地见面，这次我去西藏也许一待就是十年。”

小峰其实对房子没什么兴趣，小峰想知道罗非去西藏的事，不少朋友都说西藏那边的一个寺院已经认定了罗非就是他们的活佛，这可真是怪事，而且多少还有那么点可笑。小峰主要还是想看看那头狮子，小峰想知道那头狮子现在长到多大了，有人说非洲的雄狮可以长到一吨，但小峰不相信一头狮子可以长到那么重，狮子又不是河马？

“狮子又不是河马。”小峰又笑了起来。

“问题是他要去当活佛。”小峰的女朋友说这也太玄了吧。

“是搞笑，他当然不会是活佛？”小峰说。说这话的时候小峰还和女朋友同居着，小峰已经和女朋友同居三年多了，但他们两个谁都没有结婚的想法。这天，小峰拉上女朋友去看罗非的新房，都快到吃中午饭的时间了，车一直朝东开，忽然迷了路，因为那地方到处在施工，居然有许多绿树横倒在路上，给人的感觉就好像是刚刚刮过台风。到了地方，小峰给罗非打电话，罗非说马上就让人出来接，罗非让小峰就站在那座小水泥桥边等。小峰说他就在桥边，结果是等错了，罗非让小峰去的是另一座桥。

“那座桥比你现在待的那座桥大，是吊桥，很高级的吊桥。”罗非在电话里小声对小峰说，“他们现在都把那座桥叫作‘活佛桥’，过了桥就是我的家，要是实在找不到你就问‘活佛桥’在什么地方，一问就找到了。”

小峰终于找到了那座吊桥，也就找到了罗非的家。罗非正站在门口，他身后还站着一个人，手里拎着什么，是雨伞，天又不下雨。

罗非对小峰说：“这么好找的地方你居然会找不到？”

小峰说：“谁知道你这地方这么多桥。”

罗非带小峰和小峰女朋友进了电梯，小峰知道私人家现在安电梯的并不多，电梯里贴着一张很大的唐卡，唐卡的颜色总是那么艳丽。

罗非说：“不管是谁，来我家最先要去的就是最高层。”

罗非说的最高层就是五层，五层并不是小峰想象的那样是个大客厅，而是个佛堂，里边点了几乎像是无数的酥油灯，佛像差不多有两米高，这就让房子显得低了些。小峰和女朋友忽然有些不知所措，到了这种地方他们真不知道自己该做点什么，因为小峰和女朋友前不久才准备信仰天主。小峰看着罗非，希望他赶快带自己下去。

“这地方宗教味道太浓了。”小峰说。

“酥油的味道是好闻。”罗非却说。

“是好闻。”小峰的女朋友便笑了一下。

吃饭的时候，小峰和罗非之间发生了一点不愉快，全是因为喝了酒。罗非对小峰说：“我把钱都捐给西藏的那个寺院了。”罗非这么一说小峰就笑了起来。

罗非说：“你笑什么？”

小峰说：“我说了你会不高兴。”

罗非说：“你说吧，我跟你还有什么不高兴，你那事还是我教的，那年你我都才十三岁，你说。”

罗非笑了起来，但小峰一说罗非就不笑了。

小峰说：“钱没白捐，捐了个活佛出来。”

“不会说话就别说话。”罗非脸色马上就不好了，“好在没有别人。”

小峰想问问罗非他那个小儿子最近怎么样，还有那个女朋友，其实是不应该再把那个女人叫作是罗非的女朋友，准确说应该是二奶，但小峰没问。怕再问罗非会不高兴。

小峰问那头小狮子，这才是小峰想问的：“那头小狮子，不知道现在长多大了？”

罗非说：“还小狮子，站起来比我都高。”

罗非这么一说小峰觉得挺吓人的，小峰看看女朋友。

“太麻烦了。”罗非说你不知道狮子长大是怎么回事，它的问题是它太能叫了，叫声也太大太怕人了。只要它一叫，周围的人谁都别想睡觉。罗非站了起来，小峰以为他要去取什么东西，想不到罗非站起来学狮子叫。

“像打气，就这样。”罗非把头仰起来，往后背，“‘吼——吼——吼——吼——’‘吼——吼——吼——吼——’”罗非学了两声，然后又坐下，说，“我算是知道什么是狮子吼了，真吓人，先是一声比一声长，然后是一声比一声短，只要它一叫，周围的人谁也别想睡。”

“有没有规律？”小峰说，“应该有规律吧？”

罗非想了想，说肯定是有规律，有规律晚上也不能叫，半夜三更地就叫起来，周围的人都提意见，声音可太大了。

“现在怎么样？”小峰说，左右看看，奇怪怎么没一点点动静，小峰知道狮子现在不可能再放在屋子里，但也应该有点动静啊，比如喘息，比如走动，比如叫。

“你把它关到哪里了？”小峰说。

“你听我说嘛。”罗非说养狮子可是太麻烦了，家里根本就不能养这种大型动物，后来实在是没法子了，我想把它交给动物园，动物园说没有出生证明不能要，我想白白给了马戏团，马戏团说都这么大了也不能接受驯练了，勉强驯练几天拉上台吃个人可不是开玩笑的事。而且天天还得我去喂，别人也不敢去喂，我一离开家给它喂食就成了大问题。“这么高。”罗非站起来，用手在腰那地方比了一下，“它别往起站，它平平站着就这么高。”

小峰就笑了起来，可以想象得出这头狮子给罗非带来了多少麻烦。

“它要一高兴，往起一站，把两只爪子往我肩上一搭，它的大脑袋就在这里。”罗非抬起手比了一下，“后来它每次一跟我亲近我就吓个半死，不是怕它把我给吃了，就怕它一扑把我给压死。”

“怎么听不到动静？”小峰说。

罗非不说话了，忽然伤感起来，“它不死也不行，是我让它这样，要不我去了西藏心里会更不安。”

小峰想知道狮子在什么地方？它专门有间房是肯定的，在铁笼子里？这也可以肯定，如果不在铁笼子里更容易出事。”小峰想知道那头狮子现在在什么地方。

“在小煤窑。”罗非说，“在废弃的坑道里。”

小峰早知道罗非的煤窑已经关停了，现在几乎所有的小煤窑都停产了，把狮子关在废弃的小煤窑里倒是个好主意。

“连铁笼子一起放在废弃的坑道里，”罗非说，“问题是我不能找人开枪把它打死，狮子是一级保护动物。我不忍心把它饿死，但我只能把它饿死，活活饿死。”罗非讲了几个细节，那就是把狮子放到坑道里的头一天，罗非一次性给它留下了五十多斤肉。第二次去看它，又给它留下了五十多斤。后来，又托人过去看它给它留了不少肉。罗非是花钱雇人把它关进铁笼里再拉到小煤窑。

“费了老大的劲，它一路总是叫，它知道要出事了。”罗非说。

小峰看着罗非，看着他掉过头朝身后又吐了口唾沫。

“只要它一死我就让人把它的皮剥下来带到西藏。”罗非说这也许是一种最好的纪念方式，它毕竟是我一手养大的，现在想想，它叫得可真是好听。罗非站起来，把头往后背，把脸向后仰，小峰知道他又要学狮子叫了，但罗非没叫，他朝身后吐了口唾沫又坐了下来。

罗非拉上小峰和小峰的女朋友去看狮子是第二天的事。虽说小煤窑那边停了产，但还有人守着，守小煤窑的是个中年人，他对罗非说，“有两天没听到狮子叫了。”小煤窑在山里，转进山口不远就到，小煤窑的入口其实不那么大，能进出一辆拉煤大车的样子，现在给一道铁门锁着。里边居然还有电。“已经有两天没听到叫了。”那个守小煤窑的中年人又说，他把铁门打开，又把里边的灯打开。小峰和罗非就马上看到了那个铁笼子，但紧接着就听到小峰女朋友的尖叫，她看到了什么？那是什么？在地上流动着，是密密麻麻的老鼠，那么多的老鼠，煤窑里的老鼠，在铁笼子周围聚集着流动着，铁笼里空若无物，只有隐隐约约的骨头和皮毛，老鼠发出叽叽吱吱的叫声，并没有因为小峰他们的到来而停止它们的进餐……

黄 餐 车

雨从夜里下起，到了早晨还没停。虽然下着雨，黄餐车还是早早就停在了那里。这条街，怎么说呢，是个丁字形，主街是从东边过来向西边去，而从北边向南过来的这条街到了学校门口就骤然停下了，倒好像这条街是专门为学校修的，通到学校门口就消失了，所以这是条丁字形街。就这条丁字街，热闹得很，从东到西，路两边几十幢高层建筑一座挨着一座一直远去，都是三四十层五六十层的高楼，夏天，走在这条街上，高楼把太阳遮得严严实实很是凉快，冬天就不那么好，高楼把风从这边逼过来，再从那边直吹过去，风就显得特别猛，吹得人都站不稳。紧挨着学校的是五洲大酒店和宏安大酒店，还有大地酒店。这就让这条街显得特别气派，沿街又是一家一家的商铺，乐器店和茶叶店什么的，还有银行，工商银行和人民银行还有建设银行。从北到南呢，学校对面西北角那家“三江大酒店”旁边就是这座城市里吃涮锅最好的“银河”，人们只叫它“银河”，其实它叫“银河谁来谁爱捞饭店”，但人们嫌它啰唆就只叫它“银河”。而“银河”的旁边就是这座城里最大的超市，人来人往的更热闹，无论什么地方，只要是人一多，就马上会形成人流，这里的人流是从北往南过来再向东向北分开，而从东西两边过来的人流到了这里又会在一起朝北过去，这就好比是三条江，这个地方就是三江汇合的地方，所以人气旺到别处没法比。因为这里的地方好，所以，黄餐车每天早早就停在了那里，一是怕别人把地方给抢了，二是为了多挣几个，日子不好过，到处需要钱。前不久为了弄这辆黄餐车母子俩又花了不少钱，几乎用尽了她的积蓄。所以呢，这母子俩收工又是最晚。人们总是看到黄餐车里的那母子俩儿在灯下忙，忙，忙。从天不亮一直忙到天黑。

“还没回吗，该回去吃饭了。”一个熟人过来了，探下头，说。

“我们还会饿着？在车上吃一口。”做母亲的笑呵呵，这倒是实话。

“钱挣那么多干吗？”熟人又说，这像是在开玩笑了，这个熟人，他要一个卷蛋的煎饼，说好了，要多放些辣酱，再多放些榨菜末进去，还要一杯豆浆。

“钱哪那么好挣，我们现在连一间厨房都买不起。”做儿子的说话了。

“面包会有的，牛奶也会有的。”熟人又说，就这个熟人，是个送外卖的小伙儿，几乎是，天天都来这里吃点东西，一个卷蛋煎饼一杯豆浆，算是一顿饭。

“就是天上不会往下掉馅儿饼。”做儿子的说。

“猪肉都二十五了。”送外卖的这个小伙又说。

“要是会掉馅儿饼的话我就这么张大嘴接着。”做儿子的又说。

“猪肉涨了，可我们的馄饨不能涨，涨了就没人吃了。”做母亲的叹了口气。

送外卖的小伙接过煎饼吃了起来，他一边吃一边又上了他的车，他还有东西要送，他的车子后边是一个保温箱，箱子外边又是一个黄色尼龙布做的套子。

“慢点，吃完再走。”做母亲的对送外卖的小伙说。

“再见了，明天见。”送外卖的小伙已经远去了。

黄餐车里的这个女的，做母亲的，是安徽那边的人，叫王碧辉，五十多岁了，个子不高，细眉眼，下巴朝里收着点，上半个脸就显得分外突出，广西那边这种脸型很多，而她却是安徽那边的。她最早是在这里开着一个卖馄饨的小摊，是夫妻摊，她男人，古国梁，个子亦不高，负责在那里炸油条，亦是细眉眼，亦是下巴朝里收，话也不多，他同时还炸一种当地叫作“麻叶”的东西，是甜食，这“麻叶”还有另外一个名字叫“四个头”。“来两个四个头一碗馄饨。”“来四个四个头两碗馄饨。”这里的人，好像比较爱吃“四个头”。两个四个头加一碗小馄饨，这顿早饭不错。她呢，负责在那里卖馄饨。她的手脚像是特别轻盈，她那个馄饨车，下边一层，是水桶和一个小火炉子，而那小火炉子，亦是一个水桶做的，桶下边挖了一个洞，里边墁了泥，点蜂窝煤。还有一个放碗筷子的方格子，方格子旁边又是一个很大的塑料卡子，里边是放水的，贴边的空当又是三个抽屉，把它们依次拉开，里边放着馄饨皮子，再一个抽屉，里边是馅料，再一个抽屉，里边是各种的调料。这是下边，上边的一层，是一个锅，锅旁边又是一个水桶。水桶旁边是各种瓶子，放香油的，放酱油和醋的，放味精的和放盐的，还有碗，碗里是虾皮，那种极是细碎的小虾皮，还有紫菜，都撕得碎碎的，还有冬菜，而冬菜就不放在碗里，而是用完一袋再取一袋，那种小袋装的天津冬菜，把小袋子撕个口放在那里就行，谁用谁自己取，冬菜是特别地咸，但吃馄饨没它还不行。还有葱花和香菜沫，碧绿的，紫黑的。就这个王碧辉，真是手脚麻利，一边收钱找钱一边卖馄饨。打开锅盖，拉开抽屉，“唰”的一下，一把馄饨就下到了锅里，盖上盖子，然后取碗了，碗放在那里，她那只手真是快，每样小料都要放一些在碗里，最后是滴香油，是一根筷子，永远插在香油瓶里，香油这东西是不能拿起瓶来倒，只需把筷子从瓶里抽出来往碗里淋就行，香油都在筷子上，往碗里淋淋，香气登时就弥漫开了。香油这东西说来也怪，少淋一点就特别香，要是淋多了反而不香。往碗里放小料的时候她还忘不了把正在煮的馄饨里打点凉水，一手揭开锅盖，另一只手已经把水倒进去了，等锅里的水再次沸腾，馄饨也就煮好了。她在这里卖了多少年馄饨？人们谁也说不清，也没人会想这种事，总之是忽然有一天，她男人，细眉细眼下巴往里边收那么一点的古国梁，忽然不见了，听说是病了，而且病得很重。所以呢，只剩下王碧辉一个人在那里卖她的馄饨，油条和“四个头”没人炸了，倒多了一样芝麻小烧饼，都是一大早事先烙好的，一个挤一个放在一个保温的箱子里，上边盖着个小棉被。后来人们又听说了，古国梁不在了，身体好好儿的，忽然就不在了，死了，火化了，骨灰都给送回到老家了。馄饨摊子停了那么几天，然后又开了。自打那以后，王碧辉一个人撑着这个摊儿，可真是辛苦，风里来雨里去。再后来，好像是忽然间，王碧辉的那个男孩子出现了，其实他每天都在这一带跑来跑去，但人们实实在在是忽略了他，好像是，那孩子忽然就长大了，听说是，这孩子什么都好，但就是不爱上学，初中没毕业就不上了，虽然不上学，个子却“刷刷刷”地往上长。很快就能帮他妈干些什么了。比如，在那里蹲着洗碗，把顾客刚刚用过的碗洗洗干净，“哗啦，哗啦”。比如，帮他妈端端馄饨，把馄饨端到桌边，小心放下，甩甩手，笑笑。而忽然有一天，那孩子把炸油条和四个头的锅灶又重新支了起来在那里炸油条和四个头了，他的动作，真是让人吃惊，几乎和他爸古国梁一模一样，这么做那么做，这么一下，那么一下，“啪啪啪啪”扦面杖敲打几下案板，动作是那么娴熟。好像是，原来的那个古国梁又回来了，只不过一下子又年轻了许多。人们这才发现，那个跑来跑去的孩子已经不是孩子了，已经长大了。而他的母亲王碧辉，怎么说呢，忽然就老了，头发不知不觉白了，但手脚还是那么麻利，一只手拉开小抽屉，一只手伸进去松松一抓，取了包好的馄饨，紧接着一只手揭开锅盖，另一只手“唰”的一声馄饨已在锅里煮了，然后是往碗里放各种小调料，是这种程序，一点都不会乱，节奏又是那么快那么轻盈，让人觉出一种美感，而你非要说它有美感分明又不是，是为了生存。

时光过得可真快，比什么都快。直到后来，黄餐车出现了。

黄餐车大小像一辆中巴，但要比中巴大一些长一些。

先是，区里来了人，这里的小商小贩都把工商的人叫“区里”，区里有人来了，两男一女，拿着一个本子下来登记，说城市要美观，你们的小摊儿不能摆了，“你看你们的烟，把整个天都给熏黑了，南极的冰都给你们弄化了”。说话的人还抬头看了看天，天上恰好飘着几朵云，白不白黑不黑的，像是要下雨了。“不让开怎么办？还让不让人吃饭”？小贩们马上就都围了过来，个个都有一肚子的不满。工商的人说这个你们不要急，“我们这不是下来了吗？先登记，再解决”。过不几天，果然有通知下来，要这些小贩们去学习，看看谁学习得好，到时候也许就可以领到一辆黄餐车。工商的人说领，这么一说呢，倒好像这是一件特别轻省的事，而且呢，好像是白给，是去领。为了去不去学习和领不领黄餐车，王碧辉母子俩还在灯下认真商量过。王碧辉原来就话不多，总是一边说话一边手里还做着活。因为她话不多，所以她说什么都好像是一句顶十句顶一百句，是有分量的。王碧辉对儿子说，“你以后娶媳妇的钱都在车上了”。只这一句话，儿子眼里突然有了泪，母亲眼里也突然有了泪。灯光从上边照下来，要是不照呢，儿子的脸会是亮亮的，灯光从上往下罩下来，儿子的脸便是暗的，这就突出了他那两只尚显纤细的手，儿子虽不说话，两只手却在动，在一起使劲，他在揉面团，要把第二天用的面团给揉出来。面团揉好一团，用一块儿湿布子苫好，再去揉另一团儿。做母亲的王碧辉在另一边擀馄饨皮子，她要把第二天用的馄饨皮子都擀出来。她天天都这么忙，和面，擀，撒布面，切，再撒布面，再一摞一摞搁好，再撒一回布面。那布面其实不是面粉，而是淀粉，是，特别的能飞扬，撒在案子上，却马上飞落在人的脸上和眉毛上。

“咱们还能做什么呢？”王碧辉一边擀一边说，一脸的无奈。

“唉，你们怎么把我生在这个家。”儿子说话了，一半是开玩笑。

“能把你生在哪儿,你说能把你生在哪儿？那会差一点儿把你生在北京，但北京那边挣不上钱。”王碧辉说，脸上也笑着，但心里难受，儿子一天比一天大了，是看哪儿哪儿好，儿子越好，她心里就越难过。

“其实咱们这样也挺好。”儿子也一下一下使着劲，看着母亲，他说的是实话。在这之前，他送过快递，还当过门童，还在街上发过纸片儿，半夜三更地给人们出去在街上贴过产品宣传单，贴一百张挣十块，那才是要命，被城管逮到了一罚就是二百，他现在明白了，人活着，其实不必非要挣多少，安逸一点就好。

“咱们还能做什么呢？”王碧辉又对儿子说。

“那咱们不行明天就去吧。”儿子说。

儿子揉完面，要睡了，洗了脸，净了脚，上了床，原想看一会儿手机再睡，但眼睛怎么也睁不开了，手机从手里一下子掉下来，掉到脸上了，他又醒了。

“您也早点睡。”儿子对母亲说。

“就好了。”王碧辉说。

做母亲的，在灯下还要把第二天的馄饨馅儿拌出来，猪肉剁了，放十几个鲜虾进去，当然也是剁碎了，这样馅子吃起来就特别鲜。这样的馅子每天做多少她心里都有数。有时候，她都觉得自己是一部机器，运转着，运转着，不停地运转着，她也上过学，而且还上到高中，学习成绩还不错，她也知道人有时候是为了理想而活着，但她的理想是什么呢，就是不能回乡去，再怎么苦也不要回去，而且，还要给儿子把媳妇娶了，从乡下来到城里打工的人都怕回乡，风风光光还好，比如说，开着新车，比如说，领着新媳妇，比如说，能大把大把把钱带回家。但这些不是谁都能做到的，而实际上他们是既挣不到多少钱，又在城里待得要多辛苦有多辛苦。

“你先睡吧。”王碧辉对儿子说。

做儿子的已经睡着了，他总是睡不够，但他又总是没时间睡。

第二天，母子俩去了指定的地方，王碧辉的心里很不安，不知道会有什么事等着她们，也不知道下一步应该怎么走了？馄饨摊开了这么多年忽然不让开了，让开黄餐车，这让她在心里多少有那么点恐慌，有那么点七上八下。首先是那个黄餐车，听说跟开汽车一样，听说还要去学一下开车。王碧辉犯了愁，做儿子的却高兴，这下子可以学开车了，为了这，他特别想看一看那种黄餐车是什么样，能不能在过年的时候一路把车开回到安徽老家去。所以他一直都兴奋着。

“我就先拿它练练手。”王碧辉的儿子说。

“听说跟汽车一样，学会了开这个就等于学会了开汽车。”王碧辉说。

这母子俩突然又都有点兴奋，新鲜的事情总是让人兴奋的。

已经进入了农历十月，道两边的树叶子都黄了，地上落了不少银杏，也没人去拣也没人去扫，秋天原来是十分零乱的，这是个零乱的季节。王碧辉母子俩儿只听到他们脚下“嚓啦、嚓啦”的脚步声。地方就很快到了，到了地方，想不到会有那么多的人，简直像火车站。登记要排队，填表要排队，填了两个表格，然后再去排队，终于排到了，结果呢，要身份证，这样一来呢，问题就来了，儿子还不到十八岁，所以，儿子还不能办。问了几次工作人员，那边的回答是，“不到十八就等于是童工。”再问，就不那么耐烦了，说，“工会找上来谁给你顶？到时候再给你登一下报！下一个！”王碧辉不敢再说什么，赶忙把自己的办了，办好了手续，工商这边又说了，要留下来学习。留下来学习什么？学习的内容分了两大类，一是学习餐饮方面的知识，比如，怎么做馄饨，怎么烙饼。比如，怎么做汉堡和煎饼。比如，怎么做烧烤。比如，怎么打豆浆？这个学习是要交费的，五百，一听这个数字，人们就都吃了一惊，好像这些人从来就没做过这事，其实这些人就是做这种事的，天天做这种事，做了十年二十年兴许还有更久的。有人问了，说：“我们整天都在那里又是馄饨又是摊饼的还用学吗？”工商那边马上回了话：“不学就走，这是上边的规定，这个县城都是让你们这些外来户搞得乱糟糟的，不整顿怎么行！”这么一说呢，人们就赶紧交钱。同时还要学习的另一种东西是叫作“餐饮形势学”。这个却不收费。工商的人说了，虽然是餐饮，也要跟上大时代，工商的人这么一说呢，倒好像大家都落后了。

不知谁在旁边小声说了，“不就是个吃。”

人们就都“轰”的一声笑了起来。

“不就是个摊煎饼。”又有人说了。

人们就又“轰”的笑一气。

“不就是个豆浆油条。”有人又说。

人们笑得更厉害了，连工商的人也跟着笑。

王碧辉只好让儿子先回去，自己留下来在这里学，好在那学习的地方就在市中心，一个叫“人才培训中心”的地方，是一座灰色的老楼，很老了，只不过重新改造了一下，贴了墙面，从外边看像是新建筑，但走进里边，一切都是陈旧的，水泥楼梯一级一级都是斑驳的。这座老楼在一个十字路口的西北角上，对面就是那家书店，书店旁边又是一家邮局。来这里学习的都是天天出来在街头混事的，而且清一色都是卖早点的，王碧辉自然会有不少熟人。工商那边呢，居然也有人认出了她，认出她的人原是天天到摊上吃馄饨和四个头的人，这个胖工商和王碧辉认识已经许多年了，对王碧辉很客气。好像是，事事也比较照顾她。这个工商真是胖，整个人是圆的，因为胖，王碧辉就在心里就把这个工商的叫了“胖商”，这个胖商知道她的情况，知道她男人古国梁已经不在了。

“人说没就没了，不过你儿子什么也都能做了。”胖商说。

王碧辉一时接不上来话了，在她的心里，她根本就不希望儿子做这个，但儿子能做什么呢？学只上到初二。他那所学校很不好，但好学校又去不起，要是去像一中二中这样的好学校，择校费就要交三万，不是一次性三万，而是每年三万。儿子的学习原来是好的，但一上中学学习成绩就下来了，那个中学，虽然不怎么样，但样样课都要补课，这补课费那补课费，加起来一大堆，补课费又很贵，儿子的学习就这么下来了，就这么一下子就跟不上了。

王碧辉问胖商，“这要学几天？”

王碧辉有点担心，担心学个十天半个月怎么办，她们都是小摊小贩，挣一天的钱吃一天的饭，最耽误不起的就是时间。

胖商笑了，说是你想多学几天还是怎么？

王碧辉又接不上话来了。

"就两大，晚上不想待你可以回去。"胖商对做王碧辉说了，今天太忙，我不跟你多说，估计你没问题。

"这么多人啊，不是才五十辆车吗？"王碧辉又小声问胖商。

"别问那么多。"胖商对王碧辉说。

让王碧辉吃惊的是来学习的人那么多，够二百多人，而听说那个黄餐车在全市一共才安排五十辆。这样一来，人人心里都明白，有一百五十个人是白来，但人人都抱了希望。而后来人们又知道，为了这黄餐车，写条子找关系的人在暗里早已经把二十辆黄餐车瓜分了，五十辆减去二十辆，就只剩下了三十辆。那个胖商，真是个好人，她把王碧辉拉到一边去说悄悄话。说那个黄餐车，明里是人人都有可能，实际上，胖商看看王碧辉，又小声说，"实际上哪会有这种事"。王碧辉也打听过了，黄餐车算是租，根本就不是人们想象的那样，谁想领就可以来领一辆，租一辆黄餐车的费用是先要押一万。除了这个，到时候还要去一定的地方取货，比如，盒装奶，比如，做好的那种汉堡，比如，豆浆，比如，还有能显示地方特色的那种盒装小吃都要到规定的地方去取，这也要交一笔钱。这就让人们都想不到，人们原来都只想是把黄餐车领回来自己想卖什么就卖什么。但工商说了，"哪能那么自由"！并且说这黄餐车是一个城市面上的脸面。"你们卖什么不卖什么都要服从领导"。

王碧辉学习了两天，这个钱那个钱交了差不多两万多。到了快要领车的时候，工商那边又说要办驾照，办驾照又要到驾校去学习，这个学习时间要长一点，是一个星期。也是那个胖商肯事事帮忙，在内部周旋了一下，让王碧辉的儿子小古顶替她去驾校学习。那个驾校，居然也是工商办的，只培训人们开这种电动小车，或者是电动三轮，驾校在西门外体育场里，紧靠着花园。那个体育场，是一个巨大的圆形，里边转圈儿都是水泥看台，好像是，这里已经有十多年没打过什么比赛了，像是破败了，但为了给体育场的人们开工资，就开了旅馆，县里最便宜的旅馆原是在这里，花二十多块钱就能住一晚上。人们路来路过就经常可以看到体育馆的南边总是晾了不少洗过的白色床单，在风里"啪啦啪啦"地飘。而体育馆的北边呢，又是终年见不到太阳，阴凉得很，所以又总是空着，后来又被几个南方人租了去，租这种背阴的房子做什么？原来是种蘑菇，蘑菇这种东西原来是喜欢这种不见光的阴凉环境。所以呢，又总是能看到取货送货的那种电动车来这里拉蘑菇。没事的时候，那南方人的两口子就在那里晒太阳。男的脸朝南，叉着两条腿，女的脸朝北，侧着点身，怕把脸晒黑了。

王碧辉的儿子小古去学习了，这让他很是兴奋，他在体育场里整整住了一个星期，天天都在场子里开车，每人一辆那种电动车，开着在场子里疯跑，倒好像是体育赛事。接着呢，工商那边就通知他们去领车。领车的时候又有了事，这个黄餐车，车上的用品餐具原都是配套的，比如说，那种不锈钢的带盖子的大桶，是两个，是放在车尾的，那放桶的位置有两个卡槽，这两个桶一个是盛水的，这样的餐车没水可以吗？另一个放什么随你自己，放蛋汤放奶放豆浆都可以，黄餐车的正面，也就是侧面，看上去像是车窗的那一面可以放下来，上边又是一排槽，一二三四五六七八，一共八个不锈钢带盖子的小桶，这小桶也是随你放什么。除了这些，餐车里边靠门的那地方又是一个齐人腰高的小冰箱，这也是要钱的。还有，微波炉，还有，热水机，还有，榨汁机，都是要钱的，这个黄餐车，放什么东西，怎么放，放在哪里，原都是一件一件精心设计过的。这些东西又是一笔钱。王碧辉只好又去一次银行，狠狠心把最后的储蓄取了出来。儿子小古在体育场里，她是自己去的银行。从银行出来，交完钱，她忽然觉得自己一下子就空空荡荡了。她在工商所门口站了一会儿，只觉得口渴，她给自己买了一根冰棍，她渴极了，也觉得自己不但渴极了也累极了，她一边吃冰棍一边顺着道边的榆树墙慢慢走，她忽然流出泪来，也不知是高兴还是伤心，整个人都是浑浑噩噩的。此时不知什么地方，忽然响起了一阵金属的敲打声，厉厉的一声一声。天已经很热了，洒水车这时又从南边过来了，当当响着，水洒到路面上，泥土的气味马上径直扑到路两边，这泥土的气味原也是湿漉漉的，说它好闻也好闻说它不好闻也不好闻，但总是有一点清新的意思在里边。

王碧辉让自己在路边的长条椅上坐下来，天上的阳光真是好，像耀眼的瀑布却又无边无际。人坐在那里，好像是忽然就变成了一粒微尘，这又让人特别想哭，特别想掉眼泪。但想想那辆黄餐车，王碧辉的心情又像是不那么难过了。她知道自己有希望了，这个希望要比以前的希望更大。她想象自己再也不用推着车子到处跑，以后即使是刮风下雨也与自己无关。她忽然又很关心黄餐车里是不是可以放两把椅子，儿子困了可以在里边打个盹儿歇一歇。

“古国梁！”王碧辉忽然小声喊了一下自己男人的名字。

王碧辉马上看看左右，好像被自己的喊声吓了一跳，人行道上，只有几个人在走，那边的走过来，这边的走过去。

“可惜你走得太早了。”王碧辉又听见自己在小声说。

隔了一天，黄餐车被开了回来。东西还是新的好，起码在王碧辉的眼里，这辆黄餐车像是要比宝马还漂亮还好。人们说：“别擦了，你擦个没完了。”又有人过来了，对王碧辉说：“你怎么还在擦，新车又不脏。”后来，连儿子小古也说了话：“您别擦了，都擦几遍了。”

王碧辉擦擦脸上的汗，对儿子说：“你娶媳妇的钱都在它身上了。”

雨是从夜里下起的，到了早晨还没停。虽然下着雨，黄餐车还停在那里。这条街，怎么说呢，是个丁字形，主街是从东边过来向西边去，而从北边向南过来的这条街到了学校门口就骤然停下了，倒好像这条街是专门为学校修的，通到学校门口就消失了，所以这是条丁字形街。就这条丁字街，热闹得很，从东到西，路两边几十幢高层建筑一座挨着一座一直远去，都是三四十层五六十层的高楼，夏天，走在这条街上，高楼把太阳遮得严严实实很是凉快，冬天就不那么好，高楼把风从这边逼过来，再从那边直吹过去，风就显得特别猛，吹得人都站不住。马上就是国庆节了，天不像前些时候那么热了。一下雨，天就凉了下来，要穿薄毛衣了。人们发现，黄餐车虽然停在那里，但卖早点的母子俩，王碧辉和她的儿子小古却不在了。黄餐车关了起来，一天，两天，三天，四天，一个星期过去了，半个月过去了。黄餐车一直关着。

后来，直到后来，人们还都是知道了，县里接到了上边的通知，要让在这个县里打工的人都哪里来就回到哪里去。节前必须回去，人们不知道发生了什么事？但上边的路费已经发了下来，每人八百块钱，在这个县城里打工的人都有份儿，每人都领到了八百块钱。让你买车票，让你回家去。有一种说法是，这些人必须回去种地了，因为他们的地大片大片的都荒了，有一种说法是，他们在这里做事，这个县城里的人就没事做了。总之，上边把路费发给了他们，要他们马上回到他们自己的家里去。钱，是一千六百块，已经交到了王碧辉的手里，是她和儿子两个人的。这个城市是不再要她和她的儿子了，但王碧辉又不想就这样回到乡下去，去面对乡亲们的问这问那，怎么办呢？那只好，再去下一个城市。这母子俩，以为自己的根已经在这个城市扎了下来，都十多年了，谁想到，这个城市不再想要她们这样的人了，要她们走，不只她们一家，在这个县城做事的外乡人都要走，只要你户口不在这里，你必须哪里来回哪里去，但王碧辉这母子俩，是决计不回乡下去了。黄餐车按规定退了，将来谁来开这个黄餐车，不知道。

“再去下一个城市，再去下一个城市。”王碧辉对儿子小古说。

人们还记得，临走那天，王碧辉把那辆黄餐车擦了又擦，擦了又擦。直把那辆黄餐车擦到像是要发出光来，如果黄餐车会发光的话。

图书在版编目（CIP）数据

高兴镇 / 王祥夫著. -- 北京 : 中国文史出版社, 2021.6

（锐势力·名家小说集）

ISBN 978-7-5205-3097-2

Ⅰ. ①高… Ⅱ. ①王… Ⅲ. ①中篇小说－小说集－中国－当代 Ⅳ. ①I247.7

中国版本图书馆 CIP 数据核字(2021)第 150050 号

责任编辑：全秋生

出版发行：中国文史出版社
地　　址：北京市海淀区西八里庄路 69 号　　邮编：100142
电　　话：010－81136602　81136603　81136606（发行部）
传　　真：010－81136655
印　　装：北京温林源印刷有限公司
经　　销：全国新华书店
开　　本：787×1092　1/16
印　　张：15.75　　字数：248 千字
版　　次：2022 年 1 月北京第 1 版
印　　次：2022 年 1 月第 1 次印刷
定　　价：49.80 元